des astres et des ombres

GEORGE R.R. MARTIN	*ŒUVRES*
L'AGONIE DE LA LUMIÈRE	
CHANSON POUR LYA	*J'ai Lu* 1380***
DES ASTRES ET DES OMBRES	*J'ai Lu* 1462***

GEORGE R.R. MARTIN

des astres
et des ombres

traduit de l'américain par
M.-C. Luong et M. Cartanas

Éditions J'ai Lu

Pour Dolly,
dont l'amitié ne
s'est jamais démentie

*Tous tes rêves deviennent
réalité.*

Ces nouvelles ont paru sous le titre original :

SONGS OF STARS AND SHADOWS

© George R.R. Martin, 1977

Pour la traduction française :
© Éditions J'ai Lu, 1983

PRÉFACE

Vous avez entre les mains quelques contes et nouvelles de mon cru.

S'il faut en croire les bons vieux clichés, les écrivains considèrent leurs œuvres comme leurs enfants. La plupart de ceux que je connais sont des parents fiers de leur progéniture — pour ne pas dire carrément gagas. Je n'échappe pas plus que les autres à cette maladie professionnelle.

Tout cela, naturellement, ennuie profondément certains lecteurs. Ils considèrent que l'histoire qu'on leur raconte doit se suffire à elle-même. En entendre parler avant et encore après, non merci, sans façon ! Si vous entrez dans cette catégorie, allez-y, sautez allégrement ma préface.

Mais si, en revanche, vous êtes comme moi, et que vous aimez bien savoir ce qui est à l'origine de l'histoire et entendre parler d'inspiration et d'influences et de migraines, alors quelques mots sur ces nouvelles, ce qu'elles sont, comment elles ont vu le jour et ce qu'elles signifient pour moi en tant qu'écrivain pourraient vous intéresser.

La plus ancienne de ces nouvelles est *Equipe de nuit*, écrite au début de l'été 1971, juste comme je commençais les quelques mois les plus prolifiques de ma carrière (une nouvelle par quinzaine, je faisais, cet été-là ; je n'ai plus jamais écrit à un rythme pareil depuis). La plus récente est celle qui conclut ce livre, *Sept fois, sept fois l'Homme, jamais!*, que j'ai terminée à la fin de l'automne 1974. Les autres se situent entre les deux, mais dans l'ensemble, elles sont plus récentes que celles de mon premier recueil, *Chanson pour Lya* (1).

Commençons par *Equipe de nuit*, ne serait-ce que pour respecter l'ordre chronologique. C'est le résultat d'un été que j'ai passé à travailler dans un dépôt de camions, et aussi de l'expérience de docker de mon père. J'étais plein d'ambition quand j'ai commencé — je voulais écrire une de ces histoires dures, réalistes, une tranche de vie façon SF — et j'étais sûr de n'avoir jamais rien écrit de meilleur. Je rêvais déjà de prix littéraires et de célébrité. Inutile de dire que la nouvelle ne fit pas la moindre vaguelette à sa publication, mais je l'aime bien quand même. Encore que, sous beaucoup d'aspects, elle ne soit pas du tout typique de ce que je fais d'habitude, c'est la première de mes nouvelles qui soit centrée sur l'antagonisme entre le romantisme et la réalité, thème que je trouve aussi passionnant qu'inépuisable. J'ai toujours pensé qu'*Equipe de nuit* était en quelque sorte le pendant d'*Au matin tombe la brume* (2), qui est davantage connue, et que j'ai écrite un mois après.

Ma période prolifique finit avec l'automne 1971 et fut suivie d'une mauvaise passe qui dura deux fois plus longtemps. Je déménageai à Chicago en septembre et, en janvier, je me mis à travailler comme bénévole de Vista (3) à l'assistance judiciaire du comté de Cook (Cook County Legal Assistance). Pendant ce temps, mes nouvelles commençaient à se vendre comme des petits pains. Mais je n'écrivais plus, sauf pour faire les petites

---

(1) Paru aux Éditions J'ai Lu, n° 1380. La nouvelle qui donne son titre au recueil a reçu le prix Hugo en 1975. *(N.d.T.)*
(2) Voir *Chanson pour Lya, op cit.* Candidate aux prix Hugo et Nebula de 1973. *(N.d.T.)*
(3) « Volunteers in service to America ». Organisme analogue au Peace Corps, mais œuvrant seulement aux Etats-Unis. *(N.d.T)*

modifications demandées par les éditeurs dans les textes déjà terminés.

Ce fut *la Nuit des Vampyres* qui mit fin à la période « sèche ». Ben Bova, qui venait de prendre les rênes d'*Analog* (1) et m'avait acheté toute une série de nouvelles, me donna l'idée d'un combat entre avions de chasse armés de lasers. Il m'envoya pour cela toute une documentation sur le sujet. Je potassai consciencieusement le tout et, pour finir, je fis un mélange avec un scénario que je ruminais depuis un certain temps et découvris avec soulagement qu'après tout je savais encore écrire. Finalement, une fois la nouvelle terminée et postée, il se trouva que Ben ne l'aimait pas. Mais cela ne me déprima pas trop car, quand j'appris son refus, j'étais déjà plongé jusqu'au cou dans une autre nouvelle.

La Bataille des Eaux-Glauques est le premier texte que j'ai essayé d'écrire en collaboration. L'auteur texan Howard Waldrop et moi, nous correspondions depuis 1963, quand nous étions encore tous les deux au lycée, et que je lui avais expédié vingt-cinq *cents* pour acheter un numéro de *Justice League of America* (2) mais nous ne nous sommes rencontrés en chair et en os qu'en 1972 lors d'un congrès de science-fiction à Kansas City (Missouri). Il y avait un club Playboy au sommet de l'hôtel où se tenait le congrès, et comme la plupart des types que nous fréquentions, Howard et moi n'étions jamais allés dans un truc comme ça. Un beau jour, tout un groupe monta siroter des boissons ruineuses et reluquer les Bunnies. Dans cette ambiance assez décadente, nous étions là, Howard et moi, à faire durer nos bières. Et tout d'un coup, une étincelle s'alluma dans nos yeux, une fébrilité s'empara de nous, et nous com-

---

(1) L'un des magazines de science-fiction les plus célèbres des Etats-Unis, rendu prestigieux par son « editor », John W. Campbell Jr., qui a donné ses lettres de noblesse à la SF. C'est à sa mort que Ben Bova a repris le magazine. *(N.d.T.)*
(2) Célèbre BD américaine, où l'on peut lire les aventures de héros aussi fameux que, par exemple, Batman et Superman. *(N.d.T.)*

mençâmes à parler boutique. En un rien de temps, nous étions descendus dans la chambre d'hôtel, où nous étions si nombreux que nous dormions par terre (j'utilisais mes bottes comme oreiller), et Howard sortait sa machine à écrire portative. L'un écrivait pendant que l'autre allait faire la fête et, à la fin du week-end, nous en étions à la moitié de l'histoire. Howard emporta le manuscrit au Texas, finit le premier jet et me l'envoya. Je révisai le texte, le développai, le peaufinai et finis par lui trouver un éditeur. C'était à l'époque la nouvelle la plus longue que nous ayons jamais écrite, lui comme moi.

Nous étions alors en août 1972. Howard Waldrop a une imagination incroyablement fertile. Il est capable de vous sortir plus de bonnes idées en un seul après-midi que moi en six semaines. Il se pourrait bien qu'un de ces jours Howard prenne possession du monde entier. Heureusement, sur le plan de la production, ce petit bonhomme est extrêmement lent. Je lui ai envoyé une bonne pile de pages pour notre prochaine coproduction en octobre 1972 et il ne fait que me dire qu'il s'y mettra sérieusement un de ces jours...

Tout en expédiant mon manuscrit à Howard, je travaillais à ...*Pour revivre un instant*, une histoire que j'adore. On demande toujours à un auteur par qui il a été influencé. On s'attend à une énumération de noms d'autres auteurs, SF ou pas. Naturellement, j'ai été influencé par beaucoup d'écrivains, SF et autres, mais il n'y a pas que les écrivains. Les auteurs-compositeurs aussi m'ont influencé, énormément même quelquefois, et je crois que la palme revient à Kris Kristofferson, surtout pour ses premières œuvres, les plus poignantes. Voilà ce qu'il y a dans ...*Pour revivre un instant*, encore qu'il n'y ait pas que ça, bien sûr. Je pensais — je pense toujours d'ailleurs — que c'est une de mes meilleures œuvres. D'aucuns sont d'accord avec moi, d'autres violemment contre. Quand je jetai l'histoire dans l'arène à la Conférence d'écrivains de Milford(1) en 1973, on faillit en venir aux mains. Il me semble, quand j'y pense, que les gens qui aiment ...*Pour revivre un instant* et ceux qui ne l'aiment pas ne comprennent pas les trois quarts de ce que j'ai voulu dire, mais c'est sans doute ma faute, pas la leur. On dit souvent que c'est une histoire d'amour et c'est vrai, bien sûr, en partie, mais essentiellement, il s'agit là-dedans du temps et de la façon dont le passage du temps nous affecte. Et je continue de beaucoup aimer cette nouvelle.

Les Fugitifs me trottaient dans la tête depuis plusieurs années, mais il ne m'a fallu qu'une heure pour l'écrire. J'ai fait ça pendant l'heure du déjeuner (c'était à l'époque où je travaillais encore à l'assistance judiciaire du comté de Cook) et, comme dessert, je me suis offert encore un petit conte. C'était sidérant, de pouvoir écrire deux histoires le même jour. Il me semblait que tout un monde nouveau s'offrait à moi. Comme de bien entendu, je ne suis jamais arrivé à renouveler cet exploit depuis, mais enfin, on ne sait jamais...

Saint Georges ou Don Quichotte date aussi de 1973, un peu plus tard dans l'année. J'y pensais aussi depuis longtemps. L'idée m'est venue quand le Congrès mondial de la science-fiction a décerné un prix spécial à Apollo XI pour « le meilleur alunissage jamais réalisé », louange parfaitement imméritée à mon avis. De temps à autre, un critique écrit un couplet comme quoi l'amour et la solitude sont mes thèmes préférés. Voilà qui prouve bien que les critiques ne savent pas de quoi ils parlent. Il se peut que l'amour et la solitude soient *parmi* mes thèmes favoris, mais le thème numéro un à ce jour est indiscutablement l'éternelle confrontation entre la réalité et le romantisme, et la façon dont la première détruit toujours le deuxième.

---

(1) Rassemblement annuel d'écrivains de science-fiction, où les auteurs (surtout les jeunes nouvellement arrivés sur la scène) lisent leurs dernières œuvres et s'exposent aux critiques (souvent vitrioliques) de leurs confrères et consœurs. *(N.d.T.)*

C'est un sujet que j'ai traité des quantités de fois, et notamment dans *Saint Georges ou Don Quichotte*.

Entre cette dernière nouvelle et *Un luth constellé de mélancolie*, j'ai écrit un certain nombre de récits qui, pour une raison ou une autre, ne figurent pas dans cette anthologie. Par ailleurs, mon engagement de deux ans avec Vista prenant fin, je décidai de tirer ma maigre subsistance de ma plume — enfin, presque, puisque je dirigeais des tournois d'échecs durant les week-ends pour arrondir mes fins de mois — la théorie étant qu'une fois que je n'aurais plus à consacrer des heures de travail à un « boulot normal », j'écrirais page sur page. Mais, allez dire pourquoi, ça n'a pas marché.

J'ai écrit *Un luth constellé de mélancolie* en mai 1974. C'est du fantastique, bien sûr, pas de la science-fiction, et c'est d'un romantisme échevelé. Je suis un romantique impénitent — je me refuse à dire « incurable »; le romantisme n'est pas une maladie, bonnes gens, c'est un genre littéraire et philosophique qui peut faire état d'une longue et honorable tradition — mais ma conception de la vie et mon moral avaient été sérieusement touchés par divers ennuis personnels qui m'étaient tombés dessus en 1973-1974, et de temps en temps je me payais une crise de déprime en remâchant des réflexions amères et cyniques. Alors je m'y suis mis une bonne fois et j'ai essayé de coucher sur le papier le récit le plus romantique que je puisse trouver, histoire de me remonter le moral. Ça a plus ou moins marché, encore que je suppose qu'un objet fêlé, même recollé avec soin, ne peut plus jamais être exactement comme avant. C'est pourquoi les histoires que j'ai écrites après paraissent plus sombres que celles d'avant. Du moins c'est ce qui me semble.

Je ne trouve pas grand-chose à dire sur *Tour de cendres*, sauf que je considère que c'est la meilleure histoire que j'aie jamais écrite.

Sept fois, sept fois l'Homme, jamais!, la dernière nouvelle du livre, est aussi la plus récente. C'est le titre qui est venu en premier. Je l'ai trouvé en lisant *le Livre de la jungle*, de Rudyard Kipling, et j'ai su immédiatement qu'il fallait que j'écrive quelque chose pour aller avec. Les personnages, la planète, l'intrigue, tout cela est venu après. Phénomène bizarre, bien que le titre soit tiré d'un beau poème aux vers mélodiques, tout le monde semble avoir une tendance irrésistible à le citer de travers. Présenté au prix Hugo de 1976 dans la catégorie « novelette », même là, il est devenu *Et sept fois, sept fois un Homme, jamais!* J'ai fulminé et j'ai envoyé des lettres de rectification. Après la publication de la nouvelle, j'ai reçu un jour une lettre de lecteur me félicitant pour ma connaissance remarquable de la guerre des Boers. On en apprend tous les jours, dans ce métier!

Et maintenant, vous pouvez passer aux nouvelles.

Dubuque, Iowa
Février 1977

TOUR DE CENDRES

Elle est en briques, ma tour, de petites briques gris anthracite liées par un mortier noir luisant qui, à mes yeux de profane, ressemblent étrangement à de l'obsidienne — mais ça ne peut évidemment pas être ça — et élève ses murs branlants à près de sept cents mètres au-dessus du bras de la Mer Gracile au bord de laquelle elle est construite, à la lisière de la forêt.

Je l'ai découverte il y a près de quatre ans, le jour où nous avons quitté Port-Jamison, P'tit-Gris et moi, dans l'aéromobile gris métallisé dont la carcasse envahie par les herbes gît maintenant devant ma porte. Aujourd'hui encore, je ne sais rien à son sujet, mais j'ai mon idée.

D'abord, je ne crois pas qu'elle ait été construite de main d'homme. Elle est manifestement plus ancienne que Port-Jamison et je me dis souvent qu'elle doit aussi être antérieure à l'ère spatiale. Les briques (extraordinairement petites, moins du quart d'une brique normale), sont vieilles et fatiguées, si usées qu'elles s'effritent sous mes pas, et il y a de la poussière partout. Je sais d'où elle vient, cette poussière, car plus d'une fois j'ai descellé une brique du parapet et l'ai broyée machinalement en fine poudre noire dans le creux de ma main. Quand le vent marin souffle de l'est, un panache de cendres s'élève de la tour.

A l'intérieur, les briques sont en meilleur état, car le vent et la pluie ne les ont pas autant abîmées, mais ce n'est pas plus agréable pour autant. Il n'y a qu'une seule pièce, poussiéreuse et pleine d'échos, et éclairée uniquement par la lucarne ronde qui s'ouvre au centre du toit, car il n'y a pas de fenêtre. Un escalier, en briques anciennes lui aussi, monte en colimaçon tout le long du mur, formant comme un pas de vis jusqu'au toit. P'tit-Gris, qui est un chat de petite taille, le grimpe facilement, mais pour un homme, les marches sont étroites et mal commodes.

Mais ça ne m'empêche pas de les grimper. Chaque nuit, en rentrant des forêts pleines de fraîcheur, avec le sang coagulé des araignées tisseuses de rêves noircissant la pointe de mes flèches et mon havresac regorgeant de sacs de poison, je monte sur la terrasse, après avoir rangé mon arc et m'être lavé les mains, pour y passer les quelques heures qui restent avant le lever du jour. De l'autre côté de l'étroit bras de mer, je vois les lumières de Port-Jamison, sur l'île, et de là-haut la ville ne ressemble pas à celle de mes souvenirs. Les grands bâtiments noirs et carrés, illuminés, prennent un air romantique la nuit; toutes ces lumières, orange voilé et bleu fumée, créent, avec leur chant muet, une atmosphère de mystère et de solitude totale et les astronefs qui vont et viennent dans le ciel étoilé me rappellent ces lucioles qu'enfant je voyais voleter infatigablement sur Terre.

— Toutes ces histoires, là-bas! m'exclamai-je un jour devant Korbec, avant d'avoir appris qu'il valait mieux me taire. Derrière chaque lumière, il y a quelqu'un, quelqu'un qui a une vie, une histoire; seulement, nos chemins ne se croiseront jamais, alors nous ne les connaîtrons pas, ces histoires.

Je crois que je faisais de grands gestes tout en parlant; j'étais complètement soûl, naturellement.

Pour toute réponse, Korbec me fit un large sourire et hocha la tête. C'était un grand type bien en chair, le cheveu noir et la barbe comme du fil de fer. Il venait de la ville, dans son aéromobile noire fatiguée, pour me livrer mes provisions et emporter le venin que j'avais ramassé, et tous les mois nous montions nous soûler sur la terrasse. Un vulgaire camionneur qui vendait des rêves au rabais et des arcs-en-ciel d'occasion, voilà ce qu'il était. Mais il se prenait pour un philosophe et un observateur de l'humanité.

— Te fais pas d'illusions, me disait-il alors, échauffé par le vin et enhardi par l'obscurité. Tu manques rien ! La vie, ça fait des histoires loupées, tu sais. Une vraie histoire, hein, ça raconte quelque chose, d'habitude. Y a un commencement, et puis un milieu, et puis une fin. Et après, y a plus rien, sauf si c'est un feuilleton. Tandis que dans la vie, les gens, c'est pas ça qu'y font ; y sont juste là, à tourner en rond sans que ça donne rien. Y a jamais de fin, avec eux.

— Ils meurent, les gens, fis-je. Ça fait bien une fin ça, non ?

— Ouais, grogna Korbec, mais tu as déjà vu des gens mourir au bon moment, toi ? Non, ce n'est pas comme ça que ça se passe. Y en a qui claquent avant d'avoir seulement commencé à vivre vraiment et d'autres juste au moment le plus intéressant. Et puis y en a qui durent et qui durent quand tout est déjà fini depuis longtemps.

Souvent quand je suis assis tout seul là-haut, un verre de vin à la main et P'tit-Gris tout chaud sur les genoux, je repense à ce que disait à sa façon maladroite Korbec, à sa voix rauque étrangement douce. Ce n'est pas une lumière, Korbec, mais cette nuit-là je crois qu'il avait raison, plus qu'il ne le pensait lui-même peut-être. Le morne réalisme qu'il me proposait alors est le seul antidote contre les rêves que tissent les araignées.

Mais je ne suis pas Korbec, moi, je ne peux pas, et, même si je reconnais que ce qu'il dit est vrai, il m'est impossible de faire comme lui et de l'accepter.

J'étais dehors en train de m'exercer au tir, en cette fin d'après-midi, n'ayant sur moi que mon short et mon carquois, quand ils arrivèrent. Le crépuscule approchait et je me préparais pour mon expédition nocturne dans la forêt — même dans les premiers temps j'ai toujours vécu de la tombée du jour à l'aube, comme les araignées à rêves. L'herbe était douce sous mes pieds nus, il était encore plus agréable de sentir mon arc à double cintre en bois-argent bien en main, et je tirais bien.

C'est alors que je les entendis arriver. Jetant un regard par-dessus mon épaule en direction de la plage, à l'est, je vis l'aéromobile bleu sombre grossir rapidement dans le ciel. C'était celle de Gerry, j'en étais sûr, je l'avais reconnue au bruit; elle avait toujours fait un bruit bizarre.

Je leur tournai le dos, plaçai une nouvelle flèche — sans trembler — et mis en plein dans le mille pour la première fois de la journée.

Gerry se posa dans l'herbe près de la tour, à quelques pas de mon aéromobile. Crystal l'accompagnait, mince et grave, sa longue chevelure blonde nimbée de roux par le soleil déclinant. Ils s'avancèrent vers moi.

— Ne restez pas près de la cible, leur criai-je en ajustant une autre flèche. Comment avez-vous fait pour me trouver ?

La flèche alla se planter en vibrant dans la cible, ponctuant ma question.

Ils décrivirent un large cercle pour éviter ma ligne de tir.

— Tu m'avais parlé de cet endroit que tu avais survolé un jour, dit Gerry, et on savait que tu n'étais pas à Port-Jamison. Je me suis dit que ça valait le coup d'essayer.

Il s'arrêta à quelques pas de moi, les mains sur les hanches, et je vis qu'il était grand, brun et musclé, comme dans mon souvenir. Crystal s'avança à côté de lui et posa une main légère sur son bras. J'abaissai mon arc et me retournai pour leur faire face.

— Bon, alors vous m'avez trouvé. Qu'est-ce que vous me voulez ?

— Je me faisais du souci pour toi, Johnny, dit Crystal doucement.

Elle détourna cependant les yeux quand je la regardai. Gerry lui passa le bras autour de la taille d'un geste très possessif et brusquement je sentis une bouffée de colère monter en moi.

— Prendre la fuite n'a jamais rien résolu, me dit-il, du ton plein de cet étrange mélange d'intérêt amical et d'arrogance condescendante dont il usait envers moi depuis des mois.

— Mais je n'ai pas pris la fuite, nom de Dieu ! répliquai-je d'une voix forcée. Merde, vous n'auriez jamais dû venir !

Crystal, l'air désolé, jeta un regard vers Gerry, et je vis bien que, tout d'un coup, elle pensait la même chose. Gerry, lui, fronça seulement les sourcils. Je ne crois pas qu'il ait jamais compris le pourquoi de mes paroles et de mes actes. Chaque fois que nous nous parlions, ce qui n'arrivait d'ailleurs pas souvent, il se contentait de m'expliquer, l'air vaguement étonné, ce qu'il aurait dit ou fait à ma place. Cela le dépassait que quelqu'un puisse se comporter différemment que lui dans les mêmes circonstances.

Ce froncement de sourcils ne m'impressionna pas, mais le mal était déjà fait, depuis longtemps. Depuis un mois que je m'étais exilé volontairement dans ma tour, j'essayais — et ce n'était pas facile, loin de là — de me donner raison d'avoir fait ce que j'avais fait et pensé ce que j'avais pensé. Il y avait longtemps, près de quatre ans, que nous vivions ensemble, Crystal et moi, avant de débarquer sur la Planète-Jamison pour essayer de découvrir d'où venaient les extraordinaires objets d'art d'obsidienne et d'argent que nous avions trouvés sur Baldur. Tout ce temps, je l'avais aimée, et je l'aimais encore, même maintenant qu'elle m'avait quitté pour Gerry. Quand je me sentais content de moi, il me semblait que c'était un élan noble et désintéressé qui m'avait fait quitter Port-Jamison. Je voulais que Crys soit heureuse, tout simplement, et elle ne pouvait pas l'être si je restais. La blessure était trop profonde et je ne parvenais pas à la cacher. Ma présence la culpabilisait et ternissait la joie nouvelle qu'elle avait trouvée avec Gerry. Mais comme elle n'était pas capable de m'exclure totalement de sa vie, je m'étais senti obligé de le faire moi-même — pour eux, pour elle.

Du moins c'est ce que je me plaisais à penser. Mais il y avait des moments où ce brillant raisonnement ne tenait plus, des heures sombres où je me méprisais moi-même. La vraie raison était-ce bien celle-là? N'était-ce pas plutôt que, dans un accès de colère infantile, je voulais me faire mal et les punir ainsi — comme ces gosses boudeurs qui ruminent des idées de suicide pour se venger de ce qu'on leur a fait?

Franchement, je n'en savais rien. Depuis un mois, je passais d'une idée à l'autre, essayant de me comprendre moi-même et de décider de ce que je devais faire maintenant. J'aurais voulu passer pour le héros qui se sacrifie pour le bonheur de celle qu'il aime, mais à entendre Gerry, il était évident qu'il ne voyait pas du tout les choses comme ça.

— Pourquoi faut-il que tu dramatises tout! s'obstina-t-il, les lèvres serrées.

Il avait toujours tenu à ce que tout se passe de façon civilisée et on aurait dit que je l'énervais perpétuellement en refusant de prendre le dessus et d'oublier mes blessures pour que nous puissions tous être les meilleurs amis du monde. Et moi, rien ne m'énervait plus que son énervement. Personnellement, je trouvais que je m'en sortais très bien, tout compte fait, et je n'appréciais pas qu'il insinue le contraire.

Mais Gerry était décidé à me convertir à son point de

vue et mon air le plus méprisant ne servait de rien avec lui.

— On va rester là à discuter jusqu'à ce que tu acceptes de rentrer à Port-Jamison avec nous, dit-il du ton décidé du monsieur qui va se fâcher.

— Pour ça, mon vieux, tu peux courir, rétorquai-je en leur tournant le dos brusquement.

Je pris une flèche dans mon carquois, l'ajustai et tirai, beaucoup trop vite. La flèche manqua largement la cible et alla se ficher dans la brique tendre de ma tour branlante.

— Qu'est-ce que c'est que cette tour, au fait ? demanda Crys, en la regardant comme si elle la voyait pour la première fois.

Et peut-être que c'était vrai, qu'il avait fallu le spectacle incongru de ma flèche dans le mur pour qu'elle aperçoive le vieux monument. Mais il était plus probable qu'elle faisait exprès de détourner la conversation pour éviter que la discussion ne s'envenime entre Gerry et moi.

J'abaissai de nouveau mon arc et allai récupérer les flèches qui s'étaient plantées dans la cible.

— Je n'en sais trop rien, dis-je, plus calme, et désireux de saisir la perche qu'elle me tendait. Une tour de garde, je pense, mais pas construite par des hommes. La Planète-Jamison n'a jamais été explorée à fond et elle a peut-être abrité autrefois une race douée de raison. (Je fis le tour de la cible pour aller arracher ma dernière flèche de la brique friable.) Et aujourd'hui encore peut-être... Nous connaissons si peu ce vaste continent.

— Vachement sinistre à habiter, si tu veux mon avis, dit Gerry en inspectant la tour. On dirait qu'elle va s'effondrer d'un moment à l'autre.

Je souris, l'air pensif.

— J'y ai songé. Mais quand je suis arrivé ici, ça m'était complètement égal.

Je regrettai mes paroles aussitôt, car je vis Crys accuser le coup. C'était comme ça les dernières semaines à Port-Jamison. J'avais beau faire, il semblait que j'avais seulement le choix entre mentir ou la blesser. Or, je ne voulais ni l'un ni l'autre, et c'est pour ça que j'étais ici; mais ne voilà-t-il pas qu'ils y étaient eux aussi et la situation était de nouveau impossible.

Gerry voulait dire autre chose, mais il n'en eut pas le temps : P'tit-Gris déboucha d'un bond d'entre les herbes, fonçant droit sur Crystal.

Elle s'agenouilla, souriante, et l'instant d'après il était contre elle, lui léchant la main et lui mordillant les doigts. Il était manifestement de bonne humeur. Il se plaisait ici, près de la tour. A Port-Jamison, il ne pouvait pas sortir comme il voulait parce que Crystal avait peur qu'il se fasse dévorer par les harets de ville, ou chasser par les chiens, ou prendre au collet par les gosses. Ici, au contraire, je le laissais courir à son gré, et il aimait beaucoup mieux ça. Les broussailles autour de la tour étaient envahies de souris à dard, un rongeur du coin dont la queue, sans poils, est trois fois plus longue que le corps. La piqûre fait un peu mal, mais P'tit-Gris s'en fiche. Même s'il est un peu grognon quand il se fait piquer, ça lui plaît de chasser ses souris toute la journée. Il s'est toujours pris pour un grand chasseur, et il n'y a pas grand mérite à chasser une boîte de conserves pour chat.

Je l'avais déjà avant de m'installer avec Crys, mais elle s'était mise à beaucoup l'aimer pendant notre vie commune. Je me suis souvent dit qu'elle serait sans doute partie encore plus tôt avec Gerry si elle ne s'était pas fait du souci à l'idée de laisser P'tit-Gris. Ce n'était pourtant pas une beauté : maigrichon, l'air miteux, des oreilles de renard, le poil d'un marron-gris terne et une queue touffue deux fois trop grande pour lui. Sur Avalon, l'ami qui me l'avait donné, m'avait annoncé gravement que c'était le rejeton illégitime d'une psycho-chatte issue de manipulations génétiques et d'un chat de gouttière pelé. Je ne sais pas s'il pouvait lire les pensées de son propriétaire, mais il n'y prêtait guère attention. Quand il avait besoin d'affection, il sautait carrément sur le livre que je lisais, par exemple, le flanquait par terre et commençait à me mordiller le menton. En revanche, s'il avait envie qu'on le laisse tranquille, il valait mieux ne pas s'aventurer à essayer de le caresser.

Ainsi agenouillée en train de caresser P'tit-Gris qui lui fourrait son museau dans la main, Crystal ressemblait tout à fait à celle que j'avais aimée, avec qui j'avais voyagé, eu des conversations interminables, et dormi chaque nuit, et je compris soudain combien elle me manquait. Je souris, je crois, car la voir, même dans ces conditions, m'était une joie douce-amère. Après tout, me dis-je, je suis stupide, et bêtement rancunier, de vouloir les renvoyer alors qu'ils sont venus de si loin pour me voir. Crys est toujours Crys et Gerry ne peut pas être si mal, puisqu'elle l'aime.

Tout en la regardant silencieusement, je me décidai brusquement : ils pourraient rester. Et on verrait ce qui arriverait.

— La nuit va tomber, dis-je tout haut. Est-ce que vous avez faim, tous les deux ?

Crys leva les yeux, sans cesser de caresser P'tit-Gris, et sourit. Gerry, lui, hocha la tête.

— Parfait, dis-je en m'avançant vers la tour. (Je me retournai sur le seuil pour les inviter à entrer.) Bienvenue dans mes ruines.

J'allumai les torches électriques et me mis à préparer le dîner. Je ne manquais pas de provisions en ce temps-là, car je ne vivais pas encore du produit de ma chasse. Je fis dégeler trois gros dragons des grèves, ces crustacés à coquille d'argent que l'on pêche abondamment à Port-Jamison, et les servis avec du pain et du fromage, le tout arrosé de vin blanc.

Nous fûmes polis et réservés pendant le repas. Nous échangeâmes des nouvelles d'amis communs de Port-Jamison. Crystal me parla d'une lettre qu'elle avait reçue d'un couple que nous avions connu sur Baldur et Gerry se mit à pérorer sur la politique et la campagne de répression du trafic de venin onirique de la police de Port-Jamison.

— Le Conseil veut faire des recherches sur une sorte de super-insecticide qui anéantirait les araignées à rêves. En saturant le littoral, on arriverait à diminuer l'approvisionnement de moitié, dit-il.

— Mais bien sûr, fis-je, un peu gris et énervé par la stupidité de Gerry. (Une fois de plus, en l'entendant, je trouvai que Crystal n'avait pas tellement bon goût.) Et les effets que ça peut avoir sur l'environnement, on s'en fout, hein ?

— C'est le continent, répondit-il simplement en haussant les épaules.

Jamisonien jusqu'au bout des ongles, pour lui cela voulait dire que nul ne s'en souciait. Les aléas de l'histoire avaient donné aux habitants de la Planète-Jamison une attitude singulièrement cavalière vis-à-vis de leur seul et unique continent. Les premiers colons, pour la plupart, étaient venus d'Archéo-Poséïdon, où l'on vivait de la mer depuis des générations. Les océans grouillants de vie et les paisibles archipels de leur nouveau monde les avaient bien plus attirés que les sombres forêts du continent. Leurs enfants avaient acquis la même mentalité, sauf quelques-uns qui se faisaient de l'argent en fraude en vendant des rêves aux autres.

— Et après ? fis-je.

— Soyons réalistes. Le continent ne sert à rien ni à personne, sauf aux chasseurs d'araignées. Qui est-ce que ça léserait ?

— Nom de Dieu, Gerry, regarde cette tour. D'où est-ce qu'elle est venue, je te le demande ! Je te dis, moi, qu'il y a peut-être des créatures intelligentes, là, dans ces forêts. Les Jamisoniens ne se sont jamais seulement donné la peine d'y aller voir.

Crystal, le verre à la main, hocha la tête.

— Johnny pourrait bien avoir raison, intervint-elle

en jetant un coup d'œil à Gerry. C'est pour ça que je suis venue ici, si tu te souviens — à cause des objets d'art. A la boutique de Baldur, ils nous ont dit qu'ils les avaient reçus de Port-Jamison, mais ils n'ont pas pu remonter la filière au delà. Et ce genre de travail... il y a des années que je m'occupe d'objets d'art extraterrestres, Gerry, les œuvres des Fyndayi et des Damouches et les autres, je les connais ! Mais celles-là étaient totalement différentes.

Gerry sourit.

— Ça ne prouve rien. Il y a des millions d'autres races, plus proches du cœur de l'univers et trop loin pour que nous en entendions parler souvent, et encore est-ce par on-dit ; mais il peut bien arriver que certaines de leurs œuvres d'art parviennent jusqu'à nous. (Il secoua la tête.) Non, je parie que cette tour a été construite par un des premiers colons. Qui sait si avant Jamison il n'y a pas eu un autre explorateur qui n'a jamais parlé de sa découverte ? C'est peut-être lui qui a construit ce machin. Des êtres intelligents sur le continent, moi, j'y crois pas.

— Du moins pas tant qu'on n'aura pas enfumé ces sacrées forêts et qu'ils n'en seront pas sortis en brandissant leurs lances, dis-je d'un ton amer.

Gerry se mit à rire et Crystal me sourit. Et brusquement je fus envahi du désir irrésistible d'avoir le dernier mot dans cette discussion. Je raisonnais avec lucidité, dans cet état second que seul l'alcool peut donner et tout me semblait parfaitement logique. Il était si évident que c'était moi qui avais raison. C'était le moment de montrer que Gerry n'était qu'un provincial et de marquer des points contre lui auprès de Crys.

Je me penchai en avant.

— Si seulement vous vous en donniez la peine, vous autres de Port-Jamison, vous pourriez les trouver, ces êtres intelligents. Il n'y a qu'un mois que je suis sur le continent et j'ai déjà découvert pas mal de choses. Vous, vous n'êtes pas seulement foutus de vous faire une idée de toute cette beauté que tu parles si légèrement de bousiller. Il y a tout un environnement ici, différent de celui des îles, avec des milliers et des milliers d'espèces, dont beaucoup sont encore probablement inconnues. Mais qu'est-ce que vous en savez, tous tant que vous êtes ?

Gerry hocha la tête.

— Très bien alors, montre-moi ça. (Il se leva brusquement.) Je suis toujours disposé à m'instruire, Bowen. Pourquoi est-ce que tu ne nous emmènes pas voir toutes les merveilles du continent ?

Lui aussi devait vouloir marquer des points. Il croyait sans doute que je n'accepterais jamais son offre alors que je n'attendais que ça. Au dehors, il faisait sombre maintenant et nous avions discuté à la lumière de mes torches. Par la lucarne du toit les étoiles brillaient au-dessus de nos têtes. La forêt devait être animée à cette heure-ci, belle et mystérieuse, et soudain j'eus très vite envie de rejoindre ce monde où, mon arc à la main, j'étais la force et l'amitié, tandis que Gerry n'était qu'un touriste maladroit.

— Et toi, Crystal ?

— Ça pourrait être amusant, répondit-elle, l'air intéressé. S'il n'y a pas de danger...

— Non, pas avec mon arc.

Nous nous levâmes tous les deux. Crys avait l'air heureux. Je repensai à nos randonnées dans la nature, sur Baldur, et je me sentis soudain tout heureux, sûr que tout allait bien se passer. Gerry n'était qu'un mauvais rêve. Il n'était pas possible qu'elle en soit amoureuse.

Je cherchai d'abord les dessoûlants. Je me sentais en forme, mais pas assez pour partir en forêt encore étourdi par le vin. Nous en prîmes un immédiatement, Crystal et moi, et en quelques secondes je sentis tomber l'euphorie due à l'alcool. Gerry, en revanche, refusa le comprimé que je lui tendais.

— Je n'ai pas tellement bu, insista-t-il, je n'en ai pas besoin.

Je haussai les épaules tout en me disant que les choses allaient de mieux en mieux. Si Gerry pataugeait comme un ivrogne dans la forêt, cela ne pouvait que détourner Crys de lui.

— Comme tu voudras, lui dis-je.

Ils n'étaient ni l'un ni l'autre habillés pour une expédition en pleine nature, mais j'espérais que ça ne poserait pas de problème car je n'avais pas l'intention de les emmener très loin. Juste une petite balade. D'abord suivre un peu ma piste, puis leur montrer la dune de poussière et le gouffre aux araignées et en tuer peut-être une devant eux. Rien d'extraordinaire en somme, juste un aller retour.

Je mis une combinaison de couleur sombre et mes grosses bottes, pris mon carquois et mon arc et tendis une torche électrique à Crystal, pour le cas où nous nous éloignerions de la zone des mousses bleues.

— As-tu vraiment besoin d'un arc? demanda ironiquement Gerry.

— C'est une protection.

— Il ne doit guère y avoir de danger...

Pas tellement, c'est vrai, pour celui qui sait ce qu'il fait, mais je me gardai bien de le lui dire.

— Pourquoi est-ce que vous restez sur vos îles, alors, si c'est tellement sûr par ici?

— Je ferais davantage confiance à un laser, rétorqua-t-il en souriant.

— J'ai des tendances suicidaires. Avec un arc, la proie a sa chance.

Crys me sourit, à la pensée de nos souvenirs communs.

— Johnny est très chevaleresque, expliqua-t-elle à Gerry, il ne chasse que les prédateurs. (Je pris un air modeste.)

P'tit-Gris accepta de garder le château. Sans trembler et très sûr de moi, je mis un couteau à ma ceinture et partis avec mon ex-femme et son amant dans les forêts de la Planète-Jamison.

Nous marchions en file indienne, moi avec mon arc, puis Crys, et enfin Gerry. Au départ, Crys faisait jouer la lumière de la torche sur la piste serpentant à travers les gros bosquets de hallebardières qui formaient un véritable mur le long de la mer. Leurs grands troncs droits à l'écorce grise et rugueuse, aussi larges parfois que ma tour, atteignaient des hauteurs vertigineuses avant de se diviser en minces branchages. Ici et là, ils étaient si denses et se resserraient tant de chaque côté du sentier qu'ils semblèrent plus d'une fois dresser un mur infranchissable devant nous, dans l'obscurité. Crys cependant ne risquait pas de perdre son chemin car elle pouvait toujours braquer sa torche sur moi, à un pas devant elle.

Après dix minutes de marche, la forêt commença à changer d'aspect. Le sol, l'air même étaient plus secs, et si le vent était toujours frais, il ne piquait plus comme lorsqu'il est chargé de sel marin. Les hallebardières hydrophiles avaient absorbé presque toute l'humidité de l'air. Elles étaient plus petites, maintenant, et plus espacées, et il devenait plus facile de trouver un passage entre les troncs. D'autres essences apparurent: arbres-djinn rabougris, faux-chênes tentaculaires, gracieux ébéniers flammés dont les veines rouges s'illuminaient dans le bois noir quand le rayon de la torche vagabonde de Crystal les effleurait.

Et la mousse bleue.

Au début, il y en avait juste un peu : ici un long filament suspendu à une branche d'arbre-djinn, là une petite tache sur le sol, grignotant souvent petit à petit le tronc d'un ébénier flammé ou d'une hallebardière solitaire desséchée. Mais bientôt elle forma un épais tapis sous nos pieds, un revêtement moussu sur les feuilles au-dessus de nos têtes et de lourdes écharpes qui pendaient des branches et dansaient dans le vent. Crystal promenait sa torche de tous côtés, éclairant des touffes de plus en plus épaisses de douce mousse bleue, et du coin de l'œil je commençai à voir la fluorescence.

— Plus besoin de torche, dis-je, et Crystal l'éteignit.

L'obscurité ne dura qu'un instant, jusqu'à ce que nos yeux s'habituent à une lumière plus faible. Tout autour de nous, la forêt irradiait un doux éclat, nous noyant dans la phosphorescence fantomatique de la mousse bleue. Nous étions près de la lisière d'une petite clairière, sous un ébénier au tronc luisant, mais même les flammes de ses veines rouges semblaient froides dans la pâle lumière bleutée. Les mousses avaient envahi tout le sous-bois, supplantant la végétation et donnant aux buissons proches l'air de grosses boules de laine bleue. Elles grimpaient aussi le long de la plupart des troncs d'arbres et, lorsqu'on levait les yeux vers les étoiles à travers les branches, on pouvait voir que d'autres colonies faisaient aux frondaisons une couronne lumineuse.

Je déposai avec précaution mon arc contre le flanc noir de l'ébénier et me penchai pour ramasser une poignée de lumière et l'offrir à Crystal. Quand je la tins sous son visage, elle me sourit de nouveau, les traits adoucis par la clarté magique que je tenais dans ma main. Je me souviens que j'étais très heureux de leur faire découvrir cette beauté.

Mais Gerry sourit ironiquement.

— C'est ça que nous risquons de mettre en péril, Bowen ? Une forêt pleine de mousse bleue ?

Je laissai tomber ma mousse.

— Tu ne trouves pas ça joli ?

— Si, dit-il en haussant les épaules. Mais c'est aussi un parasite qui a une dangereuse tendance à tout envahir et à éliminer toutes les autres formes de végétation. Autrefois, il y en avait beaucoup à Jolostar et dans l'archipel de Barbis, tu sais, mais on a tout arraché ; en un mois, ça peut envahir tout un champ de blé, ajouta-t-il en hochant la tête.

— Il a raison, tu sais, dit Crystal.

Je la regardai longuement, me sentant tout à coup parfaitement lucide, toute trace d'ivresse disparue. Je me rendis brutalement compte que, sans m'en apercevoir, je m'étais créé une autre chimère. Ici, dans un monde qui commençait à être le mien, un monde d'araignées à rêves et de mousse enchanteresse, j'avais cru pouvoir retrouver mon propre rêve depuis longtemps évanoui, mon âme sœur à moi, cristalline et souriante. Sur le continent, dans cette nature hors du temps, avais-je pensé, elle nous verrait tous les deux sous un jour nouveau et elle comprendrait qu'en fait c'était moi qu'elle aimait.

Alors je m'étais tissé un joli rêve, brillant et séduisant comme les pièges des araignées, et d'un mot Crys en avait brisé les filaments légers. Elle était à lui, pas à moi, plus à moi, ni maintenant ni jamais. Et si Gerry me semblait stupide, ou insensible, ou trop terre à terre, eh bien, peut-être était-ce précisément pour cela qu'elle l'avait choisi. Peut-être que non d'ailleurs — je n'avais pas le droit de jouer aux devinettes avec son amour; il était même probable que je ne le comprendrais jamais.

Je me frottai les mains pour en faire partir les derniers brins de mousse brillante, tandis que Gerry prenait la lourde torche des mains de Crystal et la rallumait. Mon pays de conte de fées disparut, anéanti par la réalité aveuglante du rayon de lumière blanche.

— Et maintenant? demanda-t-il en souriant. (Il n'était pas si soûl que ça, finalement.)

Je repris mon arc.

— Suivez-moi, dis-je rapidement, sèchement.

L'un et l'autre avaient l'air intéressé, impatient de continuer, mais mon humeur à moi avait changé du tout au tout. Toute cette expédition me paraissait inutile, à présent. J'aurais voulu les voir loin, et me retrouver dans ma tour avec P'tit-Gris. J'étais démoralisé.

Et tout allait de mal en pis. En nous enfonçant dans

les bois chargés de mousse, nous tombâmes sur un torrent sombre où le rayon de la torche révéla soudain un ferricorne solitaire qui était venu boire. Surpris, il releva rapidement sa tête pâle et s'enfuit par bonds à travers les arbres, évoquant une fraction de seconde la licorne de la légende terrienne. Une vieille habitude me fit me tourner vers Crystal, mais ce fut Gerry qu'elle chercha des yeux en souriant.

Plus loin, en grimpant sur une pente rocheuse, je vis s'ouvrir une caverne qui, à en juger par l'odeur, devait être l'antre d'un carnassier, un haret des bois sans doute.

Je me retournai pour les prévenir et m'aperçus que j'avais perdu mon public. Ils étaient à dix pas derrière moi, au bas de la pente, marchant lentement, la main dans la main, parlant tranquillement.

Triste et furieux, je me retournai et repris la montée sans un mot. Nous ne dîmes plus rien avant d'atteindre la dune de poussière.

Je m'arrêtai juste au bord, mes bottes s'enfonçant de quelques centimètres dans la fine poussière grise, et ils avancèrent l'un après l'autre derrière moi.

— Vas-y, Gerry, avec ta torche, maintenant.

La torche balaya le paysage. La colline rocheuse était derrière nous, éclairée ici et là par la lueur froide de la végétation noyée de mousse. Mais devant nous, c'était un spectacle de désolation : une vaste plaine noire, nue et sans vie sous le regard des étoiles. Gerry faisait tournoyer la torche, éclairant tantôt la poussière toute proche, tantôt l'horizon gris où la lumière se perdait. Le seul bruit était celui du vent.

— Et alors ? demanda-t-il finalement.

— Palpe la poussière. (Cette fois-ci, je n'allais pas me baisser moi-même.) Et quand on sera revenus à la tour, casse une de mes briques et tu verras qu'elle est faite avec le même matériau : une sorte de cendre poudreuse. (Je montrai la plaine d'un large geste.) Il devait y avoir une ville ici autrefois, réduite en poussière aujourd'hui. Ma tour était peut-être un avant-poste, tu vois ?

— Les habitants disparus des forêts, dit-il sans cesser de sourire. C'est vrai qu'il n'y a rien de semblable sur les îles. Mais il y a une bonne raison à ça, c'est que nous, quand il y a un incendie de forêt, on fait quelque chose !

— Des incendies de forêt ! Laisse-moi rire ! Les incendies de forêt ne réduisent pas tout en poussière, il reste toujours quelques souches noircies, ou autre chose.

— Bon, tu as peut-être raison. Mais dans toutes les villes en ruines que je connais, il y a toujours quelques pierres empilées les unes sur les autres pour que les touristes puissent prendre des photos, rétorqua-t-il en balayant de sa torche l'amas de poussière, d'un geste qui le réduisait à néant. Tout ce qu'il y a ici, c'est un tas de saletés.

Crystal ne disait rien.

Je fis demi-tour et ils me suivirent en silence. Je perdais des points à chaque minute. C'était stupide de les avoir emmenés ici. A ce moment-là, je n'avais plus qu'une idée en tête : retourner à ma tour le plus vite possible, les renvoyer à Port-Jamison, et retrouver ma solitude.

Nous étions revenus dans la forêt à mousse bleue, quand Crystal m'appela.

— Regarde, Johnny, dit-elle.

Je m'arrêtai, ils me rattrapèrent et Crys me montra ce qu'elle avait vu.

Je dis à Gerry d'éteindre la torche. C'était plus facile, à la lueur plus faible de la mousse, de voir la fine toile iridescente d'une araignée à rêves, accrochée aux branches basses d'un faux-chêne et descendant en oblique vers le sol. Les taches de mousse qui luisaient doucement autour de nous n'étaient rien à côté de cette splendeur. Chaque fil lisse et brillant, gros comme mon petit doigt, était revêtu de toutes les couleurs de l'arc-en-ciel.

Crys fit un pas en avant, mais je la retins par le bras.
— Attention, ne t'approche pas trop, les araignées sont quelque part dans les parages. Papa araignée ne quitte jamais sa toile et maman se balade dans les arbres alentour.

Gerry leva le regard avec un peu d'appréhension. Sa torche était éteinte et, tout d'un coup, il n'avait plus l'air du monsieur qui sait tout. Les araignées à rêves sont des bêtes dangereuses et je suppose qu'il n'en avait jamais vu si ce n'est au zoo, car il n'y en a pas sur les îles.

— Bigrement grande, cette toile, dit-il. Les araignées doivent être assez grosses.

— Oui, assez. (Et immédiatement une idée me vint. Si une toile de taille moyenne comme celle-là suffisait à le mettre mal à l'aise, j'allais lui en montrer davantage. Lui, il me mettait mal à l'aise depuis le début de la soirée.) Suivez-moi, je vais vous montrer une araignée à rêves, une vraie.

Nous fîmes rapidement le tour de la toile, sans voir aucune de ses gardiennes, et je les emmenai au gouffre aux araignées.

C'était un grand V dans la terre sableuse, l'ancien lit d'un torrent peut-être, aujourd'hui asséché et envahi par la végétation. Le gouffre n'est pas très profond, à la lumière du jour, mais la nuit il est assez impressionnant quand on le regarde du haut des collines boisées qui le dominent de chaque côté. Le fond est recouvert d'un ténébreux enchevêtrement de buissons, où dansent de petites lueurs fantomatiques. Plus haut, toutes sortes d'arbres, dont les branches se rejoignent presque. Il y en a un, en fait, qui relie les deux bords du ravin — une vieille hallebardière pourrissante que le manque d'humidité a fait sécher sur pied et qui est tombée depuis longtemps en travers du gouffre; elle forme un pont naturel, un pont festonné de mousse bleue, et qui luit doucement dans la nuit.

Nous nous engageâmes tous les trois sur le tronc

courbe faiblement éclairé et je leur fis signe de regarder vers le bas.

Plusieurs mètres en contrebas, un filet irisé, phosphorescent, était tendu d'une falaise à l'autre. Chaque fil était aussi épais qu'un câble et luisait d'une huile visqueuse. Enlaçant tous les arbres au bas du ravin de ses myriades de fils, la toile faisait un toit merveilleux qui scintillait au-dessus du gouffre. C'était tellement joli qu'on avait envie de tendre la main pour la toucher.

C'est pour cela, bien sûr, que les araignées tissent leur toile. Ce sont des prédateurs nocturnes et les vives couleurs de leurs fils brillant dans la nuit distillent un charme puissant. Pour nombre de créatures, c'est un leurre irrésistible.

— Regardez, voilà l'araignée, dit Crystal en la montrant du doigt.

Dans l'un des coins les plus sombres de la toile, à demi cachée par les branchages d'un arbre-djinn accroché au rocher, elle attendait, immobile. Je distinguai faiblement, dans la lueur de la mousse et l'iridescence de la toile, son corps blanc, gros comme une citrouille, et ses huit pattes.

Gerry jeta de nouveau un coup d'œil inquiet autour de lui, scrutant les branches d'un faux-chêne qui nous surplombait en partie.

— La femelle ne doit pas être loin, hein?

J'acquiesçai d'un signe de tête. Les araignées à rêves de la Planète-Jamison ne sont pas tout à fait comme les arachnides de la Terre. Ici aussi, la femelle, plus menue, est bien plus dangereuse que le mâle, mais loin de le dévorer, elle forme avec lui une association spécialisée qui dure toute une vie. Car c'est le gros mâle lymphatique, doté de filières, qui tisse la toile incandescente qu'il enduit de liquides gluants et qui entortille la proie attirée par la lumière et les couleurs. Pendant ce temps, la femelle, son sac à poison plein de venin à rêves, ce venin qui donne des visions splendides et l'extase avant l'anéantissement complet, sillonne les branches dans la nuit, en quête des créatures, parfois dix fois plus grosses qu'elle, qu'elle piquera pour les traîner, tout engourdies, vers la toile garde-manger.

Les araignées sont des chasseresses douces et miséricordieuses, malgré tout. Elles préfèrent manger leur proie vivante, c'est vrai, mais il est probable que la proie aime ça; il paraît même qu'elle gémit de plaisir. « Celui que l'araignée aura, dans la volupté périra », prétend la sagesse populaire de Port-Jamison. Comme tout ce que dit la sagesse populaire, c'est sans doute très largement exagéré. Il n'empêche que les captifs ne se débattent jamais.

Sauf cette nuit-là, où quelque chose s'agitait dans la toile, au-dessous de nous.

— Qu'est-ce que c'est que ça? dis-je en plissant les yeux pour mieux voir.

La toile iridescente était loin d'être vide. Le corps à moitié dévoré d'un ferricorne gisait presque à portée de ma main et, juste un peu plus loin, une sorte de grande chauve-souris sombre était enveloppée de fils brillants. Mais ce n'était pas cela que je regardais. Dans le coin en face du mâle, près des arbres de la paroi du côté ouest, quelque chose palpitait. Je me souviens avoir entr'aperçu une créature dont les membres pâles s'agitaient, de grands yeux lumineux et quelque chose qui ressemblait à des ailes. Mais je ne la vis pas clairement.

C'est alors que Gerry glissa.

Peut-être était-ce le vin qui rendait son pas incertain, ou bien la mousse sous ses pieds, ou la courbure du tronc sur lequel nous nous tenions. Peut-être essayait-il simplement de passer à côté de moi pour voir ce que je regardais. Toujours est-il qu'il glissa, perdit l'équilibre, tomba en poussant un cri aigu et se retrouva pris dans la toile, cinq mètres plus bas. Il la fit trembler tout entière, mais il ne risquait pas de la briser. Les toiles des araignées à rêves résistent à un ferricorne, ou à un haret des bois, après tout.

— Merde! jura-t-il. (Il avait l'air ridicule, une jambe dépassant carrément de l'autre côté de la toile, les bras pris dans le piège gluant, avec seulement la tête et les épaules qui émergeaient du fouillis.) Ça colle, ce machin. Je peux à peine bouger.

— N'essaie pas, ce serait pis. Je vais trouver le moyen de descendre et de couper les fils. J'ai mon couteau.

Je regardai autour de moi, cherchant une branche d'arbre sur laquelle passer.

— *John!* (La voix de Crystal était tendue, nerveuse.)

Le mâle avait quitté le coin où il était tapi, derrière l'arbre-djinn. Il se dirigeait lentement mais sûrement vers Gerry, grosse forme blanche tranchant sur la beauté surnaturelle de sa toile.

— Bon Dieu!

Je n'étais pas vraiment inquiet, plutôt emmerdé. C'était la plus grosse araignée que j'eusse jamais vue et c'était dommage de la tuer. Mais je n'avais pas vraiment le choix. Le mâle n'a pas de venin, mais c'est tout de même un carnivore et sa morsure peut être mortelle, surtout quand il est aussi gros que celui-là. Je ne pouvais pas lui permettre de trop s'approcher de Gerry.

Je retirai lentement, calmement, une longue flèche grise de mon carquois et l'ajustai sur mon arc. Il faisait nuit, bien sûr, mais je ne m'inquiétais pas plus que ça. Je suis bon tireur, et ma cible se détachait nettement sur les fils luisants de sa toile.

Crystal poussa un hurlement.

Je m'arrêtai brièvement, agacé qu'elle panique alors que j'avais la situation bien en main. Mais je savais bien, en fait, que ce n'était pas ça. C'était autre chose, mais l'espace d'un instant, je me demandai quoi.

Et puis, en suivant le regard de Crys, je vis. Une araignée, blanche et grasse, grosse comme un poing, était tombée à moins de dix pas de nous sur le tronc. Crystal, Dieu merci, était à l'abri derrière moi.

Je restai figé. Combien de temps, je ne sais pas. Si seulement j'avais agi, sans réfléchir, tout se serait bien passé. J'aurais dû expédier le mâle d'abord, avec la flèche prête sur mon arc. Ensuite, j'aurais eu tout le temps d'ajuster une deuxième flèche pour la femelle.

Au lieu de quoi, je restai là, pétrifié, captif de ce moment clair-obscur, de cet instant hors du temps, mon arc à la main et pourtant incapable de bouger.

Tout était si compliqué, tout d'un coup. La femelle me fonçait dessus, plus vite que je ne l'en eusse crue capable, et elle avait l'air tellement plus rapide et plus dangereuse que l'espèce de chose blanche indolente qui avançait en bas. Peut-être devais-je commencer par la femelle. Si jamais je la manquais, il fallait que j'aie le temps de dégainer mon couteau ou de prendre une autre flèche.

Cela ne manquerait pas de mettre Gerry, empêtré dans la toile, à la merci du mâle qui avançait inexorablement vers lui. Il pouvait mourir mais Crystal ne pourrait m'en blâmer. Il fallait que je nous sauve d'abord, elle et moi, elle le comprendrait. Et elle me reviendrait.

Oui.

NON !

Crystal hurlait, hurlait, et tout devint clair tout à coup. Je sus ce que tout cela signifiait, pourquoi j'étais là dans cette forêt et ce que j'avais à faire. Ce fut un moment d'extraordinaire transcendance. J'avais perdu le don de la rendre heureuse, ma Crystal, mais maintenant, pour un bref instant le temps était suspendu et ce pouvoir m'était rendu. Je pouvais lui offrir le bonheur ou l'en priver pour toujours. Avec une flèche, je pouvais lui donner une preuve d'amour que Gerry ne pourrait jamais surpasser.

Je souris, je crois. J'en suis sûr, en fait.

Et ma flèche sombre s'envola dans la nuit fraîche et

alla s'enfoncer dans le corps épais de l'araignée blanchâtre qui se hâtait dans la dentelle de lumière.

La femelle était sur moi et je ne fis aucun mouvement pour l'écarter d'un coup de pied ou l'écraser sous mon talon. Je sentis comme un coup de poignard à la cheville.

Qu'ils sont brillants et colorés, les pièges que tissent les araignées à rêves!

La nuit, en rentrant de la forêt, je nettoie soigneusement mes flèches, puis j'ouvre mon gros couteau à fine lame dentelée pour entailler les sacs à poison que j'ai ramassés. L'un après l'autre, je les ouvre d'un seul coup, comme je l'ai fait déjà pour les détacher du corps blanc immobile de l'araignée, puis je verse le poison dans des flacons, en attendant que Korbec vienne les chercher.

Après, je sors le ravissant gobelet miniature d'obsidienne et d'argent, avec des motifs représentant des araignées, et je le remplis à ras bord avec le lourd vin noir qu'on m'apporte de la ville. Je remue le vin avec la lame de mon couteau, je tourne et je tourne jusqu'à ce qu'elle soit à nouveau brillante et propre et que le liquide soit encore un peu plus foncé. Et je monte sur la terrasse.

Souvent alors les paroles de Korbec me reviennent en mémoire, et avec elles mon histoire. Crystal, mon amour et Gerry et les lumières et les araignées dans la nuit. Tout semblait tellement bien en ce bref instant où j'ai pris cette décision sur le pont couvert de mousse, mon arc à la main. Et tout est allé tellement mal après, tellement *mal*...

... à partir du moment où je me suis réveillé, après un mois de fièvre et de visions, dans la tour où Crys et Gerry m'avaient ramené pour me soigner. Mon choix, ce choix transcendant, n'était pas aussi décisif, finalement, que j'aurais pu le croire.

Parfois je me demande si c'était vraiment un choix. Nous en avons souvent parlé, pendant que je recouvrais mes forces, et l'histoire que Crystal m'a racontée n'est pas celle dont je me souviens. Elle m'a dit que nous n'avions pas du tout vu la femelle avant qu'il soit trop tard, qu'elle s'est laissée tomber silencieusement sur ma nuque au moment où je lâchais la flèche qui devait tuer le mâle. Ensuite, Crys m'a dit qu'elle l'avait écrasée avec la torche que Gerry lui avait donnée à tenir et que j'avais dégringolé dans la toile.

En fait, j'ai bien une blessure à la nuque, et rien à la cheville. Et son histoire sonne vrai. Car j'ai appris à connaître les araignées à rêves au fil des années, ces longues années qui s'écoulent au ralenti depuis cette nuit-là, et je sais que les femelles sont des chasseresses furtives qui se laissent tomber sur leur proie à l'improviste. Elles ne chargent pas comme des ferricornes fous. Ce n'est pas leur genre.

Et ni Crystal ni Gerry ne se souviennent d'une pâle créature ailée se débattant dans la toile.

Pourtant, moi, je me souviens bien... comme je me souviens de la femelle se précipitant sur moi en cet instant interminable où je restai pétrifié. Oui, mais... on dit que la piqûre de l'araignée à rêves a des effets bizarres sur le cerveau.

Ce pourrait être cela, naturellement.

Quelquefois, lorsque P'tit-Gris monte l'escalier derrière moi, griffant de ses huit pattes blanches les briques couleur de suie, je suis frappé par l'étrangeté, l'incohérence de tout cela, et je sais que j'ai trop longtemps vécu dans mes rêves.

Et pourtant, c'est souvent plus joli de rêver que de vivre, et les histoires qu'on se raconte sont tellement plus belles que la réalité.

Crystal ne m'est pas revenue, ni alors ni jamais. Ils partirent quand je fus rétabli. Et le bonheur que je lui avais apporté, avec ce choix qui n'était pas un choix, ce sacrifice qui n'était pas un sacrifice, le don que je lui avais fait pour toujours... dura moins d'un an. Korbec m'a parlé d'une violente scène de rupture entre elle et Gerry et m'a dit qu'elle avait quitté la Planète-Jamison depuis.

Ce doit être vrai, si l'on peut croire ce que dit un homme comme Korbec. La chose ne me préoccupe pas outre mesure.

Je me contente de tuer des araignées à rêves, de boire du vin, de caresser P'tit-Gris. Et chaque nuit monte au sommet de ma tour de cendres pour contempler les lumières dans le lointain.

Chicago
Août 1974

SAINT GEORGES
OU DON QUICHOTTE

Le *Flycaster*(1) ressemblait, en somme, à un poisson, mais un poisson dont on aurait enlevé toute la chair. Il restait la tête — un petit habitacle hermétique — et la queue — les moteurs à fusion. Entre les deux il y avait l'arête dorsale, réseau entremêlé de poutrelles et d'appareillages, ouvert sur le froid de l'espace.

Et puis il y avait Vito, solidement attaché à l'« arête », près du harpon, pour éviter d'aller flotter dans le vide pendant que Janie réglait leur orbite sur celle du vieux satellite qui tournait en dessous d'eux.

Il étudiait l'engin à travers la visière de son casque pendant qu'elle faisait ses manœuvres. Se détachant en noir sur le fond bleu-vert de la Terre, il ressemblait, se dit Vito, à un oiseau de métal, avec ses deux panneaux solaires déployés comme des ailes d'argent.

Mais l'oiseau était mort. Janie avait mesuré l'énergie dès qu'il avait été assez près. Néant.

— Ça y est, entendit-il dans la radio de son casque, à toi de jouer.

— D'accord.

Il fit défiler rapidement les chiffres sur le mini-ordinateur fixé au poignet de sa combinaison spatiale. Puis, hochant la tête d'un air satisfait, il fit pivoter le har-

---

(1) La *Canne à pêche* serait l'équivalent le plus proche en français. *(N.d.T.)*

pon. D'un mouvement lent et minutieux à cause de l'impesanteur, il l'amena petit à petit jusqu'au point où les chiffres de la mire correspondaient exactement avec ceux que lui avait donnés l'ordinateur; le satellite se trouvait juste au centre de son viseur.

Comme chaque fois, il hésita au moment où sa main gantée se refermait sur la détente. Il se fiait à l'ordinateur, mais pour le harpon, c'était une autre affaire. Récupéré sur un vieux baleinier et expédié de la Terre, il avait été soudé sur place par Janie. Vito le trouvait encore plus déglingué que le reste du *Flycaster*.

Aussi appuya-t-il sur la détente en fermant les yeux.

Quand il les rouvrit, le harpon était à mi-chemin du satellite, traînant derrière lui un long câble si mince que Vito ne le voyait que lorsque le soleil jouait dessus. Un instant plus tard, l'une des ailes du grand oiseau se replia sans un bruit.

— Je l'ai eu, s'écria Vito, soupirant de soulagement.

Puis il attendit patiemment pendant que Janie exécutait les manœuvres de halage. Quand le satellite toucha la poutrelle extérieure, il était prêt. Il se laissa flotter jusqu'à la poutrelle et y fixa la prise à côté des autres avec des crampons magnétiques. C'était la quatrième, la plus grosse. Le compartiment des instruments faisait près de deux mètres, et les ailes beaucoup plus. Mais elles étaient quand même petites par rapport au *Flycaster*.

Quand la prise fut arrimée, il revint vers l'habitacle, se déplaçant une main après l'autre tout le long de la poutrelle avec une habileté dénotant une longue habitude de l'impesanteur. L'habitacle était la partie la moins impressionnante du *Flycaster*. Les placards, le tableau de bord et les pupitres de commande occupaient presque toute la place. Il restait juste assez d'espace pour un petit cabinet de toilette et deux fauteuils pouvant faire couchette. Et Janie.

Quand il entra, elle était assise dans l'un des fauteuils, ceinture bouclée, en train de vérifier quelque chose sur l'ordinateur. Sortant du sas, il s'approcha en essayant d'éviter au passage sous-vêtements et chaussettes sales. La porte du placard à linge sale était détraquée et s'ouvrait toute seule chaque fois que Janie manœuvrait l'astronef.

— Avec ça, dit-elle, on finit de couvrir les frais de l'expédition. Et on n'a même pas besoin de repartir en chasse. J'ai de nouveau quelque chose sur l'écran.

— Parfait, sourit Vito en l'embrassant sur la nuque avant de commencer à défaire sa combinaison spatiale.

— Il est bizarre, ce truc, continua Janie, les yeux toujours fixés sur son écran. Trop gros pour un satellite. Boucle ta ceinture, je vais nous propulser plus près.

Vito jeta sa combinaison dans un placard et commença à récupérer les chaussettes. Mais à la réflexion il y renonça et les laissa flotter librement tandis qu'il s'allongeait sur la couchette. Janie modifiait leur orbite.

— On y sera dans une heure à peu près, dit-elle.

— Mmm, marmonna Vito. Quand tu dis gros, tu veux dire gros comment ?

— Enorme. Aussi gros que nous, d'après mes mesures. Qu'est-ce que ça peut être, à ton avis ?

— Une fusée de la fin du XXe siècle, peut-être. Ils construisaient de vrais monstres à l'époque des combustibles chimiques.

Janie fit non de la tête.

— J'y ai pensé. Mais ces fusées étaient à étages et les premiers étaient largués. Ça, c'est aussi gros que la fusée complète.

— Alors c'est un laboratoire spatial abandonné, ou un de ces mystérieux engins chinois d'il y a trente ans, ou un cadavre de cosmonaute dont les Russes ne nous ont jamais parlé, ou une soucoupe volante. N'importe quoi. On verra bien quand on y sera. Ce qu'il y a de sûr, en tout cas, c'est que ça nous fera du fric.

Et tout en lui souriant, il défit sa ceinture et se mit à récupérer le linge sale.

Une heure plus tard, il jouait moins les blasés. Il regardait d'un œil fixe l'image agrandie de la cible sur la visionneuse de la cabine.

— Bon sang de bon sang, finit-il par dire, qu'est-ce que c'est que ce machin-là?

— Du fric, tu disais, si j'ai bonne mémoire.

Vito n'apprécia pas la plaisanterie.

— Bon Dieu, regarde-moi ça! Mais regarde un peu!

Ce qu'ils firent, bouche bée.

L'engin était un peu plus gros que le *Flycaster*, mais massif, alors que le *Flycaster* était tout en poutrelles et tubulures. Suspendu dans le froid de l'espace, il était long et mince, brillant comme un miroir, et le soleil dansait sur ses flancs argentés. On aurait dit une aiguille et c'était un modèle d'aérodynamisme.

— Bel objet, dit Vito, mais à quoi peut-il bien servir?

— Il n'est absolument pas fonctionnel, comme astronef. On dirait qu'il a plutôt été conçu pour voler dans l'atmosphère. Mais alors qu'est-ce qu'il peut bien ficher ici, en plein espace?

Vito était déjà en train d'ouvrir un placard.

— Approche aussi près que tu pourras. Je vais prendre un aérojet et aller me rendre compte sur place.

Il s'appelait Peter Van Dellinore, mais personne ne l'appelait comme ça, c'était bien trop long et compliqué. Pour les relations d'affaires de son père, il était Van Junior, pour les simples connaissances Van, et pour les copains Pete. Après coup, un chroniqueur le baptisa « le Dernier des romantiques », ce qui dit bien ce que ça veut dire. En d'autres temps, il aurait pu être un nouveau Byron. Grand, élégant, mince mais athlétique, les cheveux blond cendré et les yeux bleus, il souriait facilement et explosait tout aussi facilement. Et il avait de l'argent à ne savoir qu'en faire.

Il était l'héritier de la fortune des Van Dellinore. Son

père, Clifford Van Dellinore, avait fondé la CVD Holosystems, Inc., et présidé à la création de la CBC — la Continental Broadcasting —, le premier réseau d'holovision, qui était resté le plus important. Et puis il y avait eu la Delnor Lasers, les ordinateurs Lightway, la Compagnie aérospatiale Douglas-Dellinore et les Duralliages New Era, dont la famille Dellinore possédait des paquets d'actions.

Le père, né modérément riche, était devenu un homme d'affaires brillant et impitoyable. Le fils, qui avait trouvé des millions dans son berceau, était tout le contraire du père. Il était doué, tout le monde le reconnaissait, mais, de l'avis de son père, il employait rudement mal ses dons.

L'homme qui comprenait le mieux Pete, c'était Ray Lizak, un copain d'université. Petit brun falot, Lizak avait toujours rêvé de mener une vie aventureuse, mais n'en avait trouvé, apparemment, ni le temps ni l'occasion. Et voilà qu'à l'université il s'était trouvé partager la chambre de Pete. En un an, il avait piloté des voitures de sport, tâté de la plongée et du parachutisme, fait le tour du monde en un week-end et perdu son pucelage. Il s'était aussi fait arrêter six fois pour avoir pris part à toutes sortes de manifestations plus ou moins saugrenues. Pete était un chef-né, mais né pour mener le combat des causes perdues et Lizak était un assistant-né.

Il y eut, par exemple, cette histoire du bâtiment de l'Ecole d'administration. C'était un des plus vieux édifices du campus, mais pas assez quand même pour être classé monument historique. Avant que Pete ne s'en mêle, tout le monde le trouvait affreux. Enorme et sombre, construit de briques rouges friables, il manquait totalement d'harmonie. D'un côté le toit était plat, de l'autre il était en pente. A un coin, il y avait un clocher carré, mais sans cloches, à un autre une espèce de tour pointue. Sans compter l'escalier d'incendie qui grimpait en spirale autour de la moitié du bâtiment comme une toile d'araignée métallique. A l'intérieur, c'était mal éclairé, le plancher gondolait et l'acoustique était catastrophique. Bref, une horreur que personne n'appréciait.

Mais quand l'université annonça qu'elle allait le démolir pour en construire un plus moderne à la place, Pete se mit à pousser les hauts cris.

— Regarde ce bâtiment, dit-il à Lizak. Il n'a pas été construit par un architecte. Il est absolument asymétrique, comme s'il avait poussé là naturellement, au hasard. Il n'y en a pas d'autre comme lui dans le monde et il n'y en aura jamais. Il est sublime de laideur. On ne peut pas les laisser le démolir pour mettre à la place une autre de leurs cages à lapins !

Le jour où les démolisseurs arrivèrent, six mois après, ils se heurtèrent à près de cinq cents étudiants scandant LAISSEZ-NOUS NOTRE ECOLE qui faisaient la chaîne pour les empêcher de passer, si bien qu'il fallut appeler la police pour les disperser avant que la démolition puisse commencer.

Voilà comment était Pete, à dix-neuf ans.

Pendant ses dernières années d'études, il s'occupa de choses plus sérieuses. Il organisa des manifestations pour la paix, l'écologie et la liberté sexuelle, en mélangeant les trois, quelquefois. Pendant un mois, il campa devant le laboratoire de biologie pour protester contre les recherches concernant les armes biochimiques. Il emmena un millier de manifestants dans la principale usine Douglas-Dellinore pour stopper la fabrication de missiles stratégiques. Après ce coup-là, son père ne lui adressa plus la parole pendant près d'un an, mais il arrêta la fabrication des missiles. Ils se réconcilièrent quand Pete lança une pétition pour protester contre la réduction du budget de la NASA et recueillit dix mille signatures. Douglas-Dellinore avait besoin de la NASA.

Lizak aimait excuser Pete auprès des gens qui le traitaient de cinglé. C'était devenu en quelque sorte sa vocation.

— Vous comprenez, disait-il, ce n'est pas qu'il soit fou, seulement, il se prend pour saint Georges.

Ça, il le disait quand il pensait que Pete avait au moins une petite chance de réussir dans l'aventure dans laquelle il s'était embarqué. Si l'entreprise était par trop utopique, ça devenait : « ... il se prend pour Don Quichotte. »

Pete aimait le vin, la bière, les voitures de sport, les avions, les jolies filles, la poésie, la pizza, les brioches, le brouillard, les belles bagarres et les beaux orages, et les gens intéressants qui faisaient des choses intéressantes. Il détestait la guerre, le foie de veau, le froid et les gens ordinaires qui portaient costume et cravate. Et ce qu'il aimait et détestait le plus en même temps, c'était l'espace.

Faire des expéditions dans l'espace lui paraissait une chose merveilleuse, mais la façon dont elles se déroulaient dans la réalité lui déplaisait souverainement. Un jour, le ciné-club de l'université avait mis au programme un vieux film de science-fiction sur le premier voyage vers la Lune, suivi d'un enregistrement vidéo du véritable événement. Pete n'était pas encore né quand le film avait été tourné, ni au moment des premiers pas de l'homme sur la Lune, mais les voyages dans l'espace figuraient en bonne place dans la liste des « Choses à faire » qu'il s'était établie.

Il avait préféré le film.

— Dans la réalité, c'était d'un morne, expliqua-t-il à Lizak. Le programme spatial est fait tout de travers. La Terre est déjà assez bien banalisée et aseptisée comme ça; ils devraient au moins laisser l'espace à l'état naturel. Leurs foutus astronautes, ils ressemblent plus à des ronds-de-cuir qu'à des explorateurs. Quant aux premiers mots de l'homme débarquant sur la Lune, tu m'avoueras que comme déclaration historique, il y a mieux ! On voyait bien qu'Armstrong récitait son texte. C'est sûrement un type des relations publiques de la NASA qui lui avait pondu ça.

Il se mit alors à s'intéresser de près à ce qui se faisait dans le domaine de l'espace, la plupart du temps pour y trouver à redire. Il fut très déçu par l'expédition soviétique sur Mars, parce que la première émission qui en parvint consista en une série de mesures scientifiques. Mais il était quand même pour le programme spatial. Il se disait que plus tard on pourrait l'organiser comme il le fallait, expliquait Lizak.

Ayant fait une spécialisation en administration des entreprises pour faire plaisir à son père, Pete, un peu assagi mais demeuré semblable à lui-même, passa quelque temps dans les bureaux du dernier étage de la tour de la CBC à apprendre à seconder son père, et réussit même quelques petites affaires tout seul. Mais tout cela l'ennuya vite et il commença à chercher quelque chose de plus intéressant à faire.

Il avait vingt-six ans quand les Russes annoncèrent leur mission vers Jupiter. Le *Jupiter* (Pete avait toujours dit que l'imagination était totalement absente du programme spatial russe) devait être construit dans leur station orbitale et lancé d'ici un an.

En annonçant, moins d'une semaine après, la construction du *Patrick-Henry*[1] pour la même mission, la NASA créa un grand courant d'intérêt. Pour la première fois en cinquante ans, la course à l'espace semblait devoir justifier son nom, puisque deux astronefs allaient partir à peu près en même temps pour la même destination.

Parmi les gens que cela passionnait, il y avait Pete, qui posa sa candidature pour embarquer sur le *Patrick-Henry*.

— Pourquoi pas? déclara-t-il à un journaliste venu le voir quand la presse eut vent de la chose. Je suis jeune, je m'y connais en lasers, en ordinateurs et en moteurs à fusion, et j'ai beaucoup d'heures de vol à mon actif.

---

[1] Patrick Henry était un patriote américain, célèbre pour s'être écrié *« Give me liberty or give me death! »* (« La liberté ou la mort! »). *(N.d.T.)*

Ce voyage est une grande aventure et je suis sûr que j'apporterai beaucoup à l'équipage.

La NASA n'apprécia pas. Questionné à ce sujet lors de la conférence de presse où l'on annonça sa nomination, le commandant du *Patrick-Henry*, Donaldson, hocha la tête.

— Il s'agit d'une mission scientifique, pas d'une aventure. Les amateurs d'émotions fortes, nous n'en avons pas besoin. Ce sont généralement des instables.

Pete aurait probablement répliqué vertement, si ça n'était pas aussi mal tombé. En effet, quelques heures après cette conférence, Clifford Van Dellinore mourait. Il y eut les funérailles, et une période de deuil — et la lutte pour le pouvoir — si bien que Pete ne fit aucune déclaration publique pendant des mois.

Il avait hérité de 37 % des actions des Entreprises Van Dellinore, sa jeune sœur de 10 % et d'autres parents aussi de 10 %. Le reste était entre les mains d'amis de son père. Pete prit son téléphone et se retrouva P.-D.G. Les associés de son père furent d'abord un peu choqués de le voir revendiquer le fauteuil présidentiel, mais ils lui donnèrent quand même sa chance sans trop se faire prier. Ça aurait fait plaisir au paternel, se dirent-ils.

Voire.

Entre-temps, la NASA avait annoncé la composition de l'équipage du *Patrick-Henry*. Pete n'en était pas. L'astronef était en construction, en orbite, près de la station Shepard. C'était une espèce de squelette d'un noir terne, les entrailles ouvertes sur l'espace pour en faciliter l'accès en cas de réparation. Seul le compartiment avant serait aménagé en habitacle. Certains journalistes trouvaient qu'il ressemblait à un gratte-ciel inachevé.

Mais ça n'avait aucune importance. Les émissions soviétiques en provenance de la Roue de Komarov montraient que le *Jupiter*, de son côté, ressemblait à une grosse tomate grise.

Le grand départ des deux astronefs était prévu pour février.

En juillet, Pete convoqua une conférence de presse au sommet de la tour de la CBC. Toute la presse imprimée et audio-visuelle était là. La plupart des journalistes étaient des spécialistes des questions financières. Pete avait déjà la réputation d'être une petite merveille de la finance, bien qu'il n'ait rien fait de plus merveilleux que de devenir P.-D.G.

Jusqu'à présent du moins.

— Vous devez vous demander pourquoi je vous ai fait venir ici aujourd'hui, commença-t-il, souriant.

Lizak, l'attaché de presse de Pete, fut le seul à lui rendre son sourire. Le journaliste financier n'est pas porté sur le badinage.

— Je serai bref, continua Pete. Voilà : nous allons envoyer un astronef en direction de Jupiter et, pour veiller à ce que nos capitaux soient bien employés, je serai à bord.

Il y eut un silence stupéfait. Puis quelqu'un rit.

— C'est une blague ?
— Pas du tout.
— Vous construisez vraiment un astronef ? Où ça ?
— Dans mon jardin, évidemment, fit Pete, pince-sans-rire.

Vito atteignit l'astronef argenté à quelques pas du sas. La voix de Janie, crachotante, lui parvint presque immédiatement dans la radio de son casque.

— Alors, qu'est-ce que c'est ?
— Je n'en sais encore rien, répondit Vito patiemment. (Ses semelles lui permettaient d'adhérer à la coque, ce qui lui laissait les mains libres pour pouvoir détacher le métallomètre fixé à sa jambe. Il l'actionna rapidement.) La coque est en duralliage, dit-il. Ça te dit quelque chose ?

— Ce bidule ne peut pas avoir plus de soixante ans,

alors. Le duralliage n'a remplacé l'acier qu'au début du XXIe siècle.

Vito remit le métallomètre en place et se dirigea vers le sas. Il n'eut aucune difficulté à entrer. La porte extérieure était grande ouverte. Il se courba pour pénétrer à l'intérieur.

Le sas était large, plus large que celui du *Flycaster*. La porte intérieure béait, elle aussi.

— Tout est immense. En tout cas, cet engin n'est pas pressurisé.

D'un coup d'aérojet, il se propulsa dans ce qui avait dû être le poste de commande.

Il y faisait sombre, mais pas vraiment noir. La paroi avant était en plastique translucide et formait une baie renflée. Vito pouvait voir le ciel étoilé et, loin en dessous, la Terre, sur laquelle se détachait le *Flycaster,* que Janie avait positionné en orbite parallèle, à environ trois cents mètres.

A la lumière qui se réfléchissait de la Terre, Vito se mit à examiner la cabine.

— Pourquoi ne dis-tu rien? demanda Janie. Il y a quelque chose qui ne va pas?

— Non, mais je regarde.

— A quoi ça ressemble, à l'intérieur?

— C'est vide. C'est un astronef, ou ça l'a été, mais la cabine est vide. Des montants pour des couchettes, mais pas de couchettes. Un tableau de commandes, mais pas de commandes. Des trous là où il devrait y avoir des claviers et des touches, et, en plus, un tas de quincaillerie en balade : des outils, des rouleaux de fils, des trucs comme ça.

Poussant une cloison, il marcha jusqu'à une série de placards.

— Pas de provisions, dit-il après en avoir ouvert plusieurs. Pas de combinaisons spatiales non plus.

Pendant de longues minutes, il fouilla toute la cabine, ouvrant toutes les portes qui voulaient bien se laisser ouvrir, démontant les panneaux, et continuant la description pour Janie.

— Pas de système d'alimentation. Il n'y a plus de circuits, ou il n'y en a jamais eu. Pas d'équipement de vie non plus. Il y a un pupitre d'ordinateur, mais pas d'ordinateur, apparemment.

— On dirait que quelqu'un est déjà passé avant nous, soupira Janie. Tout ce qui a de la valeur a disparu.

— Non, pas tout, répliqua Vito en se propulsant à nouveau vers le sas. Il y a encore la coque. Elle est en duralliage, et du duralliage massif, s'il te plaît !

Il s'arrêta dans le sas. Quelque chose lui avait échappé la première fois. Quatre bouteilles à oxygène comme on en faisait autrefois étaient fixées à la paroi, toutes les jauges indiquant qu'elles étaient vides. Et il y avait un mot inscrit en long sur chacune d'elles.

— « Challenger », déchiffra Vito.

Construire un astronef dans son jardin, c'est impossible, naturellement, et Pete n'en avait jamais eu l'intention. Il voulait monter le *Challenger* en orbite, à côté du *Patrick-Henry*. Il était prêt à payer largement la NASA pour utiliser la navette basée à Cap Canaveral et les chantiers de construction orbitaux de la station Shepard.

Quand il annonça tout cela à sa conférence de presse, il n'avait pas encore convaincu la NASA, mais il était sûr d'y arriver. Après tout, la NASA avait toujours besoin d'argent et il en avait, lui, de l'argent. D'ailleurs, il avait réussi plus fort que ça : il avait convaincu son propre conseil d'administration.

Il avait présenté la chose comme une opération publicitaire sensationnelle.

Tout collait merveilleusement bien. Puisqu'il commanderait l'expédition, le nom de Van Dellinore serait sur toutes les lèvres. Le *Challenger* serait construit par Douglas-Dellinore et sa coque serait en duralliage massif fabriqué par New Era. L'ordinateur de bord serait un Lightway 999 et les télécommunications avec la Terre seraient assurées par la Delnor Lasers. Quant à la CBC, elle aurait l'exclusivité pour l'holovision du premier survol de Jupiter.

L'addition se montait à cinq cents millions de dollars, mais Pete pouvait être très éloquent quand il le voulait. Et avoir 37 % des actions n'était pas non plus un handicap.

Donc, les Entreprises Van Dellinore allaient avoir un astronef, mais de quel genre, on ne le sut qu'une semaine après.

Dans les bureaux au sommet de la tour de la CBC, Pete reçut les ingénieurs de Douglas-Dellinore qui avaient fait les plans du *Patrick-Henry* pour la NASA. Ils étaient fiers de leur travail et présentèrent à Pete quelque chose du même genre, en plus perfectionné.

— Non, déclara Pete, je ne veux pas d'une espèce de caisson volant comme le machin de la NASA. Je veux quelque chose de bien.

— Mais c'est ce qu'il y a de mieux, insista l'un de ses interlocuteurs. Je vous assure que le *Jupiter* est bien moins performant et je vous parie...

— Ce n'est pas non plus une copie du *Jupiter* que je veux, interrompit Pete. Je veux un astronef qui ressemble à un astronef, bon Dieu !

L'ingénieur en chef se gratta la tête.

— Et à votre avis, M. Van Dellinore, à quoi doit ressembler un astronef ?

Pete lui expliqua.

— Ça n'a pas de sens, marmotta l'un des ingénieurs, une fois qu'ils furent sortis du bureau. Ce qu'il veut, continua-t-il à la cantonade, c'est un engin sorti d'un vieux film de science-fiction, pas un véritable astronef. Il lui faut même une baie vitrée. Vous vous rendez compte ! Et il nous a fallu une demi-heure pour le convaincre de renoncer à avoir des ailerons de queue. C'est dingue. Ce type est cinglé.

Lizak se sentit obligé d'expliquer.

— Il n'est pas cinglé, dit-il. Seulement, il faut le comprendre. Il se prend pour saint Georges. Alors il ne peut pas foncer vers Jupiter sur l'équivalent moderne d'un cheval de labour!

Finalement, les plans ne furent pas tellement différents de ceux du *Patrick-Henry*. On supprima quelques appareillages de secours, on rapprocha les diverses sections, et on enferma le tout dans une belle coque de duralliage argenté.

En attendant, il y avait des problèmes ailleurs. A part les journalistes de la CBC, qui parlaient d'une « entreprise hardie qui va mettre l'espace à la portée de l'homme de la rue », de partout on tirait à boulets rouges sur l'opération. Et surtout du côté de la NASA.

— Tout ça n'est pas sérieux, dit le commandant Donaldson à la presse. L'exploration de l'espace n'est pas un jeu, mais apparemment, personne n'en a averti M. Van Dellinore. Nous, nous montons une expédition scientifique. Lui, il fait ça pour s'amuser.

— Je n'ai jamais vu pareille inconscience, dit un porte-parole de la NASA. Se lancer comme ça dans l'espace sans préparation spéciale, c'est beaucoup trop dangereux. Quand le moment sera venu de laisser les simples particuliers aller sur d'autres planètes, on organisera des voyages réguliers sur des astronefs absolument sûrs, homologués par l'administration. Mais ce n'est pas encore pour aujourd'hui. Il est hors de question d'autoriser Van Dellinore à utiliser nos installations. Nous n'avons pas l'intention de l'aider à se suicider.

Depuis longtemps, un projet de loi visant à interdire l'espace à tout particulier qui n'aurait pas le « visa spatial » de la NASA dormait dans les tiroirs de la Commission des affaires spatiales du Sénat. Mais il finit par venir en discussion et la Commission en recommanda l'adoption.

Pete laissa faire pendant un certain temps. Puis, en août, il convoqua de nouveau une conférence de presse.

— Ils ne veulent pas nous louer leurs installations ? Très bien. Nous construirons les nôtres, et nous atteindrons Jupiter avant eux, déclara-t-il.

Privé de Cap Canaveral comme base de lancement, Pete racheta les installations de Woomera — celles de feu le programme spatial britannique — pour en faire un astroport moderne.

Privé des navettes de la NASA, il en fit construire deux par Douglas-Dellinore. Le *Pogo-Stick*(1) et le *Leapfrog*(2) étaient des répliques exactes des engins de la NASA, jusqu'à ce que Pete y fasse peindre des motifs psychédéliques.

Privé de la station Shepard, il annonça qu'il allait faire édifier la sienne propre. En voyant les plans, les journalistes la surnommèrent immédiatement le « Beignet Dellinore ».

En septembre, le *Patrick-Henry* était terminé et les essais allaient pouvoir commencer. Les trente hommes de l'équipage furent transportés à bord les uns après les autres par les navettes de la NASA. Les Russes, de leur côté, indiquèrent que le *Jupiter* était presque fini. Pete en était encore à recruter des ouvriers pour la construction et à compléter son équipage de six hommes.

En octobre, après les essais du *Patrick-Henry*, le commandant Donaldson déclara qu'il n'avait jamais servi sur un meilleur bâtiment. Les Russes désignèrent le colonel Tahl pour commander le *Jupiter*, maintenant terminé. Et à Woomera, on mettait la dernière main à l'astroport de Pete.

Les gens se passionnaient et pariaient à qui mieux mieux. A Las Vegas, Tony le Croate, l'autorité en la

---

(1) *Pogo Stick* : jouet d'enfant constitué d'un bâton monté sur ressorts, qui permet de se déplacer par sauts. *(N.d.T.)*
(2) *Leap-frog* : saute-mouton. *(N.d.T.)*

matière, donnait le *Patrick-Henry* à 5 contre 2, le *Jupiter* à 3 contre 1, et le *Challenger* à 50 contre 1.

La première semaine de novembre, les navettes de la NASA commencèrent à approvisionner le *Patrick-Henry* pour son long voyage. Le *Jupiter* revenait d'un vol d'essai autour de la Lune et le *Pogo-Stick* transportait en orbite les premiers éléments du Beignet. Et la direction de Douglas-Dellinore envoya ses meilleurs hommes à Pete pour lui faire comprendre qu'il était battu.

— Je suis désolé, Van, lui dit le directeur du projet, mais c'est foutu. Pour atteindre Jupiter au moment où il est dans la bonne position, il faut absolument partir en février. Et on n'y arrivera jamais. Pas moyen. Même avec deux équipes là-haut, on aura de la chance si on finit le Beignet à cette date, alors le *Challenger*...

— Bon, dit Pete, faisons une croix sur le Beignet. Construisons seulement le *Challenger*.

— Mais les types qu'on va mettre à la construction, il faut bien les loger quelque part ! Ils ne vont pas dormir dans leur combinaison spatiale, quand même !

— Ecoutez, dit Pete après réflexion, voilà ce qu'on va faire : envoyez les gars là-haut et le *Pogo-Stick* avec. Le *Leapfrog* apportera le ravitaillement en même temps que les pièces pour le *Challenger*. On se débrouillera avec une seule navette.

Le directeur du projet se tourna vers ses collaborateurs, leur demandant de l'aide du regard. L'un d'eux griffonnait des calculs sur son bloc-notes.

— Même comme ça, ça ne marchera pas, conclut-il. Avec une seule navette, on pourra tout juste amener toutes les pièces là-haut d'ici février. Rien à faire.

— Ça va, cria Pete, arrêtez donc de me dire que ce n'est pas possible. Si on ne peut pas partir en février, on partira en mars, voilà tout. Il n'y aura qu'à rendre le *Challenger* plus rapide que les autres.

Le directeur du projet soupira. Il commençait à en avoir sérieusement marre.

— Ce n'est pas si simple. Si nous partons plus tard, ça complique énormément toute l'opération. Il nous faudra beaucoup plus de combustible et une poussée bien plus forte. Autrement dit, de plus gros moteurs, plus puissants. Ce qui augmentera la masse de l'astronef. Il faudra tout reprendre à zéro.

— Mais non. Jonglez avec ce que vous avez. Il y a moyen de diminuer la masse. En réduisant l'équipage à un seul homme, on supprime un tas de provisions et d'équipement de vie. Eliminez les sondes et les détecteurs et voilà un tiers de la masse qui disparaît. Doublez les dimensions des moteurs et leur puissance et prévoyez le combustible en conséquence. Et après, il n'y aura plus qu'à calculer en combien de temps on arrivera à proximité de Jupiter.

Les autres le regardèrent, les yeux ronds.

— Mais... tout ce gâchis... bredouilla l'un.

— Pas de sondes ? dit un autre, éberlué. Vous ne pourrez pas faire les expériences. Comment étudierez-vous Jupiter ?

— En me posant dessus, dit Pete, superbe.

Ils en restèrent tous bouche bée. Mais on sut par la suite qu'il y en avait eu au moins deux pour croire qu'il allait vraiment mettre le pied sur Jupiter.

L'équipage du *Patrick-Henry* fêta Noël à bord, au cours d'un voyage d'essai autour de la Lune. Les Russes annoncèrent qu'ils avançaient la date de leur départ d'une semaine : ils partiraient fin janvier. Et Pete fit une déclaration à la CBC.

— Voilà comment ça aurait dû se passer depuis toujours, dit-il, un grand sourire éclairant son visage. Avec panache, parce que l'espace est le dernier refuge des romantiques, des rêveurs qui n'ont pas leur place sur Terre. Je vais reprendre les étoiles aux bureaucrates et aux technocrates pour les donner à ceux qui sont capables de vraiment les apprécier.

Là-haut, les ouvriers, à coups d'heures supplémentaires payées triple pour Noël, commençaient à assembler les pièces de la coque du *Challenger* autour de ses énormes moteurs à fusion.

Revenu à l'extérieur, entre le Soleil et les étoiles, Vito évoluait le long de la coque en écoutant Janie.

— C'est bête de ne pas disposer de fichier informatisé, disait-elle. Ce nom me dit quelque chose, mais je n'arrive pas à me rappeler quoi. Ça remonte à loin, de toute façon. Au moins au début du XXIe siècle, si ce n'est à la fin du XXe.

Vito avait le soleil dans le dos. Sur la coque, entre ses pieds, les reflets faisaient comme de longs sabres argentés. En les voyant, il sourit, songeant au noir terne du *Flycaster*.

— Il est vraiment chouette, en tout cas, remarqua-t-il. Je me demande qui l'a fait construire.

— Un dingue. Ce machin n'a aucune raison d'être là où il est. Il ne devrait même pas exister.

Vito ne répondit pas. Il avait trouvé le panneau qui permettait d'accéder aux moteurs en cas de panne. Il n'y avait même pas de sas. Empoignant son laser, il fit sauter les boulons qui maintenaient le panneau en place et se glissa à l'intérieur.

Il n'y avait pas de baie vitrée ici. La seule lumière était celle qui venait des étoiles, que l'on voyait par le trou maintenant béant du panneau. Vito alluma sa torche. Il se trouvait, comme dans une clairière, au milieu d'un enchevêtrement de machines d'un noir luisant.

— Alors? s'impatientait Janie.

— Il y a bien des moteurs à fusion, énormes, et qui ne sont pas d'aujourd'hui, ça c'est sûr. On pourrait avoir la même poussée avec des moteurs trois fois plus petits. N'empêche qu'ils devaient avoir une belle accélération avec ça. Le *Challenger* n'était pas un tortillard de l'espace, je te le garantis.

Janie s'excita tout à coup.

— Formidable! Tu crois qu'il est encore récupérable? Qu'on pourrait le bricoler pour qu'il remarche?

Vito promena sa torche partout, trouant les froides ténèbres entre les moteurs.

— Hem ! Il n'y a pas non plus de commandes ici. Pas de combustible, naturellement. Et je parierais que les moteurs ne sont raccordés à rien du tout. Toute la grosse artillerie est là, mais côté finitions, néant. Tu sais, acheva-t-il après un nouveau regard circulaire, j'ai bien l'impression que cet astronef n'est jamais allé nulle part.

Finalement, Pete se fit avoir, à l'usure. Quand on rêve, on se fait toujours avoir.

Le Sénat adopta la loi sur le visa spatial durant la première semaine de janvier.

— En un sens, cette affaire Van Dellinore n'aura pas été un mal, déclara l'auteur du projet. Cela nous a obligés à réglementer plus strictement les voyages dans l'espace. Et je suis très content que nous ayons pu le faire aussi rapidement.

La deuxième semaine de janvier, l'équipe de Douglas-Dellinore, menacée d'arrestation, regagna la Terre. Elle venait de terminer le montage de la coque du *Challenger.*

La troisième semaine de janvier, le conseil d'administration de Pete se révolta et le flanqua dehors.

— Cette histoire est un fiasco complet, s'indigna le porte-parole de ses adversaires à la réunion du conseil. Comment ! Nous avons voté pour une campagne de publicité de 500 millions de dollars qui était censée faire de nous des bienfaiteurs de l'humanité, nous donner un astronef qui serait une pure merveille, faire doubler les chiffres de vente de tous nos produits et couronner le tout par un documentaire sensationnel pour l'holovision. En fait, pour trois fois plus cher que prévu, nous n'avons eu que de la mauvaise publicité. Au lieu d'apparaître comme des gens sérieux patronnant des recherches de pointe, nous avons l'air de gugusses finançant une vulgaire combine publicitaire. Notre marge de sécurité est tellement mince qu'une catastrophe n'est pas du tout impossible, et je n'ai pas besoin de vous dire l'effet que ça ferait. Et qui va s'amuser à regarder une émission sur la troisième mission vers Jupiter ? Pendant ce temps, notre P.-D.G. déclare au pays qu'il va ouvrir la voie aux fanas de l'espace. Et ce n'est pas tout ! Le voilà maintenant qui nous demande de passer outre à la loi. Eh bien moi, j'en ai plus qu'assez. Arrêtons les frais, renonçons au projet Jupiter et choisissons un autre P.-D.G. que M. Van Dellinore.

Et il demanda un vote.

Pete avait toujours 37 % des actions. Sa sœur ne le lâcha pas, mais tous les autres actionnaires passèrent à l'opposition. Il céda de fort mauvaise grâce.

— Allez vous faire foutre, lança-t-il au conseil. Si vous ne voulez pas m'aider, je me passerai de vous.

Et il partit en claquant la porte.

— Nous avons fait une erreur en choisissant Van Dellinore, dit le nouveau P.-D.G. en hochant tristement la tête. Il n'est pas le digne héritier de son père. Je me demande même s'il a toute sa tête.

Lizak, resté pour ramasser les procurations de Pete, soupira.

— Il faut le comprendre, monsieur le président. Pete n'est pas fou. Seulement, il se prend pour Don Quichotte.

Pete avait encore sa fortune personnelle, qui était considérable. Il en réalisa la plus grande partie du jour au lendemain.

— Je vous payerai moi-même, dit-il aux hommes pour les décider à reprendre le travail. Je doublerai votre salaire. Je vous payerai un avocat si vous êtes arrêtés. Ce n'est pas le moment de tout lâcher et de vous laisser battre par ces salauds. Le monde entier a les yeux fixés sur nous. Vous pouvez réaliser un exploit historique.

Les hommes applaudirent quand il eut fini son discours. Mais ce fut tout. Ils étaient réalistes, et ce qui était un rêve pour Pete n'était pour eux qu'un boulot comme les autres.

La dernière semaine de janvier, le *Jupiter* partit, tandis que le *Patrick-Henry* faisait ses derniers essais. Pete, n'ayant toujours personne pour travailler sur le *Challenger* en orbite, demanda à engager les Russes qui avaient monté le *Jupiter*. Les autorités soviétiques ne daignèrent même pas répondre.

La première semaine de février, le *Patrick-Henry* partit à son tour. Pete annonça qu'il allait lui-même terminer le *Challenger* en orbite en recrutant, parmi les chômeurs de l'aéronautique, une équipe sans aucune expérience de l'espace. Mais quand il voulut partir pour Woomera, on l'arrêta pour avoir essayé de quitter la Terre sans visa.

A peine avait-il obtenu sa libération sous caution que le nouveau P.-D.G. annonça que le *Pogo-Stick,* le *Leapfrog* et la base de Woomera allaient être vendus à la NASA. Pete surenchérit. La société refusa son offre. Pete l'attaqua en justice.

Quand le procès s'ouvrit, le *Jupiter* avait déjà dépassé Mars et le *Patrick-Henry* le suivait de près. C'est à ce moment-là que Pete, de guerre lasse, laissa tomber.

Inutile de dire qu'il ne vit jamais Jupiter de près. Même la station Shepard, il n'y alla qu'une fois, vingt ans plus tard, en qualité de président de la Commission des affaires spatiales. On tenait à ce qu'il fasse un laïus aux premiers colons qui partaient s'installer sur Ganymède.

— Ça ira ? demanda Vito, arrivé à mi-chemin entre le *Challenger* et le *Flycaster.*
— Une seconde, que je vérifie. Oui, je crois qu'on y arrivera, même si on n'est pas vraiment équipés pour tracter une masse pareille. Dommage qu'on n'ait pas un peu plus de puissance. Mais en y allant doucement,

ça devrait coller. Je crois qu'on sera obligés de l'arrimer très serré, de le ficeler carrément au *Flycaster*.

— N'oublie pas que la coque est en duralliage. Ça ne se perce pas comme de l'acier. Il faudra passer nos filins par le sas et le panneau de la chambre des moteurs.

— Et la baie avant, il y a ça aussi.

— Oui, c'est vrai, on pourra la briser facilement.

Vito arrivait sur le *Flycaster*. Il s'agrippa à la surface et se dirigea vers le harpon.

Jupiter a treize satellites aujourd'hui, dont un du nom de *Patrick-Henry*, qui ressemble à un gratte-ciel inachevé. Chaque jour, des astronefs chargés de touristes quittent les hôtels de Ganymède et de Callisto pour en faire le tour, et les guides racontent l'histoire de sa courte victoire — deux jours — et de la catastrophe qui suivit.

Le *Jupiter*, ramené au sol, remonté pièce par pièce, occupe toute une aile de l'Institut d'astronautique de Moscou. La plaque fixée sur la coque rappelle orgueilleusement comment il sauva l'équipage du *Patrick-Henry* en détresse et fit un retour triomphal sur Terre.

A quatre reprises, ils l'ont percé de leur cruel harpon. Maintenant Vito, perché au sommet du *Flycaster*, surveille l'opération de halage, songeant au prix qu'ils vont pouvoir tirer de leur prise.

Chicago
Juillet 1973

LA BATAILLE DES EAUX-GLAUQUES

(en collaboration avec Howard WALDROP)

Les hommes de la station des Eaux-Glauques virent l'étoile filante traverser le firmament et surent que c'était un présage.

Ils l'observèrent en silence de la tourelle du laser, en haut de la tour centrale. Apparue dans le ciel nocturne au nord-est de la station, l'étoile, traçant un brillant sillage au milieu de la fine brume de poussière que formaient les spores, passa au zénith, puis retomba et disparut derrière l'horizon, vers l'ouest.

Sheridan, le zoologiste au crâne ovoïde, fut le premier à parler, et sa remarque fut tout à fait superflue :

— Et voilà, c'était eux, dit-il.

Delvecchio fit non de la tête.

— Et voilà, ce sont eux, rectifia-t-il en se tournant vers les autres.

Sur les sept survivants, ils n'étaient que cinq présents. Sanderpay et Miterz étaient encore dehors, à prélever des échantillons.

— Ils arriveront à se poser, reprit fermement Delvecchio. Ils ont mis trop de temps à traverser le ciel pour avoir brûlé comme un météore. J'espère qu'avec le radar on arrivera à les repérer par triangulation. Ils sont tombés assez lentement pour que l'appareil n'ait pas été pulvérisé, même si l'atterrissage a été brutal. Ils ont donc une chance de s'en tirer.

Reyn, le plus jeune de l'équipe, leva les yeux de la

console du radar et hocha la tête pour confirmer l'opinion de son chef.

— Pas de problème, je les ai sur mon écran. Encore que ce soit un miracle qu'ils aient pu ralentir suffisamment avant de rentrer dans l'atmosphère. D'après les bribes de phrases que j'ai pu saisir entre les parasites, ils ont dû se faire rudement secouer là-haut.

— S'ils survivent, ça nous met dans une position difficile, dit Delvecchio. Je ne sais pas très bien quoi faire maintenant, moi.

— Moi, je sais, dit Sheridan. On se prépare à se battre. Si tant est qu'il y ait des survivants après un tel atterrissage, il faut qu'on soit prêts à se défendre. Ils seront couverts de moisissure avant d'arriver ici. Et vous savez bien qu'ils viendront ici. Il va falloir les tuer.

Delvecchio lui lança un regard dégoûté. Le zoologiste n'y allait jamais par quatre chemins et cela ne facilitait guère la tâche de Delvecchio qui devait ensuite arrêter les bagarres que provoquaient ses sorties percutantes.

— Quelqu'un a autre chose à proposer? demanda-t-il aux autres.

Reyn avait une lueur d'espoir dans les yeux.

— On pourrait essayer de les sauver avant que la moisissure ne s'empare d'eux. (Il désigna d'un geste la fenêtre, par laquelle on voyait le paysage marécageux envahi de moisissure.) On pourrait essayer de les rejoindre dans un des petits aéros, les ramener par groupes à la station, et les isoler dans la salle de stérilisation... (Il s'interrompit et passa une main nerveuse sur ses épais cheveux noirs.) Non. Ils sont probablement trop nombreux. Il y aurait trop de voyages à faire. Et puis il y a les noctules des marais... Je ne sais pas.

— Le vaccin, suggéra Granowicz, un grand mince, spécialiste en exopsychologie. On pourrait leur apporter du vaccin par aéro. Après, ils pourraient tenter d'atteindre la station à pied.

— Le vaccin n'agit pas bien longtemps, objecta Sheridan. L'effet s'affaiblit, et les gens ne sont plus immunisés. D'ailleurs, qui est-ce qui va se dévouer pour le leur apporter ? Toi, peut-être ? Tu te souviens de la dernière fois qu'on a sorti un aéro ? Ces maudites noctules l'ont mis en pièces. C'est comme ça qu'on a perdu Blatt et Ryerson. Ça fait près de huit mois que la moisissure nous cloue au sol. Qu'est-ce qui te fait croire que tout d'un coup elle va nous permettre bien gentiment de décoller ?

— Il faut quand même tenter le coup, dit Reyn avec fougue.

A en juger par le tour que ça prenait, Delvecchio voyait venir une bagarre de tous les diables. Il suffisait que Sheridan se mette d'un côté dans une discussion pour que Reyn se mette immédiatement de l'autre.

— Ce sont des hommes qui sont là-bas, vous savez, poursuivit ce dernier. Je pense qu'Ike a raison : on peut leur apporter du vaccin. On a quand même une chance de réussir. Nous, on peut lutter contre les noctules, tandis que ces pauvres types n'ont pas la moindre chance contre la moisissure.

— Ils n'ont pas la moindre chance quoi qu'on fasse, rétorqua Sheridan. C'est nous qui sommes en danger. Eux, ils sont foutus. La moisissure sait qu'ils sont là, à l'heure qu'il est. S'il y a des survivants, elle est probablement en train de les attaquer.

— C'est bien ça le problème, intervint vivement Delvecchio avant que Reyn n'ait le temps de répliquer. Il faut partir de l'hypothèse que la moisissure sautera sur l'occasion de les capturer et de les envoyer nous attaquer.

— Exactement ! s'exclama Sheridan en secouant vigoureusement la tête. Et n'oubliez pas que nous n'avons pas affaire à de simples civils. L'astronef qui s'est fait descendre transportait des troupes. Les survivants seront armés jusqu'aux dents. Et nous, qu'avons-nous en dehors du laser de la tourelle ? Des carabines et des fusils à tranquillisants. Et quelques couteaux. Pour se battre contre des stridences et des canons de 75 mm et Dieu sait quoi d'autre. Si on ne se prépare pas, on est foutus. Fou-tus. Fou-tus!

— Qu'en penses-tu, Jim? demanda Granowicz. Tu crois qu'il a raison? Tu crois qu'on a une chance de s'en tirer?

Delvecchio soupira. Ce n'était pas drôle tous les jours d'être le chef.

— Je te comprends tout à fait, Bill, dit-il en se tournant vers Reyn. Mais malheureusement, je suis d'accord avec Sheridan. Ton plan a fort peu de chances de réussir, et en plus, il n'y a pas que nous en jeu. Si les survivants ont des stridences et des armes lourdes, ça leur permettra d'abattre les murs de la station. Vous savez tous ce que cela signifie. L'astronef qui doit nous ravitailler arrive dans un mois. Si la moisissure pénètre dans la station, la Terre n'aura plus à se préoccuper des Fyndayi. La moisissure mettra définitivement fin à la guerre; elle n'aime pas beaucoup que ses hôtes se battent entre eux.

— C'est juste, dit Sheridan en hochant de nouveau la tête. Il faut donc qu'on élimine les survivants. Il n'y a pas d'autre solution.

Andrews, le petit mycologue qui ne faisait jamais de bruit, intervint pour la première fois.

— On pourrait tenter de les capturer, suggéra-t-il. Je suis en train d'essayer plusieurs formules pour tuer le parasite sans nuire à ses hôtes. On pourrait les maintenir en hibernation jusqu'à ce que je trouve la bonne.

— Et combien d'années ça va-t-il prendre? demanda sèchement Sheridan.

— Non, intervint Delvecchio, on n'a aucune raison de penser qu'on réussira à les battre, puisqu'ils ont tous les avantages de leur côté. Alors il est évident qu'on ne pourra pas non plus les capturer.

— Mais il n'est pas évident qu'on ne pourra pas les

sauver, insista Reyn en tapant du poing sur la console. Il faut tenter le coup. Le jeu en vaut la chandelle.

— On a réglé ça, Bill, dit Delvecchio. Pas de tentative de sauvetage. Nous n'avons que sept hommes pour lutter contre... peut-être des centaines. Je ne peux pas me permettre d'en perdre un pour un beau geste inutile.

— C'est plutôt sept hommes qui essaient d'en battre des centaines qui m'a l'air d'être un beau geste inutile, rétorqua Reyn. D'ailleurs, il n'y a peut-être qu'une poignée de survivants à sauver.

— Et s'ils ont tous survécu ? répliqua Sheridan. S'ils ont tous été victimes de la moisissure ? Réfléchis, Reyn. La poussière de spores est partout. Dès qu'ils respireront de l'air non filtré, ils absorberont des spores. Et en soixante-douze heures, ils deviendront comme toute vie animale sur cette planète, et la moisissure les lâchera sur nous.

— Merde à la fin, Sheridan ! hurla Reyn. Les types de l'astronef sont encore dans leurs capsules. Ils ne savent peut-être pas encore ce qui s'est passé. Peut-être sont-ils encore endormis. Comment diable veux-tu que je le sache ? Si on arrive à l'astronef avant qu'ils en sortent, on peut encore les sauver, ou du moins faire quelque chose. Il faut tenter le coup !

— Ecoute, c'est idiot, ce que tu dis ! Un atterrissage brutal, ça bousille automatiquement le système d'hibernation. Les types seront certainement réveillés. La première chose qu'ils vont faire, c'est regarder leurs cartes. Sauf que l'existence de la moisissure est un secret d'Etat, et ils ne sauront pas dans quel merdier ils sont tombés. Tout ce qu'ils apprendront, c'est que la station des Eaux-Glauques est le seul établissement humain de la planète. Ils se dirigeront par ici. Ils vont se faire contaminer. Et dominer.

— C'est pour ça qu'il faut faire vite, riposta Reyn. Il faudrait armer trois ou quatre aéros et partir tout de suite. Sans perdre une minute.

Delvecchio décida de mettre fin à la discussion. La dernière du genre avait duré toute la nuit.

— On tourne en rond à discutailler comme ça, dit-il sèchement, lançant un regard sévère aux deux hommes. Ça ne sert à rien de continuer à ergoter, sauf à nous mettre en colère les uns contre les autres. D'ailleurs, il se fait tard. (Il regarda sa montre.) Allons nous reposer... disons six heures. Nous reprendrons à l'aube. Nous serons plus calmes, moins fatigués, et nous aurons les idées plus claires. Et puis, Sanderpay et Miterz seront rentrés. Ils ont leur mot à dire eux aussi.

Trois de ses compagnons marmonnèrent leur accord. Le quatrième, Reyn, protesta énergiquement.

— Non, dit-il, hurlant presque. (Il se leva, dominant tous les autres de sa taille.) Ce sera trop tard. Il n'y a pas de temps à perdre.

— Bill, tu... commença Delvecchio.

— Ces hommes se feront peut-être avoir pendant que nous dormirons, poursuivit Reyn, interrompant son chef sans complexes. Il faut absolument faire quelque chose.

— Non, dit Delvecchio. C'est un ordre. On en reparlera demain matin. Va te coucher, Bill.

Reyn regarda autour de lui, cherchant des partisans. Il n'en trouva aucun. Il lança un regard furieux à Delvecchio, puis tourna les talons et sortit.

Delvecchio dormit mal. Il se réveilla au moins deux fois, dans des draps froids trempés de sueur. Dans ses cauchemars, il sortait de la station pour ramasser des échantillons à analyser. Tout en travaillant, enfoncé jusqu'aux genoux dans la vase verdâtre, il regardait au loin un tracteur amphibie qui avançait vers lui en oscillant dans la boue. Sur le tracteur était perché un être humain, les traits cachés par le masque-filtre et la mince combinaison dermique. Delvecchio faisait signe au conducteur et celui-ci lui répondait et s'approchait.

Il s'arrêtait à sa hauteur, descendait du tracteur et lui agrippait fermement la main.

Sauf qu'à ce moment-là, Delvecchio pouvait voir à travers le masque transparent. C'était Ryerson, son ami Ryerson, le géologue, qui était mort. Un Ryerson à la tête grotesquement enflée, avec de longs rubans de moisissure qui lui pendaient des oreilles.

Après le deuxième cauchemar, il se dit que ça ne valait pas le coup de se rendormir. Ils n'avaient jamais retrouvé Ryerson et Blatt après l'accident. D'ailleurs, vu la violence du choc, ils savaient qu'il n'y avait pas grand-chose à retrouver. Mais Delvecchio rêvait souvent d'eux et il avait l'impression que d'autres en rêvaient parfois aussi.

Il s'habilla dans le noir et se rendit à la tour centrale. Sanderpay, le spécialiste des télécommunications, était de garde. Il s'était endormi sur la petite banquette installée près de la tourelle du laser, où les détecteurs de la station pouvaient le réveiller immédiatement en cas de danger. Le duralliage renforcé des murs était un matériau ultra-résistant, mais la moisissure avait à sa disposition quelques bestioles fort dangereuses. Et il y avait les sas à garder, aussi.

Delvecchio décida de laisser Sanderpay dormir, et se dirigea vers la fenêtre. Les grands projecteurs montés sur les murs inondaient le terrain autour de la station d'une violente lumière blanche qui donnait à la boue un miroitement écœurant. On voyait des spores flottantes passer rapidement dans les rayons. Il semblait y en avoir beaucoup plus que d'habitude, surtout vers l'ouest, mais Delvecchio se dit que c'était sans doute son imagination qui lui jouait des tours.

Mais cela pouvait aussi vouloir dire que la moisissure était inquiète. La poussière que formaient les spores avait toujours été dix fois plus épaisse autour de leur établissement que partout ailleurs sur la surface de la planète. Ç'avait d'ailleurs été l'un des premiers indices qui leur avaient fait comprendre que cette saleté de moisissure était intelligente — et qu'elle leur était hostile.

Ils ne savaient pas encore jusqu'où allait cette intelligence, mais pour l'hostilité, il n'y avait pas le moindre doute. La moisissure parasitait tous les animaux de la planète, et s'était servie de la plupart d'entre eux pour attaquer la station à un moment ou à un autre. Elle voulait aussi les hommes. C'était pour cela qu'une pluie de spores s'abattait sur les Eaux-Glauques depuis plus d'un an. Le champ de force au-dessus de la station les empêchait d'y pénétrer, et les salles de stérilisation étaient équipées pour tuer toutes celles qui se seraient accrochées à un tracteur ou à une combinaison, ou qui auraient été aspirées dans le sas. Mais la moisissure n'abandonnait pas la partie.

A l'autre bout de la pièce, Sanderpay bâilla et s'assit sur sa couchette. Delvecchio se tourna vers lui.

— Bonjour, Otis.

Sanderpay étouffa un autre bâillement d'une énorme main rougeaude.

— Bonjour, répondit-il en dépliant ses longs membres pour se lever. Qu'est-ce qui se passe ? C'est toi qui prends le tour de garde de Bill ?

Delvecchio se raidit.

— Quoi ? C'était Reyn qui devait te relever ?

— Ben oui, dit l'autre en regardant l'horloge. Ça fait une heure qu'il devrait être là, le salaud. J'attrape des crampes, moi, à dormir sur ce machin. On ne pourrait pas le rendre plus confortable, non ?

Delvecchio écoutait à peine. Sans répondre, il s'approcha d'un bond de l'interphone fixé au mur. Il appela Granowicz, dont le poste était le plus proche du hangar à aéros, et qui répondit d'une voix ensommeillée.

— Ike, c'est Jim. Va regarder dans le hangar, vite. Compte les avions.

— J'y vais.

Granowicz fut de retour en moins de deux minutes, mais cela sembla plus long.

— Le numéro 5 n'est plus là, dit-il, la voix soudain bien réveillée.

— Merde, fit Delvecchio.

Il coupa brutalement la communication et se tourna d'un mouvement brusque vers Sanderpay.

— La radio, vite. Il y a un aéro qui manque. Appelle-le.

Sanderpay eut l'air étonné, mais obéit. Delvecchio resta debout à le regarder faire, tout en jurant entre ses dents.

Il n'y eut d'abord que des parasites, puis, enfin, une réponse.

— Oui, Otis, je t'écoute.

C'était la voix de Reyn, bien entendu. Delvecchio se pencha sur l'émetteur.

— Pas d'opération de sauvetage, je t'avais dit !

Il y eut un éclat de rire entrecoupé de parasites.

— Vraiment ? Merde alors ! Ça a dû m'échapper, Jim. Tu sais bien que les longues conférences m'ennuient.

— Je ne veux pas avoir un héros mort sur les bras. Reviens !

— J'en ai bien l'intention. Après leur avoir apporté le vaccin. Je ramènerai autant d'hommes que je pourrai dans mon aéro. Le reste fera le chemin à pied. L'effet du vaccin n'est pas très durable, mais ça devrait suffire s'ils ont atterri là où l'on pense.

— Nom de Dieu ! jura Delvecchio. Bill, fais demi-tour. Tu te souviens de Ryerson ?

— Bien sûr. Il était géologue. Un petit bonhomme avec une bedaine, c'est ça ?

— Reyn ! cria Delvecchio d'un ton tranchant.

Un éclat de rire lui répondit.

— Oh, te fais pas de bile, va ! Je réussirai. Ryerson n'était pas sur ses gardes, et il en est mort. Pareil pour Blatt. Moi, je ne ferai pas la même erreur. J'ai monté un laser sur l'appareil. D'ailleurs, j'ai déjà tué deux noctules qui m'ont attaqué, des bestioles énormes, vachement faciles à abattre.

69

— *Deux*, tu dis ! La moisissure peut en envoyer des centaines s'il lui en prend l'envie. Ecoute-moi, bon sang ! Reviens !

— Mais oui, mais oui ! Mais pas sans mes invités.

Puis il coupa la communication dans un éclat de rire. Delvecchio se redressa, les sourcils froncés. Sanderpay estima qu'il fallait dire quelque chose et réussit à sortir péniblement :

— Ben, euh...

Delvecchio ne l'entendit même pas.

— Reste sur cette fréquence, Otis. Il y a une petite chance que cet imbécile réussisse. Je veux être prévenu dès qu'il reviendra. (Il se dirigea vers l'interphone.) Ecoute, essaie de l'appeler à peu près toutes les cinq minutes. Il est probable qu'il ne répondra pas. Il va se retrouver dans un joli merdier si ce laser monté Dieu sait comment le lâche. (Il se tourna vers l'interphone, composa le numéro de Granowicz.) Ike, c'est encore Jim. Va voir dans l'atelier et dis-moi ce qu'il a pris comme laser. J'attends.

— Pas la peine. J'ai regardé dès que j'ai su qu'il avait pris l'aéro. Je pense que c'est un des petits modèles de faible puissance. Il l'a soudé à la va-vite et il a tout laissé branché. C'est Ned qui a découvert ça et qui a vu aussi qu'il avait bricolé des supports pour tenir son laser. Et puis il a aussi pris un thermoconteneur.

— O.K. Merci, Ike. Rassemblement général ici dans dix minutes. Faut qu'on s'organise.

— Eh bien, c'est Sheridan qui va être content !

— Non. Si. Peut-être...

Delvecchio coupa et appela Andrews. Il fallut un bon moment avant que le mycologue ne réponde.

— Arnold ? fit sèchement Delvecchio quand l'autre se manifesta enfin, tu peux me dire ce qui manque dans les stocks ?

Il y eut quelques minutes de silence, puis Andrews revint.

— Un tas de fournitures médicales : des seringues,

des pansements, des éclisses en plastique et même quelques sacs à cadavres. Qu'est-ce qui se passe ?

— Reyn est parti et, d'après ce que tu dis, il semble vraiment parti pour une opération de sauvetage. Il en a pris beaucoup ?

— Pas mal. Mais rien qu'on ne puisse remplacer.

— Bon. Réunion ici dans dix... non, dans cinq minutes.

— Bon, d'accord, acquiesça l'autre en raccrochant.

Delvecchio poussa le bouton qui le mettait en communication avec tous les postes. C'était la première fois en quatre mois qu'il l'utilisait — depuis le jour où les hydres s'étaient massées près des murs de la station ; ç'avait été une fausse alerte. Cette fois-ci, il savait que ce n'était pas le cas.

— Réunion dans cinq minutes dans la tourelle, dit-il.

Les murs froids que les machines faisaient vibrer répercutèrent ses mots à tous les échos.

— ... que si on ne dresse pas nos plans maintenant, ce sera beaucoup trop tard après.

Delvecchio fit une pause et regarda les cinq hommes affalés sur leurs sièges. Sanderpay était toujours devant le poste de radio, ses interminables jambes allongées jusqu'au centre de la pièce. Les quatre autres étaient groupés autour de la table, une tasse de café à la main.

Aucun d'eux ne semblait prêter une attention particulière à ce que disait leur chef. Granowicz regardait par la fenêtre d'un air absent, les yeux et les pensées tournés comme d'habitude vers la moisissure qui poussait sur les arbres autour de la station. Un stylo à la main, Andrews griffonnait, penché sur un bloc-notes. Ned Miterz, un grand blond aux épaules carrées, était un véritable paquet de nerfs ; Bill Reyn était son meilleur ami. Tour à tour, il pianotait sur la table, avalait de grandes gorgées de café, et tirait nerveusement sur sa moustache tombante. Sheridan avait le regard rivé au sol.

Mais, chacun à sa façon, ils écoutaient, même Sanderpay, malgré son casque d'écoute aux oreilles. Quand Delvecchio s'arrêta de parler, Sanderpay ramena ses longues jambes sous son siège et prit la parole.

— C'est affreux d'en être arrivé là, Jim, dit-il tout en frottant ses oreilles engourdies par le casque. Que ces soldats aient débarqué sur la planète, c'était déjà pas drôle. Mais maintenant que Bill est parti les rejoindre, il va se retrouver dans le même guêpier. Je pense, eh bien je pense qu'il faut l'oublier. Et se préoccuper des attaques qu'on va subir.

— C'est dur à avaler, je sais, dit Delvecchio avec un soupir. S'il passe et qu'il les trouve, eh bien tout sera pour le mieux. S'ils ont été exposés à l'air ambiant, dans trois jours ils appartiendront à la moisissure, qu'ils aient été vaccinés ou pas. S'il les ramène, on les met en observation trois jours pour voir si les symptômes apparaissent. Dans l'affirmative, il faudra les tuer. Sinon, on n'a rien perdu, et quand les autres arriveront, on fera la même chose. Mais ça fait beaucoup de « si », tout ça... S'il ne réussit pas, on peut le considérer comme mort. En fait, il est probable que les types sont morts, ou qu'ils ont été contaminés. Dans un cas comme dans l'autre, on se prépare au pire et on oublie Reyn jusqu'à ce qu'il revienne. Là, ce que je vous demande, c'est des idées pratiques sur la façon de nous défendre contre des soldats bien armés agissant sous l'emprise d'une intelligence que nous ne comprenons pas.

Il regarda de nouveau ses compagnons.

Sanderpay poussa soudain une exclamation et attrapa le micro. Les autres sursautèrent et le regardèrent.

— On t'écoute, Bill, dit-il en branchant le haut-parleur mural.

Les grésillements de la radio qui emplirent la salle firent grimacer les autres.

— ... raison. Ce foutu machin envoie des insectes envahir l'appareil... s'écrasent... sur les instruments... pare-brise... barbouillés...

C'était la voix de Reyn. En bruit de fond, on entendait comme un crépitement de pluie d'orage.

— ... noctules juste avant les insectes... se lancent probablement à l'attaque maintenant. Foutu support de laser... détaché. (Il y eut un bruit sourd.)... peux plus tourner... l'ai eu, ce salaud... bon Dieu de bon Dieu...

On entendit encore deux coups sourds, puis une espèce de frottement métallique.

— ... dans les arbres... Perds... altitude... noctules... quelque chose coincé dans le moteur... Merde, plus de jus... rien. Si je...

Puis on n'entendit plus que des grésillements.

Sanderpay, le visage blême, l'air assommé, attendit quelques secondes, puis essaya de rappeler Reyn. Au bout d'un moment, il baissa le son.

— Voilà ce qui nous attend dans deux ou trois jours, dit Delvecchio. La moisissure ne recule devant rien pour capturer des créatures douées d'intelligence. Dès qu'elle se sera emparée des survivants, elle les enverra attaquer la station. Et ils sont armés.

— Après tout, fit sèchement Sheridan, il savait bien qu'il n'aurait jamais dû prendre cet aéro et sortir de la station.

Miterz se leva d'un bond en posant brutalement sa tasse de café.

— Dis donc, espèce de salaud, tu peux pas la fermer une minute, non ? Bill est probablement mort à l'heure qu'il est, et tout ce que tu trouves à dire, c'est « Je vous l'avais bien dit » !

Sheridan sauta sur ses pieds lui aussi.

— Tu crois que j'aime ça, écouter à la radio quelqu'un se faire tuer ? Simplement parce que je ne l'aimais pas ? Tu crois que c'est drôle ? Hein ? Tu crois que j'ai envie de me battre avec des gens dont c'est le métier ? Hein ?

Il les regarda les uns après les autres et se passa la main sur le front pour en essuyer la sueur.

— Eh bien non, je n'en ai pas la moindre envie. J'ai la trouille. Ça ne me plaît pas de dresser des plans de bataille alors qu'il y a peut-être des hommes là-bas, blessés ou agonisants, et que personne ne peut leur porter secours. (Il fit une pause. Sa voix, déjà tendue à craquer, se mit à trembler.) Reyn a été idiot de sortir de la station. Mais peut-être était-ce le seul d'entre nous à faire preuve d'humanité. Je me suis forcé à ne pas penser à ces hommes en danger. J'ai essayé de vous amener à vous préparer à vous battre au cas où certains de ces soldats parviendraient jusqu'à nous. Et puis merde ! J'ai peur de sortir dans cette forêt infestée. Je n'ose déjà pas m'approcher de la moisissure, même à l'intérieur de la station. Je suis zoologiste, mais je ne peux même pas faire mon travail. Tous les animaux de cette planète portent ce... ce truc immonde. Moi, je n'en supporte même pas le contact. Je ne veux pas me battre non plus, mais, tôt ou tard, il va bien falloir.

Il s'essuya de nouveau le visage, et se tourna vers Delvecchio.

— Je... excuse-moi, Jim. Toi aussi, Ned. Excusez-moi, tous. Je suis... j'ai... Je n'aime pas plus ça que vous. Mais il faut bien en passer par là.

Il se rassit, l'air infiniment las.

Delvecchio se frotta le nez et se dit encore une fois qu'être nominalement le chef n'était pas une sinécure. Sheridan ne s'était jamais laissé aller à ce point. Il ne savait pas très bien comment prendre la chose.

— Ecoute, dit-il enfin, ne t'en fais pas, Eldon. (Autant qu'il s'en souvînt, c'était la première fois que quelqu'un de la station appelait Sheridan par son prénom.) Ça ne va être facile pour personne. Tu as peut-être raison à propos de notre humanité. Parfois il faut laisser ses sentiments de côté pour penser à... euh, je ne sais pas. La moisissure a enfin trouvé le moyen d'arriver jusqu'à nous. Elle se servira des soldats pour nous attaquer, comme elle s'est servie des noctules et du reste, comme elle essaie de nous avoir en ce moment même, pendant qu'on discute, en envoyant des vers fouisseurs, des insectes et des arthropodes. Les défenses de la station suffisent contre ces bestioles. Tout ce dont nous avons à nous inquiéter, ce sont les soldats.

— Non, c'est tout ? s'exclama Granowicz.

— Ça, et aussi ce qu'il faut faire s'ils arrivent à abattre les murs ou à neutraliser le champ de force. Celui-ci n'est pas fait pour résister à des stridences, à des lasers ou à des explosifs, mais seulement pour empêcher les insectes et autres bestioles volantes d'entrer. Je pense que l'une des premières choses à faire c'est de trouver le moyen de renforcer le champ, par exemple en le branchant sur les autres sources d'énergie. Et puis il y a aussi les murs et les sas d'entrée. Ce sont les endroits où nous sommes le plus vulnérables. Une dizaine ou une vingtaine de bonnes charges d'explosifs et tout s'écroulera. Comment allons-nous résister ?

— Pourquoi se contenter de résister ? intervint Miterz. (Il avait toujours le visage durci de colère, mais maintenant cette colère n'était plus dirigée contre Sheridan, mais contre la moisissure.) Pourquoi ne pas passer à l'attaque, nous ?

Les suggestions se mirent alors à pleuvoir. La moitié étaient impossibles à appliquer, le quart peu susceptibles de réussir et la plupart des autres parfaitement grotesques. Au bout d'une heure, ils avaient éliminé toutes les solutions impraticables, du genre mines, pièges, clôture à haute tension, etc. Delvecchio trouvait que c'était là la conversation la plus étrange qu'il eût jamais entendue. Elle illustrait parfaitement la folie d'hommes complotant la perte d'autres hommes, et la nature même de ces hommes rendait la chose encore plus étrange. C'étaient tous des scientifiques ou des techniciens, pas des militaires ni des tueurs. Ils parlaient et dressaient leurs plans sans enthousiasme, avec le calme de ceux qui ont à parler avant de porter le cercueil à l'enterrement d'un ami, ou le détachement de ceux dont c'est le tour de former le peloton d'exécution à l'aube.

Ce qui, d'une certaine façon, était bien le cas.

Une heure plus tard, Delvecchio, enfoncé jusqu'aux chevilles dans la boue verdâtre, maniait péniblement une scie électrique et suait abondamment sous sa mince combinaison. La scie était branchée sur la batterie d'un tracteur sur lequel était perché Miterz, un laser de chasse sur les genoux; il levait l'arme de temps à autre pour abattre une des hydres qui rampaient dans les broussailles.

Delvecchio avait déjà entaillé à la base quatre des grands arbres qui entouraient la station des Eaux-Glauques; l'entaille s'enfonçait jusqu'aux trois quarts du tronc à peu près. Juste assez pour que le laser de la tourelle puisse abattre rapidement les arbres si besoin était. C'était une idée de manœuvre désespérée, mais les hommes qui l'avaient conçue étaient désespérés.

Son cinquième arbre lui donnait du mal. C'en était un d'une essence différente, dur comme du roc, tout noueux et couvert de plantes grimpantes. Il n'en avait entaillé que la moitié et il avait déjà dû changer de lame deux fois. Ça l'avait mis sur les nerfs. Il suffisait que la scie glisse, fende la combinaison, et rien n'empêcherait plus les spores d'entrer.

— Putain de scie, dit-il en voyant la lame se rompre pour la troisième fois. Ça coupe à une allure de tortue. Me-erde!

— Prends les choses du bon côté, suggéra Miterz. Pense aux dégâts que cet arbre va causer quand il tombera. Ça devrait écraser même un blindage en duralliage comme un rien.

Delvecchio ne trouva pas cela drôle. Il changea la lame sans répondre et se remit à couper.

— Ça devrait aller, dit-il au bout d'un moment. L'entaille m'a l'air assez profonde. La prochaine fois, on devrait peut-être utiliser les lasers pour couper ces arbres-là ?

— Ça bouffe énormément d'énergie, dit Miterz. Peut-on se le permettre ?

Il leva soudain le laser et tira sur une hydre qui avançait derrière Delvecchio. L'énorme saurien — plus d'un mètre de long — tout d'écailles et de griffes, se dressa sur le ventre puis retomba dans une gerbe de boue. Son hurlement d'agonie ponctua brièvement la scène.

— Il y en a vraiment beaucoup, aujourd'hui, observa Miterz.

— Tu te fais des idées, dit Delvecchio en remontant sur le tracteur et prenant le volant.

— Pas du tout, répliqua gravement son compagnon. N'oublie pas que je suis écologiste. Je sais que l'écosystème qui nous entoure n'est pas naturel. La moisissure éloigne les bestioles inoffensives et nous envoie les créatures les plus féroces. Et aujourd'hui il y en a encore plus que d'habitude.

Il indiqua quelque chose avec son laser. Là-bas, dans les broussailles, deux grosses hydres, que la moisissure recouvrait comme un voile, broutaient les plantes grimpantes sur un arbre.

— Tiens, regarde. T'as vu ce qu'elles font ?

— Elles bouffent. Ben quoi, c'est normal, non ? fit Delvecchio en démarrant.

Le tracteur avança par à-coups, faisant jaillir derrière lui de grandes gerbes de vase gluante.

— Les hydres sont omnivores, reprit Miterz, mais elles préfèrent la viande. Elles ne bouffent des plantes que quand elles ne trouvent pas de proie. Et pourtant, ce n'est pas ce qui manque, par ici.

Il s'interrompit, contempla la scène un moment et,

d'un mouvement nerveux, frappa le plancher de la cabine de la crosse de son laser.

— Nom d'un chien! Elles sont en train de dégager un chemin! s'exclama-t-il, furieux, les mots se bousculant sur ses lèvres. Un chemin pour permettre aux soldats de passer. Un chemin qui commence ici et qui va jusqu'à eux. Ils arriveront plus vite s'ils ne sont pas obligés de tailler dans les broussailles.

— Dis pas de bêtises, fit Delvecchio avec un reniflement de mépris.

— Qu'est-ce qui te fait croire que ce sont des bêtises? Qui peut savoir ce que va faire la moisissure? C'est un être conscient. Elle peut retourner toutes les créatures de la planète contre nous si elle le veut. Faire tailler un chemin à coups de dents à travers les marécages est l'enfance de l'art pour quelqu'un comme ça!

Le ton de Miterz était devenu distant, songeur.

Delvecchio n'aimait pas le tour que prenait la conversation et garda le silence. Ils s'attaquèrent à un autre arbre, puis à un autre encore. Mais Miterz, l'esprit en ébullition, était de plus en plus nerveux. Il s'agitait constamment, tournait et retournait fébrilement son laser entre ses mains et essaya à plusieurs reprises de tirer sur sa moustache, oubliant que son masque-filtre l'en empêchait. Enfin, Delvecchio décida qu'il était temps de rentrer.

Comme d'habitude, la décontamination leur prit deux heures. Ils attendirent patiemment dans l'entrée, puis dans les salles de stérilisation pendant que les pompes, les vaporisateurs, les lampes thermiques et à ultra-violets les nettoyaient, eux et le tracteur.

Après avoir passé le dernier sas, ils enlevèrent leurs combinaisons désormais bien stérilisées.

— Nom de Dieu, dit Delvecchio, j'espère qu'on n'aura plus besoin de ressortir. La décontamination prend plus de temps que le travail qu'on fait dehors.

Sanderpay les attendait avec le sourire.

— Je crois avoir trouvé quelque chose qui pourrait nous être utile. J'avais presque oublié qu'on avait ça.

— Ah oui ? Quoi ? demanda Miterz en dégageant le chargeur du laser et en le remettant sur le râtelier, tapotant machinalement quelques boutons au passage.

— Les fusées-sondes.

— Bien sûr ! fit Delvecchio en se tapant le front. Bon sang, je n'y avais même pas pensé !

Il se souvenait, maintenant. Au début, Blatt, le météorologue, avait procédé régulièrement à des tirs de fusées-sondes — des engins de 1,80 m — pour étudier la moisissure. Ils avaient découvert qu'on trouvait fréquemment des spores jusqu'à une altitude de 15 000 mètres et qu'il y en avait encore jusque vers 25 000 mètres. Après, Blatt avait continué à tirer rituellement ses fusées deux fois par jour pour rassembler des données sur le régime très irrégulier des vents de la planète. Ils avaient bien des ballons météo, mais ça ne servait pratiquement à rien. En général, dès qu'on les lâchait, les noctules convergeaient dessus. Après la mort de Blatt, comme il n'y avait personne d'autre pour analyser les données, on avait arrêté les tirs. Mais les tubes de lancement fonctionnaient toujours, pour autant qu'on sache.

— Tu penses pouvoir en faire de petits missiles téléguidés ? demanda Delvecchio.

— Et comment, répondit Sanderpay, toujours souriant. J'ai même déjà commencé. Mais le tir ne sera pas très précis. D'abord, les fusées seront déjà à plus de 1 500 mètres avant qu'on puisse les contrôler. Après, il faudra en modifier la trajectoire, et ce ne sera pas facile. Elles sont censées tracer une courbe très large alors que nous, on voudrait les faire retomber pratiquement au point de lancement. Ce sera aussi facile que de se battre au corps à corps avec un crocodile à deux têtes. Je pense les remplir moitié avec cet explosif qu'Andrews est en train de fabriquer, et moitié avec du phosphore. Mais ça risque de poser des problèmes.

— Ecoute, Otis, dit Delvecchio, tu fais pour le mieux. En tout cas, c'est une bonne nouvelle, on en avait besoin. La situation n'est peut-être pas aussi désespérée que je le pensais.

— Il y a eu autre chose à la radio ? intervint Miterz, qui avait suivi attentivement la conversation, mais avait toujours l'air morose. Bill n'a pas rappelé ?

— Non, dit Sanderpay, juste les bruits solaires habituels et quelques sifflements du tonnerre de Zeus. Il doit y avoir une tempête de tous les diables dans un rayon de 1500 kilomètres d'ici. Mais je vous préviendrai si je capte quelque chose.

Miterz ne répondit pas. Il regardait leur arsenal en secouant la tête.

Delvecchio suivit son regard. Il y avait huit lasers sur le ratelier. Huit lasers et seize chargeurs, le stock normal pour une station de recherche comme la leur. Chacun des chargeurs permettait de tirer une cinquantaine de rafales d'un cinquième de seconde chacune. Cinq fusils à tranquillisants et un assortiment de seringues et de projectiles divers. Autant dire rien s'il fallait se battre contre des forces blindées. Peut-être pourraient-ils bricoler certains des projectiles les plus lourds pour en faire des obus explosifs... Mais il y en avait si peu qu'ils n'arriveraient même pas à cabosser du duralliage. Merde.

— Vous savez, dit Miterz, s'ils arrivent à pénétrer dans la station, on ferait aussi bien d'abandonner.

— Ils n'y sont pas encore, dit Delvecchio.

La nuit était tombée sur la station des Eaux-Glauques. Ils avaient organisé des tours de garde. Andrews était en haut, dans la tourelle du laser, devant le tableau de commande des détecteurs. Delvecchio, Sanderpay et Granowicz s'attardaient après le dîner à la cafeteria, à l'étage au-dessous. Miterz et Sheridan étaient déjà allés se coucher.

Sanderpay passait en revue ce qu'ils avaient accompli dans la journée. Il pensait avoir plus ou moins réussi à bricoler les fusées. Et Arnold Andrews s'était assez bien débrouillé pour fabriquer des explosifs avec les ingrédients qu'il avait trouvés dans le laboratoire de Reyn.

— Mais Arnold n'aime pas beaucoup ça, poursuivit Sanderpay. Il veut retourner travailler sur les échantillons de moisissure. Il dit que ce n'est pas du tout sa spécialité et qu'il ne sait pas trop si ce qu'il fabrique est valable. Et il a raison. C'était Bill le chimiste.

— Bill n'est pas là, rétorqua sèchement Delvecchio, qui n'était pas d'humeur à supporter la critique. Au moins, Arnold a quelques notions de chimie organique, même si ça remonte à très loin. C'est déjà mieux que nous. Ce n'est quand même pas moi qui suis censé le faire non ? Je suis entomologiste. A quoi ça sert ? Je me sens inutile.

— Oui, je sais bien, dit Sanderpay, mais quand même. Ce n'est pas facile pour moi non plus de travailler sur les fusées. Il a fallu que je retire à chaque fois la moitié du propergol. J'ai bossé pendant neuf heures et j'en ai fait trois. On va à l'encontre de toutes les lois de l'aérodynamique, à essayer de forcer ces engins à retomber près de leur point de départ. Et tous les autres se heurtent à des problèmes aussi. On bricole, on jure, on s'énerve et tout ça ne mène à rien. Si on fait ceci, il faut qu'on fasse ça. Mais si on fait ça, rien ne va plus. C'est une station de recherche, ici. Bien sûr, elle ressemble plutôt à une forteresse, mais ça ne veut pas dire que c'en soit une. Et nous, nous sommes des scientifiques, pas un groupe de démolition.

Granowicz eut un petit rire.

— Ça me rappelle cette histoire qui est arrivée sur Terre, au XXe siècle. Tu sais, ce savant allemand, là... von Brau ? Von... von Braun. On leur avait dit, à lui et à ses hommes, que l'ennemi arrivait. Les militaires ont commencé à leur faire faire l'exercice — les manœuvres, le maniement d'armes, tout ça. Ils voulaient qu'ils affrontent l'ennemi sur le périmètre même de leur complexe de missiles et qu'ils vendent chèrement leur peau.

— Et qu'est-ce qui s'est passé? demanda Sanderpay.

— Oh, ils ont foutu le camp et ils ont fait 500 kilomètres pour se rendre, répondit ironiquement Granowicz.

Delvecchio avala d'un coup sa énième tasse de café et mit les pieds sur la table.

— Excellente idée, dit-il, sauf que nous, on n'a nulle part où aller si on fout le camp d'ici, alors on sera obligés de tenir contre eux sur le périmètre de notre complexe de missiles, si on peut l'appeler comme ça. Et dans pas longtemps.

— Dans trois jours, d'après mes calculs, confirma Granowicz.

— Si la moisissure ne les aide pas, ajouta Delvecchio.

Les deux autres le regardèrent.

— Que veux-tu dire par là? demanda Granowicz.

— Ce matin, quand on est sortis, Ned et moi, on a vu des hydres. Beaucoup d'hydres. En train de bouffer les plantes grimpantes à l'ouest de la station.

Une lueur de compréhension passa dans le regard de Granowicz, mais Sanderpay, toujours perplexe, demanda :

— Et alors?

— Miterz pense qu'elles sont en train de dégager un chemin.

— Oh! oh! fit Granowicz en se passant une main fine sur le menton. C'est très intéressant, ça, et très inquiétant. Elles commencent des deux côtés à la fois et débroussaillent tout le chemin, c'est bien ce que je pensais.

Le regard de Sanderpay alla de Delvecchio à Granowicz. Il grimaça, déplia ses longues jambes et les replia sous son siège dans une autre position, mais garda le silence.

— Oui, oui, reprit Granowicz, toutes les observations concordent, tout s'explique. On aurait dû prévoir ça.

Une attaque en masse, tout ce qui vit sur la planète qui œuvre sciemment pour nous éliminer. C'est la moisissure... Un écosystème autonome, comme dit Ned. Le cas classique du parasite à conscience collective. Mais nous n'arrivons pas à la comprendre. Nous ne connaissons ni ses principes de base, ni ses expériences formatrices. Nous ne savons rien. On n'a jamais fait de recherches sur quoi que ce soit de comparable, à l'exception, peut-être, des hydrogélatines de Noborn; et encore, ça, c'était un organisme collectif composé de colonies distinctes qui s'étaient mises ensemble parce que chacune y trouvait son compte. C'était une forme inoffensive, en somme. Autant qu'on puisse voir, ici, la moisissure forme une seule entité, qui englobe tout et qui a conquis toute la planète en partant d'un point central. (Il se frotta les mains d'un air songeur.) Oui. En se fondant sur cette théorie, on peut essayer de deviner ce qu'elle pense et ce qu'elle va faire. Et cette hostilité implacable, c'est logique, ça cadre bien avec le reste.

— Comment ça? demanda Sanderpay.

— Eh bien, vois-tu, elle ne s'était encore jamais heurtée à une autre forme d'intelligence supérieure et ça, c'est important. Alors elle nous juge d'après elle-même, car elle n'a jamais connu d'autre être intelligent. Elle, il lui faut dominer, capturer toute créature avec laquelle elle entre en contact. Alors elle pense que nous sommes pareils et elle craint que nous n'essayions de conquérir toute la planète comme elle l'a fait elle-même autrefois. Sauf que, comme je l'ai toujours dit, ce n'est pas à nous qu'elle attribue l'intelligence. Pour elle, nous sommes des animaux, petits et mobiles. Elle a déjà rencontré des formes de vie comme ça, et c'étaient toujours des espèces inférieures. Mais la station, en revanche, c'est quelque chose de nouveau, d'étranger à son expérience. Pour la moisissure, l'entité intelligente, c'est la station. J'en mettrais ma main au feu. Une entité qu'elle peut comparer à elle-même. Une entité qui atterrit sur la planète, qui s'installe, qui envoie des émissaires fouiner chez elle et étudier ses hôtes. Quant à nous, vulgaires animaux, la moisissure nous considère comme de simples instruments.

— Oui, oui, soupira Delvecchio, j'ai déjà entendu cette théorie et j'admets qu'elle est convaincante. Mais peux-tu la prouver ?

— Nous en avons des preuves tout autour de nous. La station est attaquée en permanence, vingt-quatre heures sur vingt-quatre. Mais nous, nous pouvons sortir recueillir des échantillons et nous ne sommes attaqués qu'une fois sur deux à peu près. Pourquoi ? Eh bien, nous, est-ce que nous tuons systématiquement toutes les hydres que nous voyons ? Non, bien sûr. Et la moisissure non plus ne cherche pas particulièrement à nous tuer, sauf quand on l'emmerde vraiment, parce qu'elle pense que nous ne comptons pas. En revanche, les aéros — mobiles sans être des animaux, donc étranges —, elle essaie de les éliminer. Parce que pour elle, ce sont des émissaires importants de la station.

— Pourquoi envoie-t-elle des spores, alors ? demanda Delvecchio.

Granowicz balaya l'objection d'un geste désinvolte.

— Oh ! la moisissure voudrait bien s'emparer de nous, ça, c'est certain, pour priver la station de ses hôtes. Mais c'est la station elle-même qu'elle veut éliminer. Il est impensable pour elle de coopérer avec une autre entité intelligente... Peut-être, qui sait, a-t-elle dû détruire d'autres colonies de moisissure de la même espèce qu'elle, des colonies rivales, avant d'établir sa domination sur la planète. Dès qu'elle détecte quelque chose d'intelligent, elle se sent menacée. Et elle détecte quelque chose d'intelligent dans la station.

Il allait continuer, mais tout d'un coup Delvecchio enleva ses pieds posés sur la table et se redressa :

— Bon sang !

— Qu'est-ce qu'il y a ? fit Granowicz en fronçant les sourcils.

— Dis donc, Ike ! dit Delvecchio en pointant l'index sur son compagnon. Et si ta théorie était juste ? Comment alors la moisissure perçoit-elle l'astronef ?

Granowicz réfléchit un instant, hocha la tête et émit un long sifflement.

— Comment ? Qu'est-ce que vous voulez dire ? fit Sanderpay.

— L'astronef était mobile, mais ce n'est pas un animal, expliqua Granowicz en se tournant vers lui. Comme la station, il est descendu du ciel, s'est posé en détruisant sur une grande surface de la moisissure et des formes de vie qui lui servaient d'hôtes. Et depuis, il n'a pas bougé. Exactement comme la station. La moisissure pense probablement que c'est une autre station, une nouvelle menace. Ou une extension de notre station à nous.

— Oui, intervint Delvecchio, mais c'est encore pire que ça. Si tu as raison, peut-être, en ce moment même, la moisissure se déchaîne-t-elle... contre la coque de l'astronef. Et, pendant ce temps, elle laisse les hommes s'éloigner tranquillement.

Il y eut un silence de mort, finalement rompu par Sanderpay.

— Oh ! Ouh la la ! je vois, dit-il d'une voix basse, regardant ses compagnons l'un après l'autre.

Granowicz avait l'air pensif et se frottait le menton.

— Non, dit-il enfin. C'est plausible, mais je ne pense pas que ça se passe comme ça.

— Pourquoi ? demanda Delvecchio.

— Eh bien, même si la moisissure considère que les soldats ne représentent pas le plus grand danger, elle essaiera quand même de s'emparer d'eux, comme elle essaie de s'emparer de nous. Comme ça, elle aurait à la fois les hommes et leurs armes et elle aurait de quoi annihiler et la station et l'astronef. Il est à peu près certain que ça se passera comme ça, en fait. Ces soldats seront une proie facile pour les spores. Ils se feront cueillir comme autant de fruits mûrs.

— Ouais, probablement, dit Delvecchio, l'air manifestement troublé. Mais c'est emmerdant, cette histoire. S'il y a la moindre chance qu'ils puissent arriver jusqu'ici sains et saufs, il faudra modifier nos plans.

— Mais il n'y en a pas la moindre, de chance, protesta Granowicz. La moisissure les a déjà, sinon pourquoi leur fraierait-elle un chemin?

Sanderpay approuva, mais Delvecchio n'était pas convaincu.

— Nous ne sommes pas sûrs qu'elle soit en train de dégager un chemin, insista-t-il. C'est seulement ce que pense Miterz, en se fondant sur des bases pas très solides. Il ne faut pas prendre ça pour parole d'évangile.

— Mais le raisonnement se tient, rétorqua Granowicz. Ça permettrait aux soldats d'arriver plus vite, ça accélérerait le...

Le ululement de la sirène d'alarme l'interrompit.

— Des hydres, dit Andrews. Je crois qu'elles sont dans le coin où vous avez travaillé ce matin, dans les arbres.

Il chaussa une paire de lunettes infrarouges et poussa un bouton sur la console. Un bourdonnement s'éleva. Delvecchio prit des jumelles et regarda.

— Vous croyez que la moisissure les envoie en reconnaissance?

— Aucun doute, dit Granowicz qui était juste derrière lui et regardait par-dessus son épaule.

— Je pense qu'elle ne fera rien, dit Delvecchio d'un ton plein d'espoir. Elle détruirait des mines ou d'autres trucs artificiels, bien entendu; ça, on l'a prouvé. Mais là, on n'a fait qu'entailler quelques arbres. Ça m'étonnerait qu'elle arrive à comprendre pourquoi.

— Je tire quelques rafales? demanda Andrews, assis à la console du laser.

— Pas tout de suite, dit Delvecchio. Attends un peu de voir ce qu'elles font.

Les gros reptiles furetaient autour des troncs d'arbres. Quelques-uns rampaient dans la moisissure et la vase, d'autres grattaient de leurs griffes les arbres entaillés.

— Branche donc quelques détecteurs directionnels, dit Delvecchio.

Sanderpay, toujours à la console de commande, obéit. On entendit d'abord le crépitement incessant des spores bombardant les récepteurs. Puis, comme le micro tournait, les sifflements stridents des hydres leur parvinrent.

Et puis le craquement d'un arbre qui tombe.

Delvecchio, qui surveillait la scène aux jumelles, se sentit soudain glacé. L'arbre tomba dans la boue avec un grand bruit sourd. De la vase jaillit de tous les côtés et plusieurs hydres prises sous le tronc poussèrent des hurlements d'agonie.

— Merde, dit Delvecchio. (Puis, se décidant, il ajouta :) Tire, Arnold.

L'œil sur le viseur infrarouge, Andrews appuya sur quelques boutons, cadra son arme sur une hydre près de l'arbre abattu, puis tira.

Ceux qui n'avaient ni lunettes, ni jumelles, virent une petite lueur blanc-rouge apparaître dans l'air entre la tourelle du laser et le groupe de reptiles. Un gargouillement se mêla aux sifflements des hydres. L'une d'elles eut un violent sursaut, puis retomba, immobile. Les autres s'éloignèrent en rampant dans les broussailles. L'espace d'une seconde, tout fut calme.

Puis un deuxième arbre vacilla et tomba de l'autre côté de la station.

Andrews appuya sur d'autres boutons, la grosse tourelle pivota, il tira de nouveau et tua une autre hydre. Puis, sans attendre le craquement suivant, il fit pivoter encore le laser pour abattre les hydres qui étaient autour des autres arbres.

Delvecchio abaissa très lentement ses jumelles.

— Je crois qu'on a travaillé toute la journée pour rien, dit-il. D'une façon ou d'une autre, la moisissure a deviné nos intentions. Elle est plus intelligente que nous ne le pensions.

— Reyn, dit Granowicz.

— Quoi, Reyn ? fit Delvecchio avec un regard interrogateur.

— Il savait qu'on essaierait de défendre la station. Si la moisissure l'a appris, il est logique qu'elle contre nos moindres mouvements. Peut-être Reyn a-t-il survécu à la chute de son aéro. Peut-être la moisissure a-t-elle fini par s'emparer d'un être humain.

Delvecchio lâcha un juron bien senti.

— Tu as peut-être raison, bien sûr. Ou peut-être n'est-ce qu'une immense coïncidence, une série d'accidents. Comment le savoir ? Comment savoir quoi que ce soit sur ce que ce foutu machin pense, fait ou entend faire ? (Il poussa un soupir exaspéré.) Putain de sort, on se bat dans le noir. Chaque fois qu'il arrive quelque chose, il peut y avoir une bonne douzaine d'explications. Et chaque fois qu'on établit un plan, il faut prévoir une bonne douzaine de solutions de rechange.

— Ce n'est pas à ce point-là, dit Granowicz. Nous ne sommes pas entièrement dans le noir. Nous avons découvert que la moisissure peut s'emparer de créatures terriennes et qu'elle en tire au moins quelques renseignements, qu'elle absorbe au moins une partie des connaissances de ses victimes. Nous ne savons pas jusqu'à quel point au juste, c'est vrai, mais...

— Mais si !... toutefois, peut-être ! (Delvecchio jura encore, l'air complètement dégoûté.) Bon sang, Ike, « jusqu'à quel point au juste », c'est la question cruciale. *Si* la moisissure s'est emparée de Reyn et *si* elle sait tout ce qu'il sait, ça veut dire qu'elle sait tout ce qu'il y a à savoir sur la station des Eaux-Glauques et ses systèmes de défense. Dans ce cas-là, qu'est-ce qui nous reste comme chance ?

— Eh bien, dit Granowicz... (Il s'interrompit, fronça les sourcils, se caressa le menton.) Je... euh... Attends, il y a d'autres aspects du problème à examiner. Laisse-moi réfléchir un instant.

— C'est ça, dit Delvecchio, réfléchis. (Il se tourna vers Andrews.) Arnold, tiens-les le plus possible à distance. Je viendrai te relever dans quatre heures.

— Ça va, je crois, acquiesça Andrews, l'œil rivé au viseur infrarouge.

Delvecchio donna quelques brèves instructions à Sanderpay, puis tourna les talons et quitta la tourelle. Il alla droit à sa couchette. Il lui fallut près d'une heure pour s'endormir.

Delvecchio rêvait.

Il était vieux, et il avait froid. La station se présentait à sa vue sous tous les angles, comme un kaléidoscope d'images mouvantes; vue du sol, vue des airs, comme s'il planait sur des ailes invisibles. Dans l'une des images, il la voyait, il la sentait comme un ver de terre peut sentir le lourd poids des rayons du soleil.

Il vit la station croulante, détruite, un amas de ferrailles. Il la vit en une série de vues intérieures. Il vit un squelette dans un coin de laboratoire et, par les yeux du squelette, vit la station dévastée. Dehors, il vit des piles de cadavres vêtus d'uniformes de duralliage, une moisissure verdâtre sortant des visières brisées.

A travers les visières, il vit les marécages. Tout était verdâtre, humide, vieux et froid. Le monde entier.

Quand Delvecchio se réveilla, il était trempé de sueur.

Son tour de garde se déroula sans histoire. Les hydres avaient disparu aussi brusquement qu'elles étaient apparues et il ne fit feu qu'une seule fois, sur une noctule qui s'était rapprochée imprudemment des murs de la station. Miterz le releva. Delvecchio arriva à dormir encore quelques heures, ou du moins à se reposer. En fait, il passa la plus grande partie du temps parfaitement éveillé, à réfléchir.

Quand il arriva à la cafeteria le lendemain matin, ça discutait ferme.

Granowicz se tourna immédiatement vers lui.

— Ecoute, Jim, commença-t-il, tout agité, ça m'a travaillé toute la nuit. Il y a un fait évident qui nous a échappé : si ce machin s'est emparé de Reyn, ou des soldats, ou de n'importe quel autre être humain, c'est l'occasion à ne pas rater. L'occasion de communiquer, de commencer à nous comprendre. Grâce à eux, nous aurons un langage commun. Au lieu de nous battre contre la moisissure, il faut essayer de lui parler, de lui faire comprendre à quel point nous sommes différents.

— Tu es fou, Granowicz, hurla Sheridan, fou furieux, fou à lier. Vas-y donc, toi, parlementer avec ce truc. Moi, on ne m'y prendra pas. Cette chose, c'est l'ennemi, ça l'a toujours été, et maintenant elle envoie ces soldats nous tuer. Il faut qu'on les tue avant.

— Mais c'est l'occasion ou jamais, insista Granowicz, de chercher à comprendre, d'établir la communication, de...

— Ça, c'était ton boulot depuis le début, mon vieux, rétorqua Sheridan. C'est toi le spécialiste en exopsychologie. Si tu n'as pas fait ton boulot, ce n'est pas une raison pour nous demander de risquer notre vie pour le faire à ta place.

Granowicz lui décocha un regard noir. Sanderpay, assis à côté de lui, fut plus direct.

— Sheridan, dit-il, parfois je voudrais pouvoir te balancer à la moisissure. Tu serais mignon, tiens, avec des excroissances verdâtres te sortant des oreilles !

Delvecchio les fixa tous d'un œil sévère.

— Vos gueules, tous tant que vous êtes, dit-il simplement. J'en ai assez de vos conneries. J'ai réfléchi, moi aussi.

Il tira une chaise et s'assit. Andrews était à une autre

table et finissait tranquillement son petit déjeuner. Delvecchio l'appela d'un geste et il vint les rejoindre.

— J'ai plusieurs choses à vous dire, reprit Delvecchio. D'abord, plus d'empoignades. On perd un temps fou à pinailler et à s'engueuler, et on n'a pas de temps à perdre. Donc, plus de chamailleries. C'est moi qui décide et je ne veux entendre ni rouspétances ni criailleries. Si vous n'êtes pas contents, vous n'avez qu'à élire un autre chef. Compris ?

Il les regarda les uns après les autres. Sheridan avait l'air un peu gêné, mais personne ne pipa mot.

— Bon, dit enfin Delvecchio. Si la question est réglée, continuons. (Il se tourna vers Granowicz.) Voyons d'abord ta suggestion, Ike. Tu veux parlementer, maintenant. Je regrette, mais je ne marche pas. Hier soir, c'était toi qui nous disais que la moisissure, du fait de ses traumatismes de jeunesse, ne pouvait qu'être hostile.

— Oui, commença Granowicz, mais avec les nouvelles connaissances que lui donneront...

— Veux pas le savoir, coupa sèchement Delvecchio. (Granowicz n'insista pas. L'autre continua :) Que croyez-vous qu'elle fasse pendant que nous sommes là à discutailler ? Si ta théorie est juste, elle va nous attaquer par tous les moyens dont elle dispose. Et cette théorie me semble convaincante. Si nous ne sommes pas prêts, nous sommes morts. Donc, nous serons prêts. A nous battre, pas à parlementer.

Sheridan arbora un sourire de triomphe. Delvecchio se tourna vers lui et poursuivit :

— Mais nous n'allons pas ouvrir le feu sur eux dès qu'ils apparaîtront comme tu le voudrais, Sheridan. Dans ce que Ike a dit hier soir, il y a quelque chose qui, depuis, me tracasse. Il y a une petite chance que la moisissure n'essaie même pas de s'emparer des soldats. Elle n'est peut-être pas intelligente au point de se rendre compte de leur importance. Il est possible qu'elle se concentre sur l'astronef.

Sheridan se redressa brusquement.

— Mais il *faut* qu'on leur tire dessus, s'écria-t-il. Ils vont nous tuer, Delvecchio. Tu ne peux...

Chose surprenante, Sanderpay se joignit à lui :

— La moisissure fait ouvrir un chemin et elle a fait tomber les arbres. Et puis ce matin... tiens, Jim, regarde un peu : ça pullule d'hydres et de noctules. Elle s'est emparée des soldats, je le sais. Sinon, elle ne concentrerait pas ses forces par ici.

Delvecchio les fit taire d'un geste.

— Je sais, Otis, je sais. Tu as raison. Tout ce qu'on voit autour de nous semble montrer qu'elle s'est emparée d'eux, mais il faut que nous en soyons sûrs. Attendons jusqu'à ce qu'on les voie, jusqu'à ce qu'on soit absolument certains. Alors, s'ils sont possédés, feu roulant dessus, immédiatement. Il faut qu'on les anéantisse d'un seul coup, parce que si ça devient un vrai combat, nous sommes perdus. Ils sont plus nombreux et mieux armés que nous et si on leur donne la possibilité de riposter, ce sera un jeu d'enfant pour eux que de prendre d'assaut la station. Seulement, peut-être que la moisissure les fera arriver tous en même temps. Peut-être qu'on pourra les tuer tous avant même qu'ils s'aperçoivent que nous avons ouvert le feu.

Granowicz avait l'air dubitatif, et Sheridan carrément sceptique.

— C'est ridicule, ce que tu dis, Delvecchio. Chaque instant d'hésitation accroît les risques. Et tout ça pourquoi ? Pour une chance aussi mince ? La moisissure les aura sûrement en son pouvoir.

— Sheridan, tu commences à m'emmerder, dit calmement Delvecchio. Ecoute-moi, pour une fois. Il y a une chance dans deux cas : *primo,* si la moisissure est trop bête pour s'emparer d'eux et *secundo,* si elle est trop futée pour le faire.

Granowicz haussa les sourcils. Andrews s'éclaircit la gorge. Sheridan se contenta de prendre l'air vexé.

— Si Reyn est en son pouvoir, poursuivit Delvecchio,

peut-être n'ignore-t-elle plus rien de nous. Peut-être fera-t-elle exprès de ne pas s'emparer des soldats. Elle sait, grâce à Reyn, que nous comptons les anéantir. Peut-être se contentera-t-elle d'attendre.

— Mais pourquoi ferait-elle ouvrir un chemin par... commença Sanderpay, qui s'interrompit brusquement. Oh! Oh, je vois! Oh, non! Jim, elle ne peut pas...

— Jim, tu ne supposes pas simplement que la moisissure est très intelligente, intervint Granowicz, tu voudrais aussi nous faire croire qu'elle est proprement machiavélique.

— Non, rétorqua Delvecchio, je ne veux rien vous faire croire du tout, je ne fais que mentionner une possibilité. Une possibilité horrible, mais contre laquelle il faut que nous soyons parés. Ça fait plus d'un an qu'on sous-estime continuellement la moisissure. A chaque fois, elle s'est révélée juste un peu plus intelligente qu'on ne le croyait. On ne peut plus se permettre de faire une erreur comme ça. On ne peut pas se payer le luxe de se tromper cette fois-ci.

Granowicz acquiesça à contrecœur.

— Je n'ai pas fini, poursuivit le chef. Otis, je veux que ces missiles soient terminés aujourd'hui même, au cas où ils arriveraient plus tôt que prévu. Les explosifs aussi, Arnold. Et je ne veux plus vous entendre râler. Vous êtes exemptés de la corvée de garde tous les deux jusqu'à ce que vous ayez fini. Nous autres, on prendra deux tours à la file. Et puis, à partir de maintenant, nous porterons nos combinaisons tout le temps, même à l'intérieur de la station, au cas où un assaut soudain ferait craquer les écrans de défense. (Ils acquiescèrent tous.) Dernière chose, on balance tous les échantillons hors de la station. Je ne veux plus voir un seul bout de moisissure ni une seule bestiole ou une seule plante de cette planète dans nos murs.

Il repensa à son rêve et frissonna intérieurement. Sheridan tapa sur la table avec un grand sourire.

— Voilà qui est parlé! Ça fait des semaines que je veux qu'on se débarrasse de ces saletés!

Mais Granowicz avait l'air mécontent et Andrews franchement réprobateur. Le regard de Delvecchio alla de l'un à l'autre.

— Mais je n'ai que quelques petits animaux, Jim, plaida Granowicz. Des musaraignes et des trucs comme ça, des bestioles tout à fait inoffensives, et je les ai bien isolées. J'ai essayé d'établir le contact avec la moisissure, de communiquer d'une façon ou d'une autre...

— Non, dit Delvecchio. Désolé, Ike, mais on ne peut pas courir le risque. Si les murs cèdent ou si la station est endommagée, on risque de se retrouver sans électricité. Et alors il y aurait danger d'infection à la fois de l'intérieur et de l'extérieur de la station. C'est trop dangereux. Tu pourras toujours attraper d'autres animaux plus tard.

— Oui, mais mes cultures, fit Andrews après s'être raclé la gorge, j'en termine juste l'analyse, je suis en train de déterminer les propriétés des différentes espèces de moisissure. Encore six mois de recherche, Jim, et, eh bien, je pense... (Il soupira.)

— Tu as toujours tes notes. Tu pourras reprendre les travaux après, si nous survivons.

— Oui, mais... (Andrews hésita.) Mais il faudra recommencer les cultures, et ça prendra beaucoup de temps. Et, Jim...

Il hésita de nouveau, regarda les autres. Delvecchio eut un sourire sans joie.

— Vas-y, Arnold. Ils risquent de mourir d'ici peu. Ils ont peut-être le droit de savoir.

Andrews hocha la tête en signe d'approbation et reprit :

— Mon travail est bien avancé, Jim. Et là, je parle de mon travail à moi, le vrai travail, la raison d'être même de la station des Eaux-Glauques. J'ai réussi à provoquer une mutation de la moisissure, à créer une variété non douée d'intelligence, extrêmement virulente, mortelle pour ses hôtes. J'en suis au stade final, il ne me reste plus qu'à rendre cette variété mutante capable de se reproduire dans l'atmosphère fyndayi. Et je suis près, tellement près du but! (Il les regarda les uns après les autres, d'un air suppliant.) Si vous me laissez continuer, j'y arriverai bientôt. Et alors on pourrait en inonder les planètes des Fyndayi et la guerre serait finie. Pensez à toutes les vies humaines que cela permettrait de sauver. Pensez à tous ceux qui mourront si on retarde mes travaux.

Il s'interrompit, gêné. Il y eut un long silence autour de la table.

Ce fut Granowicz qui le rompit. Il se caressa le menton et eut un drôle de petit rire.

— Et moi qui pensais que c'était une entreprise tellement hardie, tellement propre, dit-il d'un ton amer. Aller à la rencontre d'une forme d'intelligence inconnue, qui ne ressemble à aucune de celles que nous avions rencontrées jusque-là, chercher, tant bien que mal, à communiquer avec une entité consciente peut-être unique dans l'univers. Et maintenant on me dit que mon travail servait seulement de couverture à une guerre bactériologique. Même ici, je ne peux pas échapper à cette putain de guerre. (Il eut un petit rire bref.) La base scientifique des Eaux-Glauques. La station de recherche pacifique! Quelle vaste blague!

— Il était indispensable de garder le secret, Ike, expliqua Delvecchio. Les possibilités d'applications militaires étaient trop prometteuses pour qu'on ne tente pas le coup; mais si on avait organisé tout un programme de recherche pour la guerre bactériologique, les Fyndayi l'auraient découvert facilement. En revanche, les équipes comme celles des Eaux-Glauques — des équipes de prospection planétaire tout ce qu'il y a de normal — sont foison. Les Fyndayi n'ont ni le temps ni l'envie d'aller y regarder de près. Ils ne s'en donnent même pas la peine.

— Ça n'a guère d'importance, je suppose, dit Granowicz, le regard fixé sur la table. De toute façon, nous serons peut-être morts d'ici quelques jours. Savoir ça ne change rien. Mais... mais... (Il s'interrompit.)

— Je regrette, Ike, dit Delvecchio en haussant les épaules. Je regrette aussi pour tes expériences, Arnold. Mais il va falloir balancer toutes tes cultures. Tant qu'elles sont dans la station, elles sont un danger pour nous.

— Oui, mais la guerre... tous ces gens... plaida Andrews, au supplice.

— N'importe comment, si nous ne nous sortons pas de ce mauvais pas, nous perdons tout, Arnold.

— Il a raison, ça ne vaut pas le coup, dit Sanderpay en posant la main sur l'épaule d'Andrews.

Celui-ci acquiesça d'un signe de tête. Delvecchio se leva.

— Très bien, c'est réglé. Maintenant, au travail. Arnold, les explosifs. Otis, les fusées. Ike et moi, nous nous occupons de balancer tous les échantillons. Mais d'abord, je vais mettre Miterz au courant. D'accord ?

Ils acceptèrent d'un murmure sans enthousiasme.

Il ne leur fallut que quelques heures pour réduire à néant le travail de toute une année. Il fallut plus longtemps pour les fusées, les explosifs et les autres systèmes de défense, mais vint le moment où tout fut prêt. Une longue attente commença alors pour les hommes de la station des Eaux-Glauques, sur les nerfs, transpirant dans leurs combinaisons inconfortables.

Sanderpay était de permanence à l'écoute de la radio. Un jour passa. Deux. Trois — ce fut un jour de tension incroyable. Quatre, et ils étaient prêts à craquer. Cinq, et ils se détendirent un peu. L'ennemi était en retard.

— Vous croyez qu'ils vont d'abord essayer de prendre contact avec nous ? demanda Andrews à un moment donné.

— Je ne sais pas, répondit Sanderpay. Vous y avez pensé ?

— Moi, oui, intervint Granowicz. Mais ça ne change rien. S'ils sont toujours eux-mêmes, ils essaieront de nous joindre, c'est évident; et si c'est la moisissure qui les dirige, elle voudra nous donner le change. Ça suppose qu'elle aura absorbé suffisamment de connaissances de ses hôtes pour savoir se servir d'une radio pour nous contacter, ce qui n'est pas prouvé. Cela dit, il est probable qu'elle essaiera, alors on ne peut pas s'y fier si on reçoit un message radio.

— Ouais, fit Delvecchio, c'est bien ça le problème. On ne peut se fier à *rien*. Tout ce qu'on fait est fondé sur des suppositions. On n'a absolument aucun renseignement concret.

— Je sais, Jim, je sais.

Le sixième jour, l'orage hurlait à l'horizon. Des nuages de spores passaient, emportés par le vent, déchirés en minces lambeaux. Au-dessus de la station, de lourds nuages noirs s'amoncelaient. Des éclairs sillonnaient le ciel vers l'ouest.

La radio couinait et crachait comme une bête à l'agonie, des sifflements déchiraient les airs, le tonnerre grondait. Dans la tour, les hommes de la station des Eaux-Glauques attendaient que passent les heures.

Tôt ce matin-là, il y avait eu une voix à la radio, qui s'était estompée tout de suite, sans que rien d'intelligible leur parvienne. Des parasites avaient crépité presque toute la journée. Les soldats devaient être juste à la limite de l'orage, avait calculé Delvecchio.

Etait-ce un accident ? Ou un fait exprès ? se demandait-il. Il posta ses hommes : Andrews au laser, dans la tourelle, Sanderpay au poste de tir des fusées, Sheridan et lui-même à l'intérieur de la station, armés de fusils à laser, Granowicz au hangar à aéros, où les appareils restants avaient été bourrés de bombes de fortune, et Miterz sur le mur d'enceinte.

Ils attendaient dans leurs combinaisons, les masques-filtres parés mais non attachés. Le ciel, obscurci par l'arrivée de l'orage, semblait déjà un ciel de crépuscule. Bientôt l'orage et la nuit atteindraient de concert la station des Eaux-Glauques.

Delvecchio arpentait les couloirs impatiemment. Enfin, il revint à la tour pour voir comment ça se passait. Andrews, à la console du laser, regardait attentivement par la fenêtre. Il avait posé une canette de bière à côté de lui sur le viseur infrarouge. C'était la première fois que Delvecchio voyait le tranquille petit mycologue boire.

— Ils sont là, dit Andrews, quelque part. (Il avala une gorgée de bière, reposa la canette.) Je voudrais, eh bien, je voudrais qu'ils se dépêchent un peu. (Il regarda Delvecchio.) On va probablement tous se faire tuer, tu sais. Presque tout est contre nous.

Delvecchio n'eut pas le cœur de lui dire que « presque » était de trop. Il se contenta de hocher la tête, le regard fixé sur la fenêtre. Ils avaient éteint toutes les lumières de la station. Ils avaient tout arrêté, sauf les génératrices, les commandes de la tourelle et le champ de force. Celui-ci, alimenté par le courant supplémentaire, était plus solide que jamais. Mais serait-il assez solide ? Delvecchio ne le savait pas.

Aux abords du champ, sept ou huit silhouettes fantomatiques planaient, se détachant sur le ciel d'orage. Tout en ailes et en serres, avec une longue queue pointue et hérissée : des noctules des marais. Des grosses, de plus de deux mètres d'envergure.

Elles n'étaient pas seules. Les broussailles grouillaient d'hydres, et dans l'eau, près du mur sud, on voyait d'énormes sangsues. Les capteurs détectaient toutes sortes d'animaux.

Etaient-ils chassés par l'orage ? Ou se rassemblaient-ils pour l'assaut ? Cela non plus, Delvecchio ne le savait pas.

La porte de la tour s'ouvrit et Sheridan entra. Il lança son laser sur la table près de la porte.

— Ça ne sert à rien, ces trucs-là, dit-il. On ne peut pas les utiliser à moins qu'ils ne pénètrent dans la station, ou à moins qu'on n'aille à leur rencontre et ça, ce n'est certainement pas moi qui m'y risquerai. D'ailleurs, de quoi ça aurait l'air à côté de leurs armes à eux ?

Delvecchio ouvrit la bouche pour répondre, mais Andrews le devança.

— Regardez par là, souffla-t-il. D'autres noctules arrivent. Et cette autre bestiole, qu'est-ce que c'est ?

Delvecchio regarda. En effet, une autre créature fendait lentement les airs de ses grandes ailes de chauve-souris. Une énorme créature noire, qui faisait deux fois la taille d'une noctule.

— La première expédition les a baptisées « les diaboliques », dit Delvecchio après un long silence. Elles vivent dans les montagnes, à près de 2 000 kilomètres d'ici. (Un autre silence.) Ah ! cette fois, ça y est !

Ils virent comme un mouvement de masse sur terre et dans les eaux à l'ouest de la station. Le tonnerre roula en échos multiples. Puis, dominant le grondement de l'orage, ils entendirent un hurlement perçant, suraigu.

— Bon Dieu, qu'est-ce que c'était que ça ? demanda Sheridan.

— Je sais ce que c'était, dit Andrews, le visage blême. Ça s'appelle une stridence. C'est un fusil à ultrasons, qui brise la membrane des cellules en concentrant les sons. J'en ai vu fonctionner une fois. Je... ça liquéfie pratiquement les chairs.

— Dieu du ciel ! souffla Sheridan.

Delvecchio bondit à l'interphone. Tous les récepteurs de la station étaient branchés, à plein volume.

— A vos postes de combat, les gars, dit-il tout en ajustant son masque. Bonne chance.

Il sortit dans le couloir, descendit l'escalier. Sheridan ramassa son laser et le suivit. Au pied des marches, Delvecchio lui fit signe de s'arrêter.

— Reste là, Eldon. Je me mets au sas principal.

Il avait commencé à pleuvoir à grosses gouttes sur les marécages entourant les Eaux-Glauques, mais le champ de force protégeait la station. Le vent d'ouest soufflait en grondant. L'orage ne menaçait plus : il était là. Sur le ciel tumultueux se détachait la silhouette indistincte du dôme que formait le champ de force.

Delvecchio traversa la cour et les couloirs à grands pas et passa rapidement par le système de décontamination pour arriver au sas principal. Il s'installa sur le capot d'un tracteur pour regarder le grand écran qui faisait office de fenêtre. L'interphone était fixé au mur à côté de lui.

— Des animaux fouisseurs avancent contre le champ de force souterrain, Jim, lui signala Andrews de sa tourelle. Les instruments enregistrent à peu près cinq à six chocs par minute. Mais rien d'inquiétant, le champ tient.

Il se tut, et l'on n'entendit plus que le bruit du tonnerre. Sanderpay se mit à bredouiller quelque chose sur les fusées pour meubler le silence. Delvecchio n'écoutait que d'une oreille. Le terrain au delà des murs était un magma de boue fouettée par la pluie. On n'y voyait presque rien. Il régla l'écran pour obtenir les images captées par les caméras de la tourelle, les mêmes que celles que suivait Andrews.

— Les contacts souterrains s'intensifient, dit soudain ce dernier. Il y en a une vingtaine par minute maintenant.

Des noctules s'approchèrent, une d'abord, puis une deuxième, effleurant le bord même du champ, terribles et silencieuses, portées par le vent et la pluie. Le laser de la tourelle pivota pour se braquer sur elles, mais elles disparurent avant qu'Andrews puisse tirer.

Puis il y eut un mouvement au sol. Des hydres se mirent à déborder les limites du terrain comme une vague. Le canon du laser pivota, s'abaissa. Il y eut un éclair, un nuage de vapeur vite dissipé. Une hydre tomba, puis une autre.

Au sud, une sangsue s'éleva des eaux grises près des murs de la station. La tourelle tourna, cracha deux éclairs rouges. Il y eut un jet de vapeur. La sangsue se tordit et retomba au deuxième coup.

Delvecchio hocha la tête sans rien dire et serra son fusil plus fort.

La voix d'Andrews s'éleva de nouveau dans l'interphone.

— Il y a un homme là-bas. Près de toi, Jim.

Delvecchio enfila ses lunettes infrarouges et repassa les images de la caméra placée juste à l'entrée du sas. Une ombre indistincte se tenait dans les broussailles.

— Il n'y en a qu'un ? demanda-t-il.
— Je n'en détecte qu'un, répondit Andrews.

Delvecchio hocha la tête, réfléchit, se décida.

— J'y vais, dit-il.

Il y eut un concert de voix dans l'interphone. L'une d'elles (celle de Granowicz ?) dit :

— Je ne pense pas que ce soit prudent.
— Attention, Jim, fais gaffe, intervint une autre, peut-être celle de Sanderpay.

Puis, sans aucun doute possible, celle de Sheridan :

— N'y va pas, surtout ! Tu vas les faire entrer !

Delvecchio n'en tint aucun compte. Il poussa le bouton qui ouvrait les portes extérieures du sas tout en se laissant glisser derrière le volant du tracteur. Les portes s'écartèrent, et la pluie inonda le sas.

Le tracteur avança, passa dans un bruit de ferraille sur la rampe d'accès, puis se mit à glisser sans un cahot sur la vase. Delvecchio se trouvait maintenant en plein sous l'orage, et les gouttes de pluie le picotaient à travers sa fine combinaison. Il conduisait d'une main et tenait le laser de l'autre.

Il arrêta le tracteur juste à la sortie du sas et se mit debout.

— Sortez, hurla-t-il à pleins poumons, couvrant le

101

bruit du tonnerre. Montrez-vous. Si vous me comprenez encore, si la moisissure n'a pas d'emprise sur vous, sortez tout de suite.

Il s'interrompit, plein d'espoir, et attendit une interminable minute. Il allait appeler de nouveau lorsqu'un homme sortit en courant des broussailles.

Un bref instant, Delvecchio vit une forme aux cheveux sombres trempés, pieds nus, les vêtements en lambeaux, qui trébuchait dans la boue. Il voyait la moisissure qui recouvrait presque tout le visage, ainsi qu'une partie du dos et de la poitrine.

L'homme — la créature plutôt — leva le bras et lança une pierre. Il rata sa cible, mais continua de courir et de hurler. Delvecchio, glacé d'horreur, leva son fusil et tira. La créature couverte de moisissure tomba quelques mètres derrière le rideau d'arbres.

Delvecchio laissa le tracteur où il était et revint à pied vers le sas d'entrée. Les portes étaient restées ouvertes. Il se précipita à l'interphone.

— Elle les a, dit-il. Je répète, elle les a, et elle est hostile. Alors on y va, on les tue.

Aucune réponse. Juste un long silence, et un sanglot étouffé. Puis la voix d'Andrews s'éleva, calme et détachée.

— Autre chose sur l'écran. Un groupe d'hommes... une trentaine, peut-être une quarantaine, arrivant de l'ouest, en formation. Beaucoup de métal — du duralliage, je crois.

— Le gros des troupes, dit Delvecchio. Ça ne va pas être si facile que ça de les tuer. Branle-bas de combat. N'oubliez pas : feu à volonté, toutes les armes à la fois !

Le fusil sur la saignée du bras, il retourna, sous la pluie, jusqu'à la rampe. A travers ses lunettes, il voyait des formes humaines. Juste quelques-unes, au début. Les soldats s'étaient déployés en arc de cercle.

Une fois sorti de la station, il marcha jusqu'au tracteur et s'accroupit derrière. Il vit la tourelle pivoter; un trait rouge fendit la nuit et toucha la première forme indistincte, qui chancela. De nouveaux rideaux de pluie descendirent, cachant le paysage. Un autre trait de lumière jaillit du laser. Delvecchio, très lentement, épaula son fusil et se mit de la partie, tirant sur les vagues silhouettes qui apparaissaient dans ses lunettes.

Derrière lui, il entendit la première fusée-sonde jaillir du tube de lancement et, l'espace d'un éclair, il vit la flamme de la tuyère balayer le dôme. La fusée disparut dans la nuit. Une autre la suivit, puis encore une autre, puis le tir devint régulier.

Les ombres indistinctes couraient toutes ensemble; il y avait un groupe important massé juste à quelques mètres de la lisière de la forêt. Delvecchio tira dans le tas, nota où ils se trouvaient, et espéra qu'Arnold n'avait pas oublié.

Non, Arnold n'avait pas oublié. Il abaissa le canon du laser et tira sur un tronc d'arbre tout près. Il y eut un craquement de bois qui cède. L'arbre vacilla, puis tomba.

Autant que Delvecchio pût en juger, l'arbre n'avait touché personne. Encore une idée qui a foiré, se dit-il amèrement. Mais il continua à tirer en direction de la forêt.

Soudain, près de la limite du terrain, il y eut une énorme explosion qui éclipsa tout le reste. Une gerbe d'eau jaillit des marécages, une hydre fut projetée en l'air, hurlant d'effroi. Des morceaux de sangsue retombèrent en pluie.

C'était la première fusée.

Une seconde après, il y eut une autre explosion, dans les arbres cette fois. Puis plusieurs autres, coup sur coup. Quelques fusées tombèrent très près de l'ennemi, deux en plein dedans. Des arbres s'écroulèrent, et Delvecchio crut entendre des hurlements.

Tout n'est peut-être pas perdu, se dit-il en continuant à tirer.

Il y eut un sifflement au-dessus de sa tête. C'était Granowicz qui décollait. Delvecchio prit le temps de lancer un rapide coup d'œil et vit l'aéro passer, cap sur les arbres. Il y avait d'autres formes dans le ciel, qui convergèrent vers l'avion, mais elles étaient plus lentes. Granowicz survola rapidement le terrain en lâchant des bombes. Le marécage trembla et la boue et l'eau projetées en l'air par les explosions se mélangèrent à la pluie.

Maintenant, incontestablement, il entendait des hurlements.

Puis l'ennemi riposta.

Des flammes rouges et de minces pinceaux de lumière déchirèrent la nuit, vinrent lécher les murs, créant des nuages de vapeur que la pluie emportait. Puis des obus, des explosions. Un coup sourd ébranla la station, puis un deuxième. Puis, quelque part dans la nuit et l'orage, quelqu'un ouvrit le feu avec une stridence.

Le mur derrière Delvecchio résonna sous un coup vibrant. Une autre détonation, beaucoup plus forte, retentit au-dessus de sa tête, contre le dôme du champ de force. L'espace d'un instant, la pluie disparut dans un tourbillon de gaz en explosion. Le vent dissipa rapidement la fumée, et la station tout entière trembla. Puis la pluie se remit à tomber sur le dôme, en grandes nappes.

Il y eut d'autres explosions. Les lasers crachaient et sifflaient sous la pluie, de tous les côtés, comme un horrible spectacle son et lumière. Miterz tirait du haut du mur d'enceinte, Granowicz effectuait un nouveau passage. Les fusées avaient cessé de tomber. Le stock était-il déjà épuisé ?

Le laser de la tourelle tirait, pivotait, retirait, pivotait à nouveau, tirait encore. Plusieurs explosions secouèrent la tour. Le monde était un chaos de pluie, de bruit, d'éclairs et de ténèbres.

Puis le tir des fusées recommença. Chaque fois qu'elles retombaient, le marécage et la forêt proche tremblaient. L'une d'elles, tombant dangereusement près, fit littéralement osciller le coin est de la station.

Le laser de la tourelle se remit à tirer, de petites

rafales qui se perdaient dans la pluie. L'ennemi riposta par un feu nourri. Une stridence hurlait à intervalles réguliers.

Delvecchio vit soudain des noctules apparaître autour de l'avion, arrivant de tous côtés, convergeant sur l'appareil, manifestement décidées à l'abattre. L'une d'elles s'enfonça directement dans le réacteur, repliant adroitement ses ailes. Une énorme explosion troua la nuit, illuminant la pluie de lueurs fantomatiques.

Des obus explosèrent autour du champ de force. Du dôme et de la tour, les lasers hurlaient. La tourelle rougeoyait, entourée de vapeur. Au sud, une partie du mur disparut dans une explosion épouvantable.

Delvecchio tirait toujours, machinalement, à coups réguliers. Mais soudain il s'aperçut qu'il n'avait plus qu'un laser vide entre les mains. Il hésita, se leva. Il se retourna juste à temps pour voir la diabolique piquer sur la tourelle. Rien ne l'arrêta. Avec un frisson soudain, il se rendit compte que le champ de force n'existait plus.

Des rafales de laser, tirées par des fusils, empalèrent la diabolique, mais rien ne vint du laser de la tourelle. Celle-ci était immobile, silencieuse. La créature infernale alla s'écraser contre les fenêtres dans un grand bruit de vitres cassées et tomba à l'intérieur, emportant verre, plastique et montants de duralliage.

Delvecchio se mit à reculer vers la rampe et le sas. Une hydre se dressa sur son passage et lui entailla la jambe d'un coup de dent. Sous l'effet de la douleur fulgurante, ses yeux se brouillèrent dans un nuage rouge, qui disparut rapidement. Il trébucha, reprit son équilibre, fit un pas. Sa jambe était tout engourdie et saignait. Il se servit du laser déchargé comme d'une béquille.

Une fois à l'intérieur, il poussa d'un mouvement brusque le bouton qui commandait la fermeture des portes. Rien ne bougea. Il éclata d'un rire soudain. Ça n'avait pas d'importance, plus rien n'avait d'importance. Les murs avaient été percés, et il n'y avait plus de champ de force.

Les portes intérieures, heureusement, fonctionnaient toujours. Il entra, traversa les couloirs en boitant, sortit dans la cour. Autour de lui, il entendait les génératrices expirer.

Plusieurs coups atteignirent la tourelle. Elle explosa et monta vers le ciel dans un grincement strident. Trois coups frappèrent la tour simultanément. L'étage supérieur, pulvérisé, retomba en pluie de métal.

Delvecchio s'arrêta dans la cour, le visage tourné vers la tour, ne sachant soudain plus où aller. Le nom d'Arnold lui vint aux lèvres mais aucun son ne sortit.

Les génératrices s'arrêtèrent complètement. Lasers, missiles et noctules exécutaient un ballet aérien. La nuit régnait en maîtresse, illuminée d'éclairs, d'explosions et de rafales de laser.

Delvecchio recula contre un mur, s'y adossa. Le tir de barrage continuait. Le sol de la station tremblait, bouillonnait, se déchirait. Il entendit crier, comme si quelqu'un l'appelait en mourant.

Il se laissa glisser par terre et resta immobile, le fusil serré entre les mains, tandis que les obus continuaient de pleuvoir sur la station. Puis le silence tomba.

Adossé, impuissant, contre les décombres du mur, il vit une grosse hydre lui foncer dessus à travers la cour. Elle paraissait énorme sous la pluie. Mais avant de l'atteindre, elle s'effondra en hurlant.

Il sentit un mouvement derrière lui et se retourna. Une silhouette en combinaison lui fit un signe de la main et prit position près d'un laboratoire en ruine.

Delvecchio vit des formes qui se mouvaient sur ce qui restait des murs, qui l'escaladaient. Il aurait bien voulu avoir un chargeur plein dans son laser.

Un mince trait de lumière rouge fendit le rideau de pluie à côté de lui. L'une des formes s'écroula. Mais l'homme derrière lui avait fait feu trop vite, et était trop visible. Les autres silhouettes concentrèrent leur tir sur lui. Les lasers crépitèrent au-dessus de la tête de Delvecchio. Il y eut une brève riposte, puis le silence.

Lentement, très lentement, Delvecchio rampa dans la boue, vers le laboratoire. Personne ne parut le voir. Epuisé, il parvint enfin à la forme inerte en combinaison. C'était Sanderpay, mort.

Delvecchio lui prit son laser. Il y avait cinq hommes devant lui, d'autres dans les ténèbres au delà. Toujours à plat ventre, Delvecchio visa un homme, puis un autre, puis un autre encore. Des geysers de vapeur s'élevèrent autour de lui comme les silhouettes en uniforme de duralliage ripostaient. Il tira, tira et tira encore jusqu'à ce que tous ceux qui l'encerclaient fussent tombés. Puis il se releva et essaya de courir.

Un coup emporta le talon de sa botte, et il sentit une vague de chaleur lui inonder le pied. Il se retourna et tira, poursuivit sa route, dépassa la tour détruite et les laboratoires en ruine.

Plusieurs rayons de laser lui frôlèrent le crâne. Il y avait quatre, cinq, peut-être six ennemis. Delvecchio se laissa tomber derrière ce qui avait été le mur d'un laboratoire. Il tira par-dessus, vit une silhouette tomber. Il tira encore. Puis il s'aperçut que son chargeur était de nouveau vide.

Les rayons des lasers ennemis s'enfoncèrent dans le mur, brûlant l'obstacle, le transperçant presque. Les hommes se déployèrent. Il n'y avait plus d'espoir.

Brusquement bruits et feux déchirèrent la nuit. Un cadavre tout tordu tournoya dans l'air. Un trait de laser suivit l'explosion, venant de derrière Delvecchio.

C'était Sheridan qui tirait sur les hommes surpris au milieu de la cour, les descendant l'un après l'autre. Il s'arrêta de tirer une seconde, lança une charge d'explosifs, puis reprit son laser. Un gros débris délogé par la fusillade le frappa, et il tomba.

Delvecchio se releva en même temps que lui. Ils restèrent ainsi un instant, chancelants. Sheridan tournait sur lui-même, cherchant l'ennemi, mais il n'y avait plus personne. Il hoquetait de fatigue dans sa combinaison.

La pluie diminuait d'intensité, mais la douleur, elle, se faisait plus aiguë.

Ils se frayèrent un chemin parmi les décombres. Ils virent de nombreux corps recroquevillés, en uniforme de duralliage, quelques-uns en combinaison. Sheridan s'arrêta à côté de l'un des cadavres en uniforme et le retourna. La visière et une partie du visage avaient été brûlés. D'un coup de pied, il remit le corps dans sa position initiale.

Delvecchio en examina un autre. Il enleva le casque, regarda les narines, le front, les yeux, les oreilles. Rien.

Sheridan s'était éloigné et s'était arrêté à côté d'un corps en combinaison, à moitié recouvert par les décombres. Il resta là un long moment.

— Delvecchio, appela-t-il enfin. *Delvecchio!*

Celui-ci le rejoignit, se baissa, ôta le masque-filtre.

L'homme était toujours vivant. Il ouvrit les yeux.

— Dieu du ciel, Jim, dit-il. Pourquoi ? Oh, mais *pourquoi* as-tu fait ça ?

Delvecchio ne dit rien. Il était là, pétrifié, à regarder le corps à ses pieds. Son regard croisait celui de Bill Reyn.

— Je suis arrivé à passer, Jim, dit Reyn, crachant du sang. Une fois l'aéro à terre... n'ai pas eu de mal... tout près... arrivé à pied. Ils... ils étaient encore à l'intérieur, la plupart, au chaud. Que quelques-uns de... sortis. (Il fut pris d'une quinte de toux, brève et sourde.) J'y suis arrivé... le vaccin... la plus grande partie, en tout cas... quelques-uns étaient sortis... contaminés... sans espoir. Mais... mais nous leur avons enlevé leurs uniformes et leurs armes. Comme ça... ils pouvaient pas... faire de mal... on a dû se battre tout le long du chemin. Moi, la moisissure m'a foutu la paix, mais bon sang, ces types en duralliage... on en a perdu quelques-uns... sangsues... hydres...

Sheridan tourna les talons, laissa tomber son fusil et se mit à courir vers les laboratoires.

— On a essayé les radios des combinaisons et des casques d'uniforme, Jim, mais l'orage... on aurait dû attendre, mais le vaccin... dure pas... plus d'effet... essayé de ne pas vous faire de mal... vous êtes mis à nous tirer dessus... tuer...

Il s'étrangla en avalant son propre sang. Delvecchio le regardait, incapable de lui venir en aide.

— Encore une fois, dit-il d'une voix morne et défaite. Encore une fois, nous l'avons sous-estimée. Nous... non, pas nous, *moi*... moi, je...

Reyn mit encore trois ou quatre heures à mourir. Delvecchio ne retrouva jamais Sheridan. Il essaya de remettre les génératrices en marche tout seul, mais n'y arriva pas.

Juste avant l'aube, le ciel se dégagea. Les étoiles apparurent, blanches et brillantes sur le firmament nocturne. La moisissure n'avait pas encore lâché de nouvelles spores. Ça ressemblait presque à une nuit sans lune sur Terre.

Delvecchio était assis sur un tas de décombres, un fusil à laser enlevé à un soldat mort dans les mains, une douzaine de chargeurs à la ceinture. Il évitait de regarder du côté où gisait Reyn. Il essayait de trouver le moyen de faire marcher la radio. Un astronef de ravitaillement devait arriver bientôt.

A l'est, le ciel commença bientôt à pâlir. Une noctule, puis une autre, se mirent à voler en cercles au-dessus des ruines de la station des Eaux-Glauques.

Et les spores se mirent à tomber.

Kansas City, Missouri; Chicago
Grand'Prairie, Texas
Juin-Août 1972

UN LUTH
CONSTELLÉ DE MÉLANCOLIE

Entre les mondes voyage une jeune fille.

Elle a les yeux gris et le teint pâle, du moins c'est ce que dit la légende, et ses cheveux tombent en une cascade noire comme le charbon, où l'on entrevoit parfois des reflets roux. Son front est ceint d'un cercle de métal poli, une couronne sombre qui retient ses cheveux et qui fait parfois passer des ombres sur ses yeux. Elle s'appelle Sharra; elle connaît les passages entre les mondes.

Le début de son histoire se perd dans la nuit des temps, et l'on ne sait même plus de quel monde elle vient. La fin ? La fin n'est pas encore là, et quand elle viendra, nous ne le saurons pas.

Nous n'avons que le milieu, ou plutôt un morceau du milieu, la plus petite partie de la légende, un simple fragment de la quête. Une anecdote dans la longue histoire, où l'on parle d'un monde où Sharra s'est arrêtée, et du ménestrel solitaire, Laren Dorr, et de la façon dont, brièvement, leurs vies se sont touchées.

L'instant d'avant, il n'y avait que la vallée plongée dans le crépuscule. Le soleil couchant était suspendu, violet, énorme, sur la crête et ses rayons obliques tombaient sur une forêt épaisse dont les arbres avaient des troncs noirs luisants et des feuilles spectrales, incolores et transparentes. L'on n'entendait que le cri des oiseaux-de-deuil que la nuit sortait de leurs nids, et le murmure rapide sur les rochers du torrent qui traversait la forêt, au fond de la vallée.

Puis, par une porte invisible, lasse et blessée, Sharra arriva dans le monde de Laren Dorr. Elle portait une robe blanche toute simple, tachée de sang et de sueur, et un lourd manteau de fourrure qui avait été à moitié arraché de ses épaules. Son bras gauche, mince et nu, portait trois longues éraflures sanglantes. Elle apparut au bord du torrent, tremblante, jeta un coup d'œil rapide, circonspect, autour d'elle avant de s'agenouiller pour panser ses blessures. Le courant était rapide, mais l'eau était boueuse, d'un vert sombre, glauque. Aucun moyen de savoir si elle était potable, mais Sharra avait soif, et elle était très affaiblie. Elle but, lava ses blessures du mieux qu'elle put dans l'eau douteuse et les pansa en déchirant des bandes dans ses vêtements. Puis, comme le soleil violet plongeait derrière la crête, elle se traîna vers un coin abrité sous les arbres et s'endormit d'épuisement.

Elle s'éveilla dans les bras de quelqu'un, quelqu'un de fort, qui la soulevait comme une plume et qui l'emportait, et elle se débattit. Mais les bras se resserrèrent, l'empêchant de bouger.

— Du calme, dit une voix mélodieuse, et elle entrevit un visage dans la brume qui s'épaississait, un visage d'homme, un long visage empreint de douceur.

— Vous êtes faible, dit-il, et la nuit tombe. Il nous faut rentrer avant qu'il ne fasse noir.

Sharra cessa de lutter, tout en sachant qu'elle aurait dû continuer. Mais elle luttait depuis si longtemps, et elle était lasse. Elle le regarda, cherchant à comprendre.

— Pourquoi ? demanda-t-elle. (Puis elle enchaîna, sans attendre la réponse :) Qui êtes-vous ? Où allons-nous ?

— Dans un endroit sûr.

— Chez vous ? demanda-t-elle, à moitié endormie.

— Non, dit-il, si bas qu'elle l'entendait à peine, non, ce n'est pas « chez moi », ce ne sera jamais « chez moi », mais ça en tient lieu.

Elle entendit des éclaboussements, comme s'ils traversaient le torrent et devant eux sur la crête elle entr'aperçut la silhouette pointue, biscornue, d'un château à trois tours qui se détachait, noir, sur le soleil. Bizarre, se dit-elle, il n'était pas là tout à l'heure, ce château.

Elle s'endormit.

Quand elle se réveilla, il était là, qui la regardait. Elle était allongée sous une pile de couvertures chaudes et moelleuses, dans un lit à baldaquin. Les rideaux du lit étaient ouverts, et son hôte était assis à l'autre bout de la pièce, dans la pénombre. La lueur des chandelles dansait dans ses yeux et il avait croisé les mains sous son menton.

— Vous sentez-vous mieux? demanda-t-il sans bouger.

Elle s'assit et s'aperçut qu'elle était nue. Sa méfiance réveillée, d'un mouvement plus rapide que la pensée, elle porta la main à son front. Mais la sombre couronne était toujours là, bien en place, personne n'y avait touché, elle sentait le froid du métal sur sa peau. Elle se détendit et s'adossa aux oreillers, ramenant les couvertures sur elle.

— Beaucoup mieux, répondit-elle et, en le disant, elle s'aperçut que ses blessures avaient disparu.

L'homme lui sourit, un sourire triste et nostalgique. Il avait un visage énergique, des cheveux couleur de charbon dont les boucles tombaient en mèches paresseuses sur des yeux sombres un peu trop grands. Il était mince et, même assis, il était grand. Il portait un habit et une cape de cuir gris souple et par-dessus le tout, sa mélancolie tombait comme un manteau.

« Des marques de griffes, dit-il avec un sourire pensif, tout le long du bras, et les vêtements pratiquement arrachés. On dirait que quelqu'un ne vous aime guère.

— Pas quelqu'un, dit Sharra, quelque chose : un gardien, un gardien à la porte du passage. Les Sept n'aiment pas qu'on passe d'un monde à l'autre. Et moi, ils me détestent particulièrement.

Il dénoua les mains et les posa sur les accoudoirs sculptés de son fauteuil. Il hocha la tête, sans perdre son sourire mélancolique.

— Tiens donc. Vous connaissez les Sept, et vous connaissez les portes. (Son regard alla au front de Sharra.) La couronne, bien sûr. J'aurais dû m'en douter.

Sharra lui sourit.

— En fait, vous vous en doutiez déjà. Et même, vous le saviez. Qui êtes-vous ? Sur quel monde suis-je ?

— Mon monde à moi, dit-il posément. Je lui ai donné plus de mille noms, mais aucun ne convenait vraiment. Une fois, j'en ai trouvé un que j'aimais, qui lui allait bien. Mais je l'ai oublié. C'était il y a très longtemps. Mon nom à moi est Laren Dorr. Du moins c'est comme ça que je m'appelais autrefois, quand j'avais besoin d'un nom. Ici, maintenant, ce n'est pas d'une très grande utilité. Mais au moins, ça, je ne l'ai pas oublié.

— Votre monde ? Etes-vous donc roi ? Ou dieu ?

— Oui, répondit Laren Dorr avec un rire spontané. Et plus que cela encore. Je suis ce que je choisis d'être. Il n'y a personne ici pour me contredire.

— Qu'avez-vous fait à mes blessures ?

— Je les ai guéries. (Il eut un geste d'excuse.) Ce monde est à moi, vous savez. J'ai des pouvoirs. Pas autant que je voudrais, peut-être, mais des pouvoirs quand même.

— Ah bon, dit-elle sans conviction.

— Vous pensez que c'est impossible, à cause de votre couronne, bien sûr. Mais vous n'avez qu'à moitié raison. Je ne peux pas vous faire de mal avec mes... mes pouvoirs, pas tant que vous portez cette couronne, mais je peux vous venir en aide. (Il sourit de nouveau et son regard s'adoucit, se fit rêveur.) Mais cela n'importe guère. Même si je le pouvais, je ne vous ferais jamais de mal, Sharra. Cela fait si longtemps.

Sharra sursauta, saisie.

— Comment savez-vous mon nom ?

Il se leva en souriant et vint s'asseoir à côté d'elle sur le lit. Avant de répondre, il lui saisit la main, la caressa d'un léger mouvement du pouce.

— Oui, je connais votre nom ; vous êtes Sharra, et vous voyagez à travers les mondes. Il y a de cela des siècles, quand les montagnes avaient une autre forme, et que ce soleil violet était rouge, au début de son cycle, ils sont venus et ils m'ont annoncé votre arrivée. Je les hais, tous les Sept, et je les haïrai toujours, mais cette nuit-là, c'est avec plaisir que j'ai accueilli la vision qu'ils m'ont apportée. Ils m'ont seulement dit votre nom, et que vous viendriez ici, sur ma planète. Et autre chose aussi, mais ça a suffi. C'était une promesse. La promesse d'une fin ou d'un commencement, la promesse d'un changement. Et tout changement est le bienvenu sur cette planète. Je suis seul ici depuis des milliers de cycles solaires, Sharra, et chacun de ces cycles dure des siècles. Fort peu d'événements marquent le temps qui meurt.

Sharra fronça les sourcils. Elle secoua ses longs cheveux noirs et, dans la lueur des chandelles, les doux reflets roux se mirent à briller.

— En savent-ils donc tant à l'avance ? demanda-t-elle d'une voix inquiète. Savent-ils ce qui va se passer ? (Elle le regarda.) Vous disiez qu'ils vous avaient encore dit autre chose ?

Il lui pressa la main, très légèrement.

— Ils m'ont dit que je vous aimerais. (Sa voix était toujours aussi triste.) Mais il n'y avait pas besoin pour cela d'être bien grand prophète. J'aurais pu en dire autant moi-même. Il y a bien longtemps — je crois que le soleil était jaune en ce temps-là — que je me suis rendu compte que j'aimerais n'importe quelle voix pourvu que ce ne soit pas l'écho de la mienne.

Sharra s'éveilla à l'aube; les rayons du soleil violet inondaient la chambre par une grande fenêtre à ogive qui n'était pas là la nuit précédente. On lui avait sorti des vêtements : un grand caftan jaune, une robe rouge vif orné de pierreries et un ensemble d'un vert profond. Elle choisit l'ensemble et s'habilla rapidement. Avant de quitter la chambre, elle alla regarder par la fenêtre.

Elle était dans une tour qui surplombait des remparts en ruine et une cour triangulaire toute poussiéreuse. Deux autres tours, ressemblant à des allumettes tordues surmontées de minces aiguilles coniques, s'élevaient aux deux autres coins du triangle. Un grand vent faisait flotter les rangées de pennons gris alignés le long du mur, mais rien d'autre ne bougeait.

Et, au delà des murs du château, rien qui ressemblât à la vallée, absolument rien. Le château avec sa cour et ses tours biscornues était juché au sommet d'une montagne et, de quelque côté qu'on se tournât, à perte de vue, se dressaient des montagnes encore plus hautes, panorama de falaises de pierre noire, de murailles rocheuses déchiquetées et d'aiguilles de glace sur lesquelles le soleil faisait jouer des reflets violets. La fenêtre était hermétiquement close, mais le vent semblait glacial.

La porte de la chambre était ouverte. Sharra descendit rapidement un escalier de pierre en colimaçon, traversa la cour et pénétra dans le bâtiment principal, un bâtiment bas, en bois, adossé au mur. Elle traversa d'innombrables salles, certaines vides, froides et poussiéreuses, d'autres somptueusement meublées, avant de trouver Laren Dorr attablé devant son petit déjeuner.

Il y avait un siège vide à côté de lui; la table était

chargée de victuailles. Sharra s'assit et prit un petit pain chaud, souriant malgré elle. Il lui rendit son sourire.

— Je m'en vais aujourd'hui, dit-elle entre deux bouchées, je regrette, Laren, mais il faut que je trouve la porte.

Son expression de mélancolie sans espoir ne l'avait pas quitté. Elle ne le quittait jamais.

— C'est ce que vous disiez hier soir, dit-il en soupirant. Il semble que j'aie attendu tout ce long temps pour rien.

Il y avait de la viande, plusieurs sortes de petits pains, des fruits, du fromage, du lait. Sharra remplit son assiette, le visage un peu assombri, évitant le regard de Laren.

— Je regrette, répéta-t-elle.

— Restez un peu, dit-il, rien qu'un tout petit peu. Vous pouvez vous le permettre, je crois. Laissez-moi vous faire découvrir mon univers. Laissez-moi chanter pour vous.

Le regard de ses grands yeux sombres et las se fit interrogateur. Elle hésita.

— Eh bien... il faut du temps pour trouver la porte. Accompagnez-moi un peu, alors. Mais, Laren, à la fin, il faudra quand même que je parte. J'ai promis. Vous comprenez?

— Je comprends. Mais écoutez : je sais où est la porte, je peux vous la montrer, vous éviter de la chercher. Restez avec moi, oh, disons un mois. Un mois de la façon dont vous comptez le temps. Et puis je vous mènerai à la porte. (Il l'étudia du regard.) Cela fait longtemps, très longtemps que vous cherchez, Sharra. Peut-être avez-vous besoin de repos.

Lentement, pensivement, elle croqua un fruit sans le quitter des yeux.

— Peut-être bien, en effet, dit-elle enfin, pesant le pour et le contre. Et puis, il y aura un gardien. C'est là que vous pourriez m'aider. Un mois... ce n'est pas très long. Je suis restée bien plus que ça sur d'autres mondes. (Elle hocha la tête et un sourire éclaira lentement son visage.) Oui, dit-elle, c'est d'accord.

Il lui toucha légèrement la main. Après le petit déjeuner, il lui montra le monde qu'ils lui avaient donné.

Ils se tenaient côte à côte sur un petit balcon en haut de la plus haute des trois tours, Sharra habillée de vert sombre, Laren comme une grande ombre d'un gris doux. Ils se tenaient immobiles et Laren faisait tourner le monde autour d'eux. Il fit voler le château au-dessus de mers tumultueuses, d'où sortaient de longues têtes noires de serpents qui les regardaient passer. Il les emmena à l'intérieur de cavernes souterraines où résonnaient les échos, qui brillaient d'une faible lueur verte, où des stalactites humides s'égouttaient sur les tours et où des troupeaux blancs de boucs aveugles gémissaient à l'extérieur des remparts. Il frappa des mains en souriant, et les vapeurs épaisses d'une jungle tropicale s'élevèrent autour d'eux; des arbres qui grimpaient en échelles de lianes jusqu'au ciel, des fleurs géantes d'une douzaine de couleurs différentes, des singes à longs crocs qui glapissaient accrochés aux murs. Il frappa de nouveau dans ses mains et les singes disparurent, et brusquement la poussière de la cour devint du sable et ils se retrouvèrent sur une grève s'étendant à l'infini au bord d'un triste océan gris, et le seul mouvement discernable était le lent battement des ailes diaphanes d'un grand oiseau bleu. Il lui montra tous ces paysages et d'autres et d'autres encore, et à la fin, quand le crépuscule sembla menacer de s'étendre partout, il ramena le château sur la crête au-dessus de la vallée. Et Sharra revit la forêt aux troncs noirs où il l'avait trouvée et entendit de nouveau les gémissements et les pleurs des oiseaux-de-deuil dans les feuilles transparentes.

— Il n'est pas mal, ce monde, dit-elle en se tournant vers lui.

— Non, répondit Laren. (Il avait posé les mains sur

le froid parapet de pierre, et son regard errait sur la vallée qui s'étendait à leurs pieds.) Autrefois, je l'ai exploré, je suis parti à pied, muni d'une épée et d'un bâton. J'étais joyeux et excité alors, animé d'un réel espoir. Derrière chaque colline se cachait un nouveau mystère. (Il eut un petit rire.) Mais ça aussi, c'était il y a très longtemps. Maintenant, je sais ce qu'il y a derrière chaque colline : rien qu'un horizon vide. (Il la regarda et haussa les épaules de son geste habituel.) Je suppose qu'il y a pis comme enfer; mais celui-ci, c'est le mien.

— Alors, venez avec moi, dit-elle, trouvez la porte avec moi et partez. Il y a d'autres mondes. Peut-être moins étranges et moins beaux, mais vous n'y serez pas seul.

Il haussa de nouveau les épaules.

— Cela semble si facile quand vous le dites, dit-il d'un ton léger. J'ai trouvé la porte, Sharra. J'ai essayé mille fois. Le gardien ne m'empêche pas de passer. Je passe la porte, j'aperçois brièvement un autre monde, et tout à coup je me retrouve dans la cour. Non. Je ne peux pas partir.

Elle lui prit la main.

— Comme c'est triste. Etre seul tant de temps. Vous devez être très fort, Laren. Moi, je serais devenue folle au bout de quelques années.

Il se mit à rire, un rire plein d'amertume.

— Oh, Sharra. Je suis devenu fou mille fois. Ils m'ont guéri, mon amour. Ils me guérissent toujours. (Un mouvement d'épaule, puis il l'entoura de son bras. Un vent froid se levait.) Venez, ajouta-t-il en l'entraînant, il nous faut rentrer avant qu'il ne fasse vraiment noir.

Ils montèrent dans la tour jusqu'à la chambre de Sharra, s'assirent sur le lit. Puis Laren apporta des victuailles; de la viande, saisie à l'extérieur, saignante à l'intérieur, du pain chaud, du vin. Ils se mirent à manger et à bavarder.

— Pourquoi vous ont-ils envoyé ici ? lui demanda-t-elle entre deux bouchées, après avoir avalé une gorgée de vin. Qu'avez-vous fait pour les offenser ? Qui étiez-vous avant ?

— Je ne m'en souviens plus, sauf dans mes rêves, répondit-il, et les rêves... cela fait si longtemps que je ne peux même plus distinguer ceux qui sont vrais de ceux qui sont des visions nées de ma folie. (Il soupira.) Parfois je rêve que j'étais roi, un grand roi dans un monde autre que celui-ci, et mon crime était d'avoir rendu mon peuple heureux. Heureux, les gens avaient abandonné le culte des Sept et déserté les temples. Et je me suis réveillé un jour dans ma chambre, dans mon château, et j'ai découvert que mes serviteurs avaient disparu. Et quand je suis sorti, mon peuple et mon royaume avaient disparu, et jusqu'à la femme qui dormait près de moi.

» Mais il y a d'autres rêves. Parfois je me souviens vaguement que j'étais un dieu, ou plutôt disons un demi-dieu. J'avais des pouvoirs, j'avais un savoir, mais ce n'était pas le savoir, la doctrine des Sept. Ils me craignaient, car, pris séparément, je pouvais les battre l'un après l'autre. Mais je ne pouvais pas les affronter tous les sept à la fois et c'est ce qu'ils m'ont forcé à faire. Et ils ne m'ont laissé qu'une infime partie de mes pouvoirs, et ils m'ont mis ici. C'était d'autant plus cruel que lorsque j'étais dieu, j'enseignais aux hommes qu'il fallait se rapprocher les uns des autres, je leur disais que par l'amour, le rire et la parole, ils pouvaient éloigner les ténèbres. C'est tout cela que les Sept m'ont enlevé.

» Et ce n'est même pas là le pire. Car à d'autres moments, je pense que j'ai toujours été ici, que je suis né ici il y a une éternité. Que mes souvenirs sont tous fallacieux et qu'ils ne m'ont été envoyés que pour me faire souffrir davantage.

Sharra le regardait parler. Lui ne la regardait pas, il avait le regard perdu au loin, plein de brume et de rêve et de souvenirs à moitié morts. Il parlait très lentement, d'une voix qui ressemblait elle aussi à de la brume, une brume qui flottait, qui tourbillonnait, qui cachait certaines choses, et l'on savait que derrière, il y avait des mystères inaccessibles, des lumières lointaines qu'on n'atteindrait jamais.

Laren se tut et son regard revint sur Sharra.

— Ah, Sharra, reprit-il, prends bien garde où tu vas. Même ta couronne ne te protégera pas si tu les affrontes directement. Et Bakkalon l'Enfant pâle te déchirera et Naa-Slas se repaîtra de ta douleur, et Saagael de ton âme.

Elle frissonna, et coupa une autre tranche de viande. Mais la viande était froide et dure, et elle s'aperçut soudain que les chandelles étaient presque entièrement consumées. Depuis combien de temps était-elle à l'écouter parler?

— Attends, dit-il.

Il se leva et sortit. Près de la porte, là où il y avait une fenêtre tout à l'heure, il n'y avait à présent que le mur gris et rugueux; dès les derniers rayons du soleil, les vitres devenaient toutes de pierre. Laren revint au bout de quelques instants, tenant un instrument de musique en bois sombre et brillant par une sangle de cuir. Sharra n'avait jamais rien vu qui y ressemblât. L'instrument avait seize cordes, toutes de couleurs différentes, et sur toute la longueur, brillaient des barres de lumière incrustées dans le bois poli. Laren s'assit, le pied de l'instrument par terre, l'autre extrémité lui arrivant juste au-dessus de l'épaule. Ses doigts touchèrent légèrement les cordes; les lumières lancèrent un éclat et soudain la chambre s'emplit d'une musique qui s'évanouit aussitôt.

— Mon compagnon, dit-il avec un sourire.

Il le toucha de nouveau, la musique monta et mourut, un filet de notes perdues, sans mélodie. Ses doigts touchèrent les barres de lumière, et l'air se mit à miroiter et à changer de couleur.

Il commença de chanter.
« Je suis le seigneur de la solitude.
Et mon fief est désert... »
...Les premières notes s'envolèrent, basses et mélodieuses, dans la voix veloutée, embrumée, lointaine, de Laren. Le reste de la chanson, Sharra s'y accrocha, écoutant chaque mot et essayant de s'en souvenir, mais ils s'enfuyaient tous. Les mots la touchaient, la caressaient, puis fondaient et disparaissaient de nouveau dans le brouillard, allant et venant si vite qu'elle n'arrivait pas à se rappeler ce qu'ils avaient été. Et, avec les mots, la musique; nostalgique et mélancolique, pleine de secrets, venant se briser contre elle avec des pleurs, des murmures, des promesses de mille histoires à raconter. Tout autour de la chambre, la flamme des chandelles s'aviva, des boules de lumière apparurent, dansèrent, se fondirent, et l'air était plein de couleurs.

Les paroles, la musique, la lumière; Laren les prenait, les tissait, en faisait une tapisserie, une vision qu'il lui présentait.

Elle le vit tel qu'il se voyait dans ses rêves; roi, grand et fort et toujours fier, des cheveux aussi noirs que ses cheveux à elle et des yeux qui lançaient des éclairs. Habillé tout de blanc moiré, une culotte moulante, une chemise à grandes manches romantiques, un ample manteau qui volait dans le vent comme une écharpe de neige. Son front était ceint d'une couronne d'argent scintillant et une fine épée brillait du même éclat à son côté. Un Laren plus jeune dans ce rêve, un Laren qui se mouvait sans mélancolie, qui se mouvait dans un monde de jolis minarets d'ivoire et de paresseux canaux bleus. Et le monde tournait autour de lui, des amis et des amantes, et une femme en particulier que Laren décrivit avec des mots de lumière et de feu, et il y avait une infinité de jours où il faisait bon vivre, où il faisait bon rire. Et puis, brusquement, abruptement, les ténèbres. Il était ici, dans ce monde vide.

La musique devint gémissement; les lumières pâlirent ; les mots devinrent tristes, perdus. Sharra vit Laren s'éveiller dans son château maintenant désert. Elle le vit chercher de salle en salle et sortir pour se retrouver devant un monde inconnu. Elle le vit quitter le château, aller vers les brumes d'un lointain horizon dans l'espoir que les brumes ne soient que fumée. Elle le vit marcher et marcher encore, d'horizon en horizon, de jour en jour, et le grand soleil devint rouge puis orange puis jaune mais toujours sa planète était déserte. Tous les endroits qu'il lui avait montrés, il y était allé, à pied ; tous ceux-là et bien d'autres encore ; et enfin, plus perdu que jamais, il voulut rentrer et le château vint à lui.

Dans tout cela, le blanc qu'il portait était devenu gris, d'un gris de fumée. Mais la chanson n'était pas finie. Les jours passaient, et les années, et les siècles, et Laren devint las, devint fou, mais jamais ne vieillit. Le soleil brillait d'un éclat vert et violet puis d'une dure lumière blanche et bleue, mais après chaque cycle, il y avait moins de couleurs dans son univers. Ainsi chantait Laren, une infinité de jours et de nuits solitaires, vides, où il n'avait que sa musique et ses souvenirs pour lutter contre la folie, et ses chansons firent éprouver tout cela à Sharra.

Et quand la vision disparut et que la musique mourut et que sa voix mélodieuse se fondit enfin dans le silence, quand Laren se tut et lui sourit, Sharra s'aperçut qu'elle tremblait.

— Merci, dit-il d'une voix douce.

Il prit son instrument, lui souhaita une bonne nuit, et se retira.

Le jour suivant se leva, froid, et le ciel était couvert, mais Laren emmena Sharra chasser dans la forêt. Ils poursuivirent une mince créature blanche, mi-chatte, mi-gazelle, trop rapide pour rendre la chasse facile et trop féroce pour qu'ils puissent la tuer. Peu importait à Sharra. La chasse lui plaisait davantage que la curée.

Elle éprouvait une joie singulière, exaltante, à courir dans la forêt qui s'enténébrait, à la main un arc qu'elle n'utilisait jamais et sur l'épaule un carquois rempli de flèches taillées dans le bois des arbres lugubres qui les entouraient. Ils étaient tous les deux emmitouflés dans des fourrures grises et, coiffé d'un capuchon à tête de loup, Laren lui souriait. Et dans leur course, ils faisaient craquer et se briser sous leurs bottes les feuilles claires et fragiles comme du verre.

Plus tard, sans avoir tué leur proie, mais épuisés, ils revinrent au château et Laren servit un festin dans la grande salle à manger. Ils se souriaient d'un bout à l'autre d'une table de quinze mètres et Sharra contemplait par la fenêtre les nuages qui passaient derrière Laren, jusqu'au moment où la vitre se transforma en pierre.

— Pourquoi les fenêtres se murent-elles ? Et pourquoi ne sors-tu jamais la nuit ?

Il haussa les épaules.

— Ah, j'ai mes raisons. Les nuits, vois-tu, ne sont pas saines ici. (Il but une gorgée de vin chaud épicé dans un grand hanap émaillé.) Dans le monde d'où tu viens, d'où tu es partie, dis-moi, Sharra, y avait-il des étoiles ?

Elle fit un signe affirmatif.

— Oui. Cela fait très longtemps, et pourtant, je me souviens. Les nuits étaient très sombres et très noires, et les étoiles étaient autant de points de lumière, dures, froides, lointaines. Elles formaient parfois des dessins dans le ciel. Les hommes de ma planète, quand ils étaient jeunes, donnaient un nom à chacun de ces dessins, et racontaient de belles histoires à leur propos.

Laren hocha la tête.

— Je crois que j'aurais aimé ta planète. La mienne était un peu comme ça. Mais nos étoiles avaient mille couleurs et se déplaçaient comme des lanternes éthérées dans la nuit. Parfois elles s'entouraient de voiles pour cacher leur éclat. Alors, nos nuits brillaient d'une lumière douce, comme filtrée à travers une toile d'araignée. Parfois nous allions voguer sous les étoiles, celle que j'aimais et moi. Simplement pour regarder les étoiles ensemble. C'était bien, pour chanter.

Sa voix était de nouveau triste. Les ténèbres avaient pénétré dans la pièce, les ténèbres et le silence, les mets étaient froids, et Sharra ne pouvait plus distinguer le visage de Laren à l'autre bout de la longue table. Elle se leva, vint vers lui, et s'assit légèrement sur la grande table, à côté de son siège. Et Laren sourit et fit un geste et soudain, dans un bruit de vent, tout le long des murs, des torches s'allumèrent dans la grande salle à manger. Il lui offrit encore du vin et les doigts de Sharra s'attardèrent sur les siens en prenant la coupe.

— C'était ainsi pour nous aussi, dit-elle, quand le vent était assez chaud et que les autres étaient loin, nous aimions aller dormir ensemble en plein air, Kaydar et moi.

Elle hésita, le regarda.

— Kaydar ? demanda-t-il, le regard interrogateur.

— Tu l'aurais trouvé sympathique, Laren, et je crois que ç'aurait été réciproque. Il était grand et avait les cheveux roux et il y avait des flammes dans ses yeux. Kaydar avait des pouvoirs, comme toi, mais les siens étaient encore plus grands. Et il avait une telle volonté ! Ils l'ont enlevé un soir; ils ne l'ont pas tué, ils se sont contentés de l'arracher à mes bras et à notre univers. Depuis, je le cherche. Je connais les passages, je porte la sombre couronne, et ils ne m'arrêteront pas aisément.

Laren avala une gorgée de vin et contempla le reflet des torches sur le métal de son hanap.

— Il y a une infinité de mondes, Sharra.

— J'ai tout le temps qu'il me faut. Je ne vieillis pas, Laren, pas plus que toi. Je le trouverai.

— Tu l'aimais tant que ça ?

Sharra essaya de réprimer un sourire fugitif, plein de tendresse, et n'y réussit pas.

— Oui, dit-elle, et c'était sa voix à présent qui semblait un peu perdue. Oui, tant que ça. Il m'a donné du bonheur, Laren. Nous n'avons été ensemble que très peu de temps, mais il m'a vraiment rendue heureuse. Cela, les Sept n'y peuvent rien. C'était une joie rien que de le regarder, de sentir ses bras autour de moi et de le voir sourire.

— Ah ! dit-il.

Il sourit lui aussi, mais son sourire avait comme un goût de défaite. Le silence s'appesantit. Puis Sharra se tourna vers lui.

— Mais nous parlions de tout autre chose. Tu ne m'as toujours pas dit pourquoi tes fenêtres se murent la nuit.

— Tu as beaucoup voyagé, Sharra. Tu passes d'un monde à l'autre. As-tu jamais vu des mondes sans étoiles ?

— Oui, Laren, souvent. J'ai vu un univers où le soleil est une braise ardente avec une seule planète et, la nuit, les cieux sont vastes et déserts. J'ai vu la terre des bouffons maussades où il n'y a pas de ciel et où les soleils brûlent en sifflant sous l'océan. J'ai parcouru les landes de Carradyne et vu les noirs sorciers mettre le feu à un arc-en-ciel pour éclairer cette terre sans soleil.

— Ce monde-ci n'a pas d'étoiles.

— Cela t'effraie-t-il tant que tu restes enfermé ?

— Non, mais il y a autre chose à la place. (Il la regarda.) Tu veux voir ?

Elle acquiesça.

Aussi brusquement qu'elles s'étaient allumées, les torches s'éteignirent. La salle était noyée dans l'obscurité. Sharra se tourna légèrement pour regarder par-dessus l'épaule de Laren. Celui-ci ne bougea pas, mais derrière lui, les pierres de la fenêtre tombèrent en poussière et la lumière pénétra dans la pièce.

Le ciel était sombre, mais elle y voyait clair, car sur la tenture d'obscurité, une forme se mouvait. Elle irradiait la lumière et la poussière de la cour, les pierres des remparts et les pennons gris brillaient sous cet éclat. Etonnée, Sharra leva les yeux.

Son regard croisa celui de la forme, une forme plus haute que les montagnes, qui remplissait la moitié du firmament, et bien qu'elle émît assez de lumière pour qu'on puisse voir le château, Sharra sut qu'elle était plus sombre que les ténèbres. C'était une forme vaguement humaine, qui portait une longue cape avec un capuchon et, en dessous, les ténèbres étaient encore plus immondes que partout ailleurs. Les seuls bruits étaient celui de la respiration de Laren, les battements du cœur de Sharra et les lamentations, au loin, d'un oiseau-de-deuil; mais dans la tête de Sharra résonnait un rire démoniaque.

L'ombre dans le ciel la regardait, fouillait en elle, et elle sentait le froid des ténèbres pénétrer son âme. Pétrifiée, elle n'arrivait pas à détourner les yeux. L'ombre bougea. Elle tourna, leva la main et une autre forme parut à ses côtés, une minuscule silhouette d'homme avec des yeux de feu qui se tordait, qui hurlait et qui l'appelait.

Sharra poussa un hurlement et se détourna. Quand son regard revint à la fenêtre, il n'y avait plus qu'un mur. Un mur de pierre sûr, solide, et une rangée de torches qui brûlaient, et Laren qui la tenait dans une étreinte solide.

— Ce n'était qu'une vision, dit-il. (Il la serra contre lui, lui caressa les cheveux.) Avant, je m'amusais à faire l'expérience, la nuit, pour voir, poursuivit-il, s'adressant davantage à lui-même qu'à elle. Mais il n'en était nul besoin. Ils se relaient là-haut pour me surveiller, les Sept, l'un après l'autre. Je les ai vus trop souvent, brûlant d'une lumière noire sur la saine obscurité du ciel, et tenant captifs ceux que j'aime. Maintenant, je ne regarde plus. Je reste à l'intérieur, je chante, et mes fenêtres sont faites de pierre-de-nuit.

— Je me sens... souillée, dit-elle, tremblant encore un peu.

— Viens, il y a de l'eau en haut, qui te permettra de chasser le froid. Après, je chanterai pour toi.

Il lui prit la main et la conduisit dans la tour.

Sharra prit un bain chaud pendant que Laren accordait son instrument dans la chambre. Il était prêt quand elle revint, enveloppée de la tête aux pieds dans une grande serviette brune et moelleuse. Elle s'assit sur le lit, se sécha les cheveux et attendit.

Et Laren lui tissa des visions.

Cette fois-ci, il chanta son autre rêve, celui où il était un dieu ennemi des Sept. La musique était violente, fracassante, traversée d'éclairs et de frissons d'effroi, et les lumières se fondirent pour former un champ de bataille écarlate où Laren, vêtu de blanc éblouissant, combattait des ombres et des formes de cauchemar. Il y en avait sept, qui l'encerclaient, fonçant parfois brusquement sur lui et se retirant aussitôt, le transperçant avec des lances d'un noir absolu, et Laren ripostait par des feux et des tempêtes. Mais à la fin ils l'écrasèrent, la lumière faiblit, s'atténua, le chant fut à nouveau calme et triste et la vision devint floue à mesure que des siècles de rêve et de solitude passaient.

A peine les dernières notes s'étaient-elles évanouies et les dernières lueurs éteintes que Laren reprit son chant. Une nouvelle chanson cette fois, qu'il ne connaissait pas aussi bien. Ses doigts, minces et gracieux, hésitaient et se reprenaient souvent, et sa voix aussi manquait d'assurance car il inventait les paroles au fur et à mesure. Sharra savait pourquoi : cette fois, c'était d'elle qu'il parlait dans son chant, c'était une ballade sur sa quête. Il chantait un amour passionné et une quête sans fin, et une succession de mondes lointains; son chant parlait de sombres couronnes et de gardiens à l'affût dont les armes étaient des griffes, des leurres et des mensonges. Il avait pris chacun des mots qu'elle avait prononcés, l'utilisait, le transformait. Dans la chambre se formaient des panoramas scintillants où des soleils blancs incandescents brûlaient sous d'éternels océans et crépitaient dans des nuages de vapeur et où des hommes plus vieux que le temps allumaient des arcs-en-ciel pour éloigner la nuit. Et il chanta Kaydar et en fit un portrait véridique, il prit, il comprit, il décrivit la flamme vive qu'avait été l'amour de Sharra et la fit y croire de nouveau.

Mais la chanson finissait sur une question, la dernière note flottait comme un point d'interrogation dans l'air, dont l'écho n'en finissait pas de mourir. Ils attendirent la suite, sachant tous deux que rien d'autre ne viendrait. Pas encore.

Sharra pleurait.

— A mon tour, Laren, dit-elle, merci. Merci de m'avoir rendu Kaydar.

— Ce n'était qu'une chanson, répondit-il en haussant les épaules. Cela faisait bien longtemps que je n'avais pas eu de nouvelle chanson à chanter.

Puis de nouveau il la quitta, lui touchant doucement la joue au passage. Toujours enroulée dans sa serviette, elle ferma la porte derrière lui, la verrouilla, puis alla de chandelle en chandelle, transformant d'un souffle la lumière en obscurité. Elle lança la serviette sur un fauteuil, se glissa sous les draps, et resta un long moment avant de s'endormir.

Il faisait encore noir quand elle se réveilla sans savoir pourquoi. Elle ouvrit les yeux et resta immobile, regardant autour d'elle, mais il n'y avait rien, rien de changé. A moins que?...

Elle le vit alors, assis dans le fauteuil à l'autre bout de la chambre, les mains croisées sous le menton, tout comme la première fois. Il était absolument immobile.

— Laren? appela-t-elle à voix basse, pas encore tout à fait sûre que ce soit lui.

— Oui, dit-il sans bouger, je t'ai regardée dans ton sommeil la nuit dernière aussi. Je suis seul ici depuis plus longtemps que tu ne pourras jamais l'imaginer et très bientôt je serai de nouveau seul. Même quand tu dors, c'est merveilleux de te savoir là.

— Oh, Laren ! dit-elle.

Il y eut un silence, une pause, une conversation muette. Puis elle rabattit les couvertures, et Laren vint à elle.

Ils avaient l'un et l'autre vu passer les siècles. Un mois ou un instant, c'était pareil.

Ils dormaient ensemble toutes les nuits, et tous les soirs Laren chantait et Sharra l'écoutait. Ils parlaient pendant les heures d'obscurité et dans la journée ils se baignaient dans des eaux cristallines qui reflétaient la splendeur violette du ciel. Ils faisaient l'amour sur des plages de sable fin et ils parlaient beaucoup d'amour.

Mais rien n'avait changé. Et finalement le moment vint. La veille du dernier jour, au crépuscule, ils se promenèrent ensemble dans la forêt enténébrée où il l'avait trouvée.

Laren avait réappris à rire pendant le mois qu'il avait passé avec Sharra, mais maintenant, il était de nouveau silencieux. Il marchait à pas lents, lui tenant la main dans une étreinte désespérée, et son humeur était plus grise que sa chemise de soie. Enfin, au bord du torrent de la vallée, il s'assit et, l'attirant d'un mouvement, la fit asseoir près de lui. Ils enlevèrent leurs bottes et se rafraîchirent les pieds dans l'eau. La soirée était douce, avec un petit vent triste qui soufflait en brusques rafales, et l'on entendait déjà les premiers oiseaux-de-deuil.

— Il te faut partir, dit-il, lui tenant toujours la main mais sans la regarder. (C'était une constatation, pas une question.)

— Oui, dit-elle. (Et la mélancolie l'avait gagnée elle aussi, et sa voix avait des échos de plomb.)

— J'ai perdu tous mes mots, Sharra, dit Laren. Si je pouvais maintenant te donner une vision en chantant, je le ferais. La vision d'un monde autrefois vide et que nous peuplerions, nous et nos enfants. Je pourrais t'offrir cela. Ma planète ne manque ni de beauté ni de merveilles ni de mystère, si seulement il y avait des yeux pour les voir. Et si les nuits sont sinistres, ma foi, les hommes ont affronté des nuits difficiles avant nous, dans d'autres mondes, en d'autres temps. Je t'aimerais, Sharra, autant que je peux aimer. J'essaierais de te rendre heureuse.

— Laren... commença-t-elle, mais il la fit taire d'un regard.

— Non, je pourrais le dire, mais je ne le ferai pas. Je n'en ai pas le droit. Kaydar, pour toi, c'est le bonheur, et seul un imbécile doublé d'un égoïste pourrait te demander de renoncer à ce bonheur pour partager ma souffrance. Kaydar est flamme et joie de vivre et moi je suis fumée, chanson et tristesse. J'ai été seul trop longtemps, Sharra. Le gris est entré dans mon âme, et je ne veux pas t'assombrir. Et pourtant...

Elle lui prit la main entre les siennes, la porta à ses lèvres et y déposa un baiser rapide. Puis elle la lâcha et posa la tête sur son épaule qui n'avait pas bougé.

— Essaie de venir avec moi, Laren; tiens-moi la main quand nous passerons la porte et peut-être la sombre couronne te protégera-t-elle.

— Je veux bien essayer tout ce que tu voudras, mais ne me demande pas de croire que ça marchera. (Il soupira.) Tu as d'innombrables univers devant toi, Sharra, et je ne vois pas la fin de ton voyage. Mais ce n'est pas ici, ça, je le sais. Et peut-être cela vaut-il mieux. Je ne sais plus, si tant est que j'aie jamais su. Je me souviens vaguement de ce que l'on appelle l'amour, je crois me rappeler comment c'était et je me souviens que ça ne dure pas. Ici, étant l'un et l'autre immuables et immortels, comment pourrions-nous nous empêcher de nous ennuyer ? Est-ce qu'alors nous nous haïrions ? Cela, je ne le voudrais pas. (Il la regarda enfin et eut un sourire triste et douloureux.) Je crois que tu n'as connu Kaydar que très peu de temps, pour en être aussi amoureuse. Peut-être, après tout, suis-je machiavélique. Car en retrouvant Kaydar, tu risques de le perdre. Le feu s'éteindra un jour, mon amour, et la magie cessera d'agir. Alors, peut-être, te souviendras-tu de Laren Dorr.

Sharra se mit à pleurer, doucement. Laren la prit dans ses bras et l'embrassa, lui dit, doucement, « non ». Elle lui rendit son baiser et ils restèrent enlacés, silencieux.

Lorsque enfin l'ombre violette vira au noir, ils remirent leurs bottes et se levèrent. Laren l'étreignit et sourit.

— Il faut vraiment que je parte, dit Sharra. Il le faut. Mais c'est dur de partir, Laren, il faut me croire.

— Je te crois, dit-il. Je crois que je t'aime justement parce que tu pars. Parce que tu ne peux oublier Kaydar, ni les promesses que tu as faites. Tu es Sharra, celle qui voyage entre les mondes, et je crois que les Sept doivent te craindre beaucoup plus que le dieu que j'ai peut-être été. Si tu n'étais pas ainsi faite, je ne t'aimerais pas autant.

— Tiens ? Tu disais autrefois que tu aurais aimé n'importe quelle voix pourvu que ce ne soit pas l'écho de la tienne.

Laren haussa les épaules.

— Comme je l'ai souvent dit, mon amour, c'était il y a très, très longtemps.

Ils rentrèrent au château avant la nuit, pour prendre un dernier repas, passer une dernière nuit ensemble, chanter une dernière chanson. Ils ne dormirent pas cette nuit-là et Laren chanta de nouveau pour elle juste avant l'aube. Mais ce n'était pas une très bonne chanson ; ça n'avait ni queue ni tête, c'était l'histoire d'un ménestrel qui errait dans un monde tout à fait quelconque. Rien de très intéressant n'arrivait jamais au ménestrel. Sharra n'arrivait pas bien à saisir le message de la chanson, et Laren la chantait sans conviction. C'était un fort étrange adieu, mais ils étaient troublés tous les deux.

Il la quitta au lever du jour, en promettant de la

retrouver dans la cour après s'être changé. Et il était effectivement là à l'attendre quand elle descendit; il lui sourit, calme et sûr de lui. Il portait un costume d'un blanc pur : une culotte moulante, une chemise à grandes manches bouffantes et une lourde cape qui flottait en claquant dans le vent. Mais le soleil l'éclaboussait du violet de ses rayons.

Sharra s'avança vers lui et lui prit la main. Elle était habillée de cuir épais et elle avait glissé un couteau dans sa ceinture, pour affronter le gardien. Ses cheveux, d'un noir de jais avec des reflets roux et violets, flottaient aussi librement que la cape de Laren, mais la sombre couronne était en place.

— Adieu, Laren. J'aurais voulu pouvoir te donner davantage.

— Tu m'as beaucoup donné. Dans tous les siècles qui viendront, je me souviendrai. Tu seras mon repère pour mesurer le temps, Sharra. Quand un jour le soleil se lèvera dans un embrasement bleu, je le regarderai et je me dirai : « Tiens, c'est le premier soleil bleu depuis que Sharra m'est venue. »

Elle hocha la tête.

— Et moi, j'ai une nouvelle promesse. Un jour, je trouverai Kaydar. Et si je le délivre, nous reviendrons ici, ensemble, et nous allierons ma couronne et les feux de Kaydar contre toutes les ténèbres des Sept.

— Parfait, fit Laren en haussant les épaules. Et si je ne suis pas là, n'oubliez pas de laisser un message.

Puis il sourit.

— La porte, maintenant. Tu m'as promis que tu me montrerais comment trouver la porte.

Laren se retourna et désigna la tour la plus basse, une structure de pierre couleur de suie où Sharra n'était jamais entrée. Au pied de la tour il y avait une grande porte de bois. Laren sortit une clef.

— Ici ? fit-elle, étonnée. Dans le château ?
— Ici, dit Laren.

Ils traversèrent la cour, arrivèrent à la porte. Laren

inséra la lourde clef de fer et commença à faire jouer la serrure. Pendant ce temps, Sharra jeta un dernier coup d'œil autour d'elle et sentit la tristesse peser sur son cœur. Les autres tours paraissaient mornes et sans vie, la cour triste et abandonnée et au-delà des hautes montagnes prises dans les glaces, l'horizon était vide. Il n'y avait d'autre bruit que le cliquetis de la clef dans la serrure et d'autre mouvement que le vent qui soulevait la poussière de la cour et faisait claquer les sept pennons gris qui pendaient le long de chaque mur. Le sentiment de solitude qui s'en dégageait fit frissonner Sharra.

Laren ouvrit la porte. Il n'y avait pas de salle à l'intérieur; il n'y avait qu'un mur de brouillard mouvant, un brouillard sans couleur, sans son et sans lumière.

— Voici la porte que vous cherchiez, gente dame, dit le ménestrel.

Sharra regarda, comme elle avait regardé tant de fois auparavant. Quel serait le monde suivant? se demanda-t-elle. Elle ne le savait jamais à l'avance. Mais dans le prochain monde, peut-être trouverait-elle Kaydar.

Elle sentit la main de Laren sur son épaule.

— Tu hésites, dit-il d'une voix douce.

Sharra porta la main à son couteau.

— Le gardien, dit-elle soudain. Il y a toujours un gardien.

Elle balaya rapidement la cour des yeux. Laren soupira.

— Oui, toujours. Certains essaient de te mettre en pièces avec leurs griffes, certains essaient de t'égarer et d'autres essaient de te leurrer pour que tu ne prennes pas la bonne porte. Il y en a qui te retiennent avec des armes, d'autres avec des chaînes et d'autres encore avec des mensonges. Et il y en a un, au moins, qui a essayé de te retenir par amour. Et malgré cela, il n'en était pas moins sincère. Il t'aimait, il n'a jamais essayé de te tromper et pour toi son chant n'a jamais été faux.

Et d'un brusque mouvement où il y avait tout son amour et tout son désespoir, Laren la poussa à travers la porte.

A-t-elle fini par le trouver, son amant aux yeux de feu ? Ou bien cherche-t-elle toujours ? Quel gardien a-t-elle dû affronter la fois suivante ?

Quand elle va la nuit, seule et perdue en terre étrangère, y a-t-il des étoiles dans le ciel ?

Je ne le sais pas. Il ne le sait pas. Peut-être les Sept eux-mêmes ne le savent-ils pas. Ils sont très puissants, certes, mais il y a une limite même à leur puissance, et il y a plus d'univers qu'ils n'en peuvent compter.

Une jeune fille voyage entre les mondes, mais à présent son chemin se perd dans la légende. Peut-être est-elle morte, peut-être pas. Les nouvelles mettent beaucoup de temps pour aller d'un monde à l'autre, et tout ce que l'on raconte n'est pas vrai.

Mais il y a une chose que nous savons : c'est que dans un château désert, sous un soleil violet, un ménestrel solitaire attend, et chante son nom.

Chicago
Mai 1974

LA NUIT DES VAMPYRES

L'annonce fut faite le soir, à l'heure de grande écoute.

Les quatre grandes chaînes d'holovision arrêtèrent leurs émissions simultanément, ainsi que la plupart des petites stations. Pendant un instant, il n'y eut que de la grisaille et des crépitements. Puis une voix dit simplement : « Mesdames, messieurs, le Président des Etats-Unis vous parle. »

John Hartmann était le plus jeune président que les Etats-Unis aient connu, et les journalistes aimaient à dire qu'il était aussi le plus télégénique. C'était à ses traits bien dessinés, à son esprit de repartie et à son sourire éclatant que l'Alliance pour la Liberté avait dû sa mince majorité lors de l'âpre élection quadripartite de 1984. Son sens politique avait été à l'origine de la coalition avec les Néo-Républicains au sein du Collège électoral, qui l'avait porté à la Maison-Blanche.

Hartmann ne souriait plus ce soir-là. Son visage était dur et sombre. Assis à sa table de travail dans le « bureau ovale », il regardait les papiers qu'il tenait à la main. Après un instant de silence, il releva lentement la tête, et sembla fixer de ses yeux noirs les salles de séjour de tout le pays.

— Mes chers compatriotes, commença-t-il gravement, ce soir notre pays doit faire face à la crise la plus grave qu'il ait connue au cours de sa longue et glorieuse histoire. Il y a environ une heure, une de nos bases aériennes en Californie a été attaquée brutalement...

La première victime fut une sentinelle distraite. L'attaquant fut rapide, silencieux et très efficace. Un coup de couteau et la sentinelle mourut sans un gémissement, avant même de comprendre ce qui se passait.

Le corps n'avait pas touché le sol que les autres attaquants s'élançaient. Après avoir déconnecté les systèmes d'alarme, ils se mirent à l'ouvrage, coupant au chalumeau la haute clôture électrique. Elle céda, et, surgissant de l'ombre, d'autres envahisseurs se matérialisèrent pour s'engouffrer par la brèche ouverte.

Mais un système d'alarme fonctionnait encore quelque part et les sirènes se mirent à hurler. La base endormie se réveilla en sursaut. Renonçant à une prudence devenue inutile, les assaillants se mirent à courir. Vers les pistes d'atterrissage.

Quelqu'un tira. Quelqu'un d'autre hurla. Les gardes postés en dehors de l'entrée principale regardèrent vers la base, déconcertés. Une rafale de mitrailleuse les balaya sur place, les plaquant tout sanglants contre leur propre clôture. Une grenade dessina un arc contre le ciel et l'explosion fit voler en éclats la grille de l'entrée.

— L'attaque était bien préparée. Elle a été soudaine et impitoyable, disait Hartmann. Dans ces conditions, la résistance qui leur a été opposée est héroïque. Il y a eu près de cent morts parmi nos hommes.

Le courant fut coupé quelques secondes seulement après le début de l'attaque. Une grenade bien placée détruisit le groupe électrogène de secours. Et ce fut l'obscurité. La nuit était sans lune et les nuages cachaient les étoiles. La seule lumière venait des éclairs des rafales de mitrailleuses et du bref éclat éblouissant des explosions près de l'entrée.

La défense ne put jamais s'organiser. Surpris par les sirènes, les hommes s'étaient précipités hors des baraquements et avaient couru vers l'entrée, où les combats semblaient se circonscrire. De chaque côté de la clôture, assaillants et défenseurs s'étaient plaqués au sol et avaient déclenché des feux croisés meurtriers.

Le commandant de la base avait été aussi surpris et déconcerté que ses hommes. De longues et précieuses minutes furent perdues tandis qu'il cherchait, avec son état-major, à comprendre ce qui se passait. Leur réaction fut quasiment instinctive. Un cordon de défenseurs fut mis en place autour de la tour de commandement, et un autre autour de l'arsenal de la base. D'autres hommes furent envoyés en hâte vers les avions.

Mais le gros des troupes fut concentré sur la porte principale, où la bataille faisait rage.

Les défenseurs amenèrent des armes lourdes de l'arsenal. Ils bombardèrent au mortier les buissons autour du périmètre de la base, qui sautaient aussi sous les grenades. Ils mitraillèrent systématiquement les positions retranchées des attaquants puis, derrière un mur de fumée et de gaz lacrymogènes, ils s'élancèrent hors de la base, débordant les lignes ennemies.

Elles étaient vides, en dehors des cadavres. Les assaillants avaient disparu aussi vite qu'ils étaient venus.

L'ordre de les poursuivre fut donné immédiatement. Et le contrordre tout aussi immédiatement. Car un autre bruit couvrait celui des mitrailleuses et des grenades.

Le bruit d'un avion à réaction qui décolle.

— L'attaque était dirigée essentiellement contre l'entrée principale, disait Hartmann. Mais en dépit de la violence de l'assaut, il ne s'agissait là que d'une diversion. Pendant ce temps, un commando pénétrait dans un autre secteur, dégarni et ne pouvant offrir qu'une faible résistance, et réussissait à s'emparer de plusieurs avions. Car la cible de l'attaque, poursuivait le Président, le visage tendu par l'émotion, était une escadrille de bombardiers lourds, avec leurs chasseurs d'escorte. Ces bombardiers font partie de notre première ligne de défense contre une éventuelle agression communiste. Ils sont donc en permanence en état d'alerte, prêts à décoller en quelques secondes, en cas d'attaque ennemie. (Hartmann fit une pause théâtrale, regarda ses papiers, puis releva les yeux.) Nos troupes ont réagi avec rapidité et courage. Je tiens à le souligner. Plusieurs avions ont été repris aux attaquants et plusieurs autres abattus au décollage. Cependant, malgré cette courageuse résistance, sept chasseurs et deux bombardiers ont réussi à décoller. Ces deux bombardiers transportent des bombes nucléaires.

Hartmann fit une nouvelle pause. Derrière lui, le décor du bureau ovale s'effaça. On ne vit plus que le Président, assis à sa table, se détachant sur un mur blanc. Et soudain, six phrases apparurent sur le mur.

— L'attaque se poursuivait encore au moment où je recevais un ultimatum à Washington, reprit Hartmann. Si certaines demandes n'étaient pas satisfaites dans les trois heures, une bombe à hydrogène serait lâchée sur Washington. Voici ces revendications. (Il les désigna d'un geste.) La plupart d'entre vous les ont déjà vues. Il s'agit de ce que certains appellent les « Six Demandes ». Je suis sûr que vous les connaissez aussi bien que moi : retrait de l'aide américaine à nos alliés en lutte en Afrique et au Moyen-Orient, destruction systématique de nos moyens de défense, dissolution des Sections d'intervention urbaines qui ont restauré l'ordre public dans nos villes, mise en liberté de milliers de criminels, abrogation des lois fédérales qui répriment les écrits subversifs ou obscènes et, naturellement (il eut son célèbre sourire), ma démission de la présidence.

Le sourire s'effaça.

— Ce serait le suicide de notre pays, sa reddition dans le déshonneur. Nous retournerions aux désordres et à l'anarchie de la société permissive d'autrefois. D'ailleurs, la majorité des Américains sont contre ces revendications. Pourtant, vous le savez, une minorité, petite mais dangereuse, les soutient bruyamment et elles constituent tout le programme politique du soi-disant Front de libération américain.

L'arrière-plan changea de nouveau. Les « Six Demandes » disparurent et firent place à une immense photographie : un homme, jeune, barbu, les cheveux longs sous son béret noir et vêtu d'un uniforme défraîchi, noir également. Il était on ne peut plus mort. Il avait la moitié de la poitrine emportée.

— L'homme que vous voyez derrière moi a été tué au cours de l'attaque de cette nuit. Comme tous les autres assaillants que nous avons retrouvés, il porte l'uniforme de l'aile paramilitaire du F.L.A.

La photo disparut. Hartmann avait l'air sombre.

— Les faits sont là. Mais cette fois, le F.L.A. est allé trop loin. Je ne céderai pas à un chantage nucléaire. Qui plus est, il n'y a pas lieu de s'inquiéter. Je vous le dis — et je m'adresse surtout ici à mes concitoyens de Washington — ne craignez rien. Je vous donne l'assurance que les avions pirates du F.L.A. seront localisés et abattus bien avant d'avoir atteint leur objectif. En attendant, les dirigeants du F.L.A. vont apprendre qu'ils se sont trompés en croyant pouvoir intimider le gouvernement. Il y a trop longtemps qu'ils essaient de nous diviser et de nous affaiblir et qu'ils aident et soutiennent ceux qui voudraient voir le pays asservi. Nous ne les laisserons plus faire. Il n'y a qu'un mot pour qualifier l'attaque de cette nuit : trahison. Je traiterai donc les attaquants comme des traîtres à la patrie.

— Je les ai, dit McKinnis dans un bruit de friture. Enfin, j'ai quelque chose.

La nouvelle n'en était pas vraiment une pour Reynolds. Lui aussi les avait. Il jeta un coup d'œil à l'écran radar. Ils étaient juste à portée, plusieurs kilomètres devant, volant plein est, haut — 27 000 mètres — et vite, très vite.

Un autre bruit de friture, puis la voix de Bonetto, le chef d'escadrille.

— Ça a bien l'air d'être eux. J'en compte neuf. Allons-y.

Il redressa son avion et commença à monter. Les autres firent la même manœuvre derrière lui, formant un V largement ouvert. Neuf chasseurs Vampyre LF-7 ornés de cocardes rouge-blanc-bleu sur le métal noir luisant et barrés en dessous de mâchoires argentées.

Une meute fondant sur sa proie.

Une nouvelle voix retentit dans la radio.

— Hé, les gars, combien de chances on avait de tomber dessus ? Avec tous ceux qui les cherchent ! Je parie que ça nous vaut une promotion. On en a une veine !

Ce ne pouvait être que Dutton, pensa Reynolds. Jeune, fougueux, impatient, il trouvait peut-être qu'il avait de la veine, lui. Pas Reynolds, qui se sentit soudain mouillé d'une sueur froide dans sa combinaison de vol.

C'était vraiment extraordinaire de les avoir trouvés, Dutton avait raison en ce sens. Les bombardiers des Frontistes étaient des LB-4, des monstres armés de lasers à gaz qui avaient de la vitesse à revendre. Ils auraient pu choisir n'importe quelle route entre mille et arriver à Washington à temps, malgré tous les avions et tous les radars du pays à leur recherche.

Combien de chances Reynolds et les autres avaient-ils donc de les rencontrer en survolant au hasard le nord du Nebraska ?

Beaucoup trop, en fait.

— Ils nous ont vus, dit Bonetto. Ils montent. Et ils accélèrent. On y va.

Reynolds y alla. Son Vampyre était le dernier de

l'une des ailes du V et il resta en formation. Derrière le masque à oxygène, ses yeux cherchaient, inquiets, tout en surveillant les instruments. Mach 1,3, puis 1,4, puis plus vite encore.

Ils les gagnaient de vitesse, tout en montant.

L'écran radar montrait la position des Frontistes. Et sur le cadran infrarouge, on voyait une tache droit devant. Mais par la mince fente du masque, rien. Rien que le ciel noir et glacé et les étoiles. Ils étaient au-dessus des nuages.

Les crétins, pensa Reynolds. Ils nous fauchent l'engin le plus sophistiqué qui ait jamais été construit et ils ne sont pas foutus de savoir s'en servir. Ils n'essaient même pas de brouiller nos radars. On dirait presque qu'ils cherchent à se faire descendre.

De la friture dans la radio, puis la voix de Bonetto qui reprenait :

— Ils se mettent en palier. Attendez mon ordre pour lancer vos missiles. Et n'oubliez pas que ces engins-là peuvent faire mal.

Reynolds regarda de nouveau l'écran radar. Les Frontistes volaient maintenant en palier à environ 100 000 pieds. C'était logique. Les LB-4 pouvaient grimper plus haut, mais c'était à peu près le plafond pour les chasseurs d'escorte. Des Espadons, leur avait-on dit au briefing.

Ils voulaient rester ensemble, naturellement. Les Frontistes auraient besoin de leurs Espadons, car les Vampyres, eux, n'avaient pas un plafond de 100 000 pieds.

Reynolds plissa les yeux. Il lui semblait voir quelque chose devant, par la fente du masque. Un éclair d'argent. Etait-ce bien eux ? Ou son imagination ? C'était difficile à dire. Mais il les verrait bientôt, de toute façon. Les poursuivants gagnaient sur leurs proies. Pour rapides que fussent les gros LB-4, ils étaient loin de valoir les Vampyres. Les Espadons, c'était autre chose, mais ils étaient obligés de rester avec les bombardiers.

Ce n'était qu'une question de temps. Ils les rattraperaient bien avant Washington. Et ensuite ?

Reynolds s'agita nerveusement. Il ne voulait pas y penser. C'était son baptême du feu. Et l'idée ne lui disait rien.

Il avait la bouche sèche et avala sa salive. Ce matin encore, avec Anne, ils avaient parlé de la chance qu'ils avaient et fait des projets pour les vacances, et pour après. Il arrivait presque au bout de son engagement et il était encore là, sain et sauf, aux Etats-Unis, alors que tant de ses amis étaient morts au combat en Afrique du Sud. Mais lui, il avait eu de la chance.

Et maintenant, ça. Ouvrant soudain la possibilité de lendemains moins heureux. Pas de lendemains du tout, même. Cela lui faisait peur.

Et il y avait aussi autre chose. Même s'il devait survivre, il se poserait des questions. Parce qu'il devrait tuer.

Cela n'aurait pas dû le gêner pourtant. Il savait bien que ça pourrait arriver quand il s'était engagé. Mais c'était différent à ce moment-là. Il pensait qu'il aurait à se battre contre les Russes, les Chinois — des ennemis, quoi. Quand la guerre avait éclaté en Afrique du Sud et que les Etats-Unis étaient intervenus, il avait été troublé. Mais il serait tout de même allé se battre là-bas. L'Alliance panafricaine était d'obédience communiste, à ce qu'on disait.

Mais les Frontistes n'étaient pas de lointains étrangers. C'étaient des gens comme ses voisins — l'instituteur d'à côté, son copain d'université, qui était radical, les gosses noirs avec qui il avait grandi à New York. Il s'entendait assez bien avec les Frontistes, quand ils ne parlaient pas politique.

Et même. Les Six Demandes n'étaient pas si abominables. Il avait entendu raconter pas mal de choses au sujet des S.I.U., les Sections d'intervention urbaines.

Et Dieu seul savait ce que les troupes américaines foutaient en Afrique du Sud et au Moyen-Orient.

Il fit la grimace derrière son masque à oxygène. Allons, mon vieux, se dit-il, regarde les choses en face. C'est vrai que tu as songé à voter pour le F.L.A. en 1984, même si tu as fini par te dégonfler et par voter pour Bishop, le candidat des Néo-Démocrates. Personne à la base n'était au courant de ce secret honteux, sauf Anne. Il y avait longtemps qu'ils n'avaient plus parlé politique avec qui que ce soit. La plupart de ses amis étaient pour les Néo-Républicains, mais quelques-uns s'étaient tournés vers l'Alliance pour la Liberté. Et cela l'effrayait.

La voix crépitante de Bonetto vint interrompre ses pensées.

— Attention, les gars. Ils vont attaquer. Allons-y !

Reynolds n'avait plus besoin de regarder son écran radar. Il les voyait maintenant, au-dessus de lui. Des lumières contre le ciel. De plus en plus grosses.

Les Espadons fonçaient sur eux.

De tous les journalistes qui commentaient l'intervention du Président sur les chaînes holo, Ted Warren, de la Continental, était celui qui avait l'air le moins catastrophé. C'était un homme d'expérience, à l'esprit vif et mordant. Il s'était accroché plus d'une fois avec Hartmann, et l'Alliance pour la Liberté l'accusait régulièrement de « parti pris frontiste ».

— Le discours du Président laisse de nombreuses questions en suspens, disait-il. Il a promis de traiter les membres du F.L.A. comme des traîtres, mais nous ne savons pas encore exactement quelles mesures il entend prendre. Je me demande aussi, pour ma part, pour quelle raison le F.L.A. aurait organisé cette attaque. Vous avez une idée, Bob ?

Un nouveau visage apparut sur l'écran. Le reporter qui suivait les faits et gestes des dirigeants du F.L.A. pour la Continental avait été tiré de son lit et expédié au studio à toute vitesse. Il avait l'air encore mal réveillé.

— Non, Ted, répondit-il. Pour autant qu'on sache, le F.L.A. n'envisageait aucune action de ce genre. Si l'attaque n'avait pas été aussi bien organisée, j'aurais refusé de croire que les responsables nationaux du mouvement étaient au courant. Ç'aurait pu être une initiative prise par un groupe d'extrémistes locaux. Vous vous souvenez que ce fut le cas pour le coup de main sur le Commissariat central de Chicago, pendant les émeutes de 1985. Cependant, étant donné la façon dont l'attaque a été préparée, et l'armement qui a été utilisé, je ne pense pas qu'il en aille de même cette fois-ci.

Warren, derrière son bureau de présentateur, hocha la tête d'un air entendu.

— Oui, mais pensez-vous qu'éventuellement l'aile paramilitaire du F.L.A. ait pu agir unilatéralement, à l'insu des cadres politiques du parti ?

Le reporter réfléchit un moment avant de répondre.

— Eh bien, c'est possible, oui, mais peu probable. Le genre d'attaque dont a parlé le Président réclame une organisation trop poussée. A mon avis, pour une opération de cette envergure, il faudrait la participation de tout le parti.

— Et pour quelle raison le F.L.A. se serait-il lancé dans cette opération ?

— D'après ce que le Président a dit, il semblerait que ce soit l'espoir que la menace nucléaire fasse accepter immédiatement les Six Demandes.

Warren insista.

— Oui, mais pourquoi en arriver à des solutions aussi extrêmes ? Le dernier sondage Gallup donne 29 % des électeurs aux Frontistes, contre 38 % seulement au parti du Président, l'Alliance pour la Liberté. Ils ont donc fait un bond considérable depuis les élections de 1984, où ils n'avaient obtenu que 13 % des voix. Un an avant les élections, il semble bizarre que le F.L.A. risque tout dans une aventure aussi désespérée.

Cette fois, le reporter acquiesça.

— C'est vrai. Mais ce ne serait pas la première fois que le F.L.A. nous surprendrait. C'est un parti dont il n'est pas particulièrement facile de prévoir la tactique et je pense...

— Excusez-moi, Bob, l'interrompit Warren, nous vous redonnerons la parole plus tard. Mais pour l'instant notre correspondant à Washington, Mike Petersen, nous appelle du siège du F.L.A., et il a à ses côtés Douglass Brown. Vous m'entendez, Mike ?

L'image changea. On vit deux hommes debout devant un bureau, contre lequel l'un d'eux s'appuyait. Sur le mur du fond, l'emblème du F.L.A., le symbole de la paix avec un poing noir en surimpression. Le reporter tenait un micro. Son interlocuteur était un grand Noir, d'allure jeune, et qui avait l'air furieux.

— Oui, Ted, je vous entends, dit le reporter, qui se tourna ensuite vers son voisin pour l'interroger : Doug, vous étiez le candidat du F.L.A. aux élections présidentielles de 1984. Que dites-vous des accusations du Président ?

Brown eut un petit rire.

— Plus rien ne me surprend, venant de lui. Ce sont des mensonges éhontés. Le Front de libération américain n'a rien à voir avec cette pseudo-attaque. Je dis pseudo car je doute qu'il y en ait vraiment eu une. Hartmann est un dangereux démagogue et ce ne serait pas la première fois qu'il a recours à la calomnie.

— Alors le F.L.A. conteste la réalité de l'attaque ?

— Eh bien... (Brown fronça les sourcils.) C'est ce qui me vient immédiatement à l'esprit, mais je n'ai pas dit que c'était la position officielle du F.L.A., ajouta-t-il rapidement. Tout ça est très soudain et je ne sais pas exactement ce qu'il en est. Mais c'est une possibilité. Comme vous le savez, l'Alliance pour la Liberté nous a déjà accusés de choses invraisemblables.

— Dans son allocution de ce soir, le Président a dit

que les membres du F.L.A. subiraient le sort réservé aux traîtres. Avez-vous quelque chose à dire à ce sujet ?

— Parfaitement. C'est encore une fois de la vulgaire rhétorique. Moi je dis que c'est Hartmann le traître. C'est lui qui a trahi les idéaux de ce pays. Qui a créé les S.I.U. pour empêcher les ghettos de bouger ? Qui a décidé d'intervenir en Afrique du Sud ? Qui a fait voter la loi de censure ? Si ce n'est pas de la trahison, ça, qu'est-ce qu'il vous faut ?

— Merci, Doug, dit le reporter avec un sourire. Et maintenant je rends l'antenne à Ted Warren.

Warren réapparut.

— Pour ceux qui viennent seulement de se joindre à nous, je voudrais récapituler les faits, dit-il. En début de soirée, une de nos bases aériennes en Californie a été attaquée et les assaillants se sont emparés de sept chasseurs et de deux bombardiers, qui transportent des bombes nucléaires. Le Gouvernement a reçu un ultimatum qu'il avait trois heures pour accepter, sinon Washington serait détruit. Il ne reste plus qu'une heure et demie maintenant. Nous poursuivrons nos émissions jusqu'au dénouement de la crise...

Quelque part au-dessus de l'Illinois, Reynolds grimpait vers 30000 mètres, et transpirait, et essayait de se convaincre lui-même que toutes les chances étaient de son côté.

Les Espadons étaient de bons avions. Il n'y avait pas plus rapide ni plus maniable. Mais les Vampyres avaient quelques petits avantages en plus. Leurs missiles étaient plus sophistiqués et leur protection meilleure. Et ils avaient des armes dignes d'eux, leurs crocs de vampyres; les lasers à gaz montés sur chaque aile, qui pouvaient entrer dans l'acier comme dans du beurre. Les Espadons n'avaient rien d'équivalent. Les Vampyres étaient les premiers chasseurs équipés de lasers opérationnels.

En plus, il y avait neuf Vampyres contre sept Espadons. Et les Frontistes ne connaissaient pas aussi bien leurs avions. Le contraire était impossible.

Toutes les chances étaient donc du côté de Reynolds. Mais ça ne l'empêchait pas de transpirer.

Le V s'ouvrait lentement, à mesure que Reynolds et les autres accéléraient pour venir à la hauteur de Bonetto. L'écran radar montrait que les Espadons étaient déjà au-dessus d'eux. Et Reynolds les voyait même à l'œil nu maintenant, sortant de l'ombre, leurs flancs d'un blanc argenté luisant contre le ciel. Le système de poursuite par ordinateur ne les lâchait pas et les missiles étaient prêts. Mais toujours pas de signal de Bonetto.

— Feu !

Le mot vint soudainement, clair et net.

Reynolds pressa le bouton et les missiles un et huit furent projetés de dessous les ailes, laissant une traînée de flammes dans la nuit. Il y en avait d'autres, parallèles aux siens. A côté de lui, Dutton, pressé d'atteindre sa proie, en avait lancé quatre.

Rouge orangé sur fond noir à l'œil nu, ou noir sur fond rouge sur le cadran infrarouge, c'était la même chose, en fait. Les traînées de feu montantes des missiles des Vampyres croisant celles des autres qui descendaient dessinaient des croix fugitives.

Puis une explosion, celle d'un missile que les Frontistes avaient réglé pour qu'il explose à retardement. Une boule de feu orange s'alluma brièvement. Quand elle disparut, les deux séries de missiles n'étaient plus là non plus, sauf un survivant du tir de barrage des Vampyres qui, quoique touché, continuait à grimper en oscillant, sans cependant atteindre sa cible.

Reynolds baissa les yeux sur son écran radar, qui avait l'air de piquer une crise d'hystérie. Les Frontistes utilisaient leurs brouilleurs.

— Dispersez-vous, dit la voix crépitante de Bonetto. Feu à volonté.

Les Vampyres obéirent. Reynolds et Dutton virèrent

sur la gauche, McKinnis plongea, et Bonetto et les autres obliquèrent sur la droite, sauf Trainor, qui continua à grimper en direction des Espadons qui, eux, étaient toujours en piqué.

Reynolds le suivit du coin de l'œil. Deux autres missiles partirent de sous les ailes de Trainor, puis deux autres, et enfin les deux derniers. Et le laser, au bout de ses ailes, déchira brièvement le ciel. C'était un geste futile, car la cible était encore hors de portée.

Les Espadons semblaient d'élégants oiseaux de proie argentés, crachant leurs missiles. Et soudain, il y eut une autre boule de feu et l'un d'eux s'arrêta de tirer.

Mais il était trop tôt pour se réjouir. Au moment où l'Espadon explosait, Trainor essayait de virer pour éviter la grêle de missiles des Frontistes. Son brouilleur radar et ses leurres thermiques les avaient trompés, mais pas suffisamment. Reynolds tournait le dos à l'explosion, mais il sentit l'onde de choc et se représenta l'avion détruit qui retombait en tournoyant, noir comme la nuit.

Il eut un bref coup au cœur et essaya de se rappeler quelle tête avait Trainor. Mais il n'avait pas le temps de s'appesantir. Il vira brutalement, Dutton à ses côtés, pour repartir au combat.

Loin en dessous, un nouveau nuage de flammes s'épanouit. McKinnis, se dit Reynolds amèrement. Il plongea en piqué, les Frontistes sur les talons. Salauds de Frontistes !

Mais il n'y avait aucun moyen de vérifier si c'était bien McKinnis, pas le temps de réfléchir à la question. Même un coup d'œil à l'extérieur était un luxe — un luxe dangereux. Le cadran infrarouge, l'écran radar, l'ordinateur, réclamaient tous son attention.

Au-dessous de lui, deux Frontistes amorçaient un virage et l'ordinateur les suivait à la trace. Son doigt bougea comme par instinct. Les missiles deux et sept jaillirent de leur rampe en direction des Espadons.

Il entendit un bref hurlement dans sa radio, en

même temps que le bruit de friture et le sifflement suraigu du signal d'alarme qui lui indiquait qu'un missile ennemi approchait. Il activa les lasers. L'ordinateur de bord repéra le missile et le pulvérisa quand il fut à portée. Reynolds ne l'avait même pas vu et il se demanda s'il était arrivé très près.

Un flot de lumière orange illumina la fente de son masque. Un Espadon volait en éclats au-dessus de lui. Etait-ce son missile ou celui de Dutton ? Il ne le saurait jamais. Tout ce qu'il pouvait faire, c'était virer brusquement, pour éviter la boule de feu qui grossissait.

Il y eut quelques secondes de calme. Il était au-dessus du combat et prit le temps de jeter un coup d'œil au cadran infrarouge. Un enchevêtrement de points noirs sur fond rouge. Mais il y en avait deux qui étaient plus hauts que les autres. Dutton, avec un Frontiste qui le talonnait.

Reynolds replongea et arriva au-dessus de l'Espadon, par derrière, juste au moment où il lançait ses missiles. Il était proche. Pas besoin de gâcher les quatre missiles qui lui restaient. Il leva la main et déclencha les lasers.

Des rais de lumière convergents partirent du bout noir des ailes pour mordre dans le fuselage argenté de l'Espadon, de chaque côté du cockpit. Le pilote Frontiste essaya de s'échapper en piqué. Mais le mini-ordinateur maintenait les lasers dans la bonne direction.

L'Espadon explosa.

Presque simultanément, il y eut une autre explosion. C'étaient les missiles du Frontiste, touchés par les lasers de Dutton, dont il entendit soudain le rire dans sa radio, avec des remerciements essoufflés.

Mais Reynolds s'occupait davantage du radar et de l'infrarouge. L'écran radar était net de nouveau.

Il ne voyait plus que trois taches au-dessous de lui.

C'était fini.

La voix de Bonetto éclata de nouveau dans la radio.

— Je l'ai eu, hurlait-il. On les a tous eus. Qui reste-t-il, là-haut ?

Dutton répondit immédiatement. Puis Reynolds. Le quatrième Vampyre survivant était celui de Ranczyk, l'ailier de Bonetto. Les autres n'étaient plus là.

Reynolds eut un nouveau coup au cœur, plus fort que pendant le combat. C'était donc bien McKinnis, tout à l'heure, songea-t-il. Il le connaissait, McKinnis. C'était un grand roux, qui jouait comme un pied au poker, mais qui était bon perdant. Sa femme réussissait bien les plats mexicains. Ils avaient voté néo-démocrate, comme Reynolds. Merde, merde et merde !

— Il n'y a que la moitié du travail de faite, disait la voix de Bonetto, les LB-4 sont toujours devant. Ils ont repris de l'avance, avec tout ça. Alors, ne traînons pas.

Quatre Vampyres, en formation, c'était bien moins impressionnant que neuf. Mais, malgré tout, ils reprirent de l'altitude et se mirent en chasse.

Ted Warren avait l'air fatigué. Il avait enlevé son veston et desserré le foulard noir d'une élégance classique noué autour de son cou, et il avait les cheveux en bataille. Mais il continuait.

— De tous les coins du pays, on nous signale que les avions pirates ont été aperçus, disait-il. La plupart du temps, il est évident qu'il s'agit d'erreurs, mais comme il n'y a encore aucune information officielle, toutes sortes de bruits continuent de courir. En attendant, il ne reste plus qu'une heure avant l'échéance, le moment où la bombe nucléaire risque d'être lâchée sur Washington.

Derrière lui, un écran s'anima soudain. Pennsylvania Avenue(1), avec le Capitole dans le lointain, était bondée de voitures et de gens.

— C'est la panique à Washington, disait Warren. La population, qui a voulu fuir la ville, a envahi les rues, mais du coup, il y a des embouteillages monstres qui

---

(1) Avenue centrale de Washington, où est située la Maison-Blanche. *(N.d.T.)*

ont bloqué toute la circulation. De nombreux automobilistes ont abandonné leur véhicule pour s'enfuir à pied. Les S.I.U., avec leurs hélicoptères, essayent de rétablir l'ordre en ordonnant aux gens de rentrer chez eux. Et le Président Hartmann lui-même a annoncé qu'il a l'intention de donner l'exemple et de rester à la Maison-Blanche en attendant le dénouement de la crise.

Les images de Washington disparurent. Pendant un bref instant, Warren ne fit pas face à la caméra.

— On vient de me dire que notre correspondant à Chicago, Ward Emery, est avec Mitchell Grinstein, le chef des Milices de défense communales du F.L.A. A vous, Chicago.

Grinstein était debout sur les marches d'un bâtiment gris qui ressemblait à une forteresse. Grand et fort, il portait ses cheveux noirs en catogan et avait une moustache tombante à la Fu Manchu. Il était vêtu de noir, béret et uniforme défraîchi. Il portait l'insigne du F.L.A. au cou, au bout d'une cordelette de cuir. Deux autres hommes, vêtus comme lui, et armés tous les deux, traînaient sur les marches, derrière.

— Je suis avec Mitchell Grinstein, dont l'organisation a été accusée d'avoir participé à l'attaque de cette nuit contre la base aérienne de Californie et de s'être emparée de deux bombardiers nucléaires, dit Emery. Que dites-vous de ça, Mitch ?

Grinstein eut un sourire quelque peu sinistre.

— Eh bien, tout ce que je sais, c'est ce que j'ai vu à l'holo. Je n'ai pas organisé cette attaque, mais je félicite ceux qui l'ont menée. Si ça peut accélérer le mouvement pour les Six Demandes, je suis tout à fait pour.

— Douglass Brown a qualifié les accusations contre le F.L.A. de « mensonges éhontés », poursuivit Emery, et il doute qu'il y ait vraiment eu une attaque. Comment cela concorde-t-il avec ce que vous venez de dire ?

— Peut-être que Brown en sait plus que moi, répondit Grinstein en haussant les épaules. Je vous dis qu'on n'a pas organisé cette attaque, mais peut-être que certains camarades en ont finalement eu marre du néofascisme à la gomme de Hartmann et ont décidé de prendre les choses en main. Si c'est ça, on est avec eux.

— Alors vous pensez qu'il y a bien eu une attaque ?

— Euh... oui. Hartmann avait des photos. Même lui n'aurait pas eu le culot de les fabriquer de toutes pièces.

— Et vous approuvez l'attaque ?

— Ouais. Les Milices communales le disent depuis longtemps, que les Noirs et les pauvres n'obtiendront justice qu'en descendant dans la rue. Ça confirme ce qu'on a toujours dit.

— Et quelle est la position de l'aile politique du F.L.A. ?

— Doug Brown et moi (nouveau haussement d'épaules), on est d'accord sur la fin, mais on n'est pas toujours d'accord sur les moyens.

— Mais est-ce que les Milices de défense communales ne relèvent pas de l'appareil politique du F.L.A., donc de Brown ?

— Sur le papier, oui, mais dans les rues, c'est une autre paire de manches. Est-ce que les Brigades de la Liberté dépendent de Hartmann quand elles font des expéditions punitives contre les marginaux et les Noirs ? On ne dirait pas, à voir comment elles se conduisent. Les Milices, elles, défendent les gens contre les voyous, les Brigades de la Liberté et les S.I.U. de Hartmann, et contre n'importe qui viendrait les emmerder. On veut aussi obtenir satisfaction pour les Six Demandes, et peut-être qu'on irait un peu plus loin que Doug et les autres pour y arriver.

— Une dernière question, dit Emery. Le Président, dans son discours de ce soir, a dit qu'il traiterait les membres du F.L.A. comme des traîtres.

— Qu'il essaye, ricana Grinstein, qu'il essaye seulement.

Les bombardiers Frontistes étaient réapparus sur les écrans radar. Ils volaient toujours à 30 000 mètres, à environ Mach 1,7. Les Vampyres seraient sur eux dans quelques minutes.

Reynolds regardait s'il les voyait, presque automatiquement. Il avait froid, trempé par sa propre sueur. Et il avait une peur bleue.

Le répit au milieu du combat était pire que le combat lui-même, se disait-il. On avait trop le temps de penser, et penser ne valait rien.

La mort de McKinnis l'attristait et l'écœurait un peu. Mais il était aussi soulagé, soulagé que ce ne soit pas lui. Puis il se rendit compte que lui aussi pouvait encore y passer. La nuit n'était pas finie. Les LB-4, ce n'était pas du tout cuit.

Et tout ça était tellement inutile! Les Frontistes étaient des imbéciles et des salauds. Ils auraient pu s'y prendre autrement. Ils n'avaient pas besoin de faire ça. Toute la sympathie qu'il avait jamais pu éprouver pour le F.L.A. avait disparu quand ils avaient descendu en flammes McKinnis et Trainor et les autres.

Ils méritaient ce qui allait leur arriver. Et Hartmann, il en était sûr, ne les raterait pas. Tous ces innocents morts pour rien, pour un truc gratuit, de l'esbroufe, sans la moindre chance de réussite.

Car c'était ça le pire. Le plan était impossible, parfaitement irréalisable. Les Frontistes ne pouvaient pas gagner, quoi qu'il arrive. Ils pouvaient le descendre comme McKinnis, d'accord. Mais il y avait d'autres escadrilles capables de les éliminer. Et même à supposer qu'ils parviennent jusqu'à Washington, il leur faudrait alors affronter la ceinture de missiles défensifs qui protégeait la ville. Hartmann avait eu du mal à faire passer ça au Congrès, mais c'était bigrement utile maintenant.

A l'extrême, ils pouvaient aussi percer la défense. Et alors? Est-ce qu'ils croyaient vraiment que Hartmann allait céder? Impossible. Pas lui. Il les mettrait au défi de faire ce qu'ils avaient dit, et de toute façon ils seraient coincés. Ou ils reculaient et c'était foutu pour eux, ou ils lâchaient leurs bombes et tuaient Hartmann, mais ils perdaient des millions de sympathisants. La population était en grande majorité noire à Washington. En 1984, le F.L.A. y avait obtenu une majorité confortable. Combien déjà? Dans les 65%, par là, s'il se souvenait bien.

C'était idiot, impossible. Et pourtant...

Il avait l'estomac noué. Il aperçut soudain des points mobiles se détachant sur le ciel étoilé. Les Frontistes, les sales Frontistes. Il eut une pensée pour Anne et se sentit soudain envahi de haine pour les avions des Frontistes et pour les hommes qui les pilotaient.

— Ne lâchez pas vos missiles avant que j'en donne l'ordre, dit Bonetto, et ouvrez l'œil.

Les Vampyres accélérèrent, mais les Frontistes devancèrent l'attaque.

— Attention! fit Dutton.

— Ils se séparent, dit une voix de basse déformée par la friture, celle de Ranczyk.

Reynolds regarda son écran radar. Un des LB-4 descendait en piqué, gagnant de la vitesse au fur et à mesure qu'il approchait de la mer de nuages qui ondoyait en bas, sous la lumière des étoiles. L'autre montait lentement.

— Restons ensemble, reprit Bonetto. Ils essaient de nous attirer de deux côtés à la fois. Mais on est plus rapides qu'eux. On les aura l'un après l'autre.

Ils prirent de l'altitude. Ensemble d'abord, de front. Mais bientôt l'un des fuselages luisants commença à prendre de l'avance.

— Dutton! dit la voix de Bonetto, le rappelant à l'ordre.

— Il me le faut, répondit Dutton en lançant son Vampyre dans un hurlement de turboréacteurs.

L'autre était à portée. Deux missiles jaillirent de dessous les ailes de Dutton, fonçant sur l'objectif.

Ils disparurent soudain, pulvérisés par les lasers du bombardier.

Bonetto essaya de lancer un autre ordre. Mais il était trop tard. Dutton ne l'écoutait pas, chargeant pour la mise à mort.

Cette fois, Reynolds vit tout.

Dutton était loin devant les autres, accélérant toujours pour arriver assez près pour utiliser ses lasers. Il n'avait plus de missiles.

Mais le laser du Frontiste avait une plus longue portée. Il atteignit sa cible le premier.

Un frémissement parut parcourir le Vampyre. Dutton plongea brutalement, puis redressa aussi brutalement, vira d'un côté à l'autre, essayant de se libérer de l'emprise du laser, avant qu'il ne le tue. Mais les ordinateurs de poursuite du LB-4 étaient plus rapides qu'il ne le serait jamais. Le laser ne lâchait pas prise.

Puis Dutton cessa de lutter. Pendant un instant, son Vampyre se rapprocha du bombardier, montant vers le rai de lumière, ses propres lasers jetant des éclairs. Inutilement, car il était encore trop loin. Et juste un bref instant.

Avant le hurlement.

Le Vampyre de Dutton n'explosa même pas, il parut simplement s'affaisser. Son laser s'arrêta brusquement. L'avion se mit en vrille. Des flammes léchèrent le fuselage sombre, trouant de leur clarté le velours noir de la nuit.

Reynolds ne vit pas la chute. La voix de Bonetto l'avait fait sursauter, le tirant de la transe où l'avait jeté ce cauchemar.

— Feu !

Il lâcha les missiles trois et six, qui fendirent l'air en sifflant vers les Frontistes. Bonetto et Ranczyk avaient tiré en même temps. Les six missiles montaient ensemble, en précédant légèrement les deux derniers. Ranczyk avait tiré une autre salve.

— En avant! cria Bonetto. Au laser!

Il fonça vers le bombardier, suivi de Ranczyk, ombres noires sur le ciel noir, obscurcissant les étoiles à la poursuite de leurs missiles. Reynolds, toujours en proie à la peur, entendant encore le hurlement de Dutton et voyant toujours la boule de feu de l'avion de McKinnis, marqua un temps d'arrêt. Puis il eut honte et les suivit.

Le bombardier avait aussi lâché ses missiles, et ses lasers étaient braqués sur l'ennemi qui approchait. Il y eut une explosion et plusieurs missiles éclatèrent tandis que d'autres tombaient en flammes.

Mais il y avait deux Vampyres derrière les missiles. Et un troisième les suivait. Bonetto et Ranczyk vrillaient le Frontiste de leurs lasers brûlants, de plus en plus chauds, de plus en plus féroces au fur et à mesure qu'ils montaient. Le long laser du bombardier répliqua brièvement. Un des Vampyres explosa dans un nuage de flammes, un nuage qui continuait à foncer en hurlant sur le Frontiste.

Et presque simultanément, il y eut une autre explosion, comme une boule de feu qui s'alluma sous l'aile du bombardier et l'ébranla. Son laser s'arrêta. Une panne peut-être... Puis il se remit à foudroyer le barrage de missiles. Reynolds enclencha son laser et le regarda filer vers le chaos de la bataille. L'autre Vampyre — Reynolds ne savait plus très bien lequel c'était — lança ses derniers missiles.

Ils étaient presque l'un sur l'autre. Sur l'écran radar et le cadran infrarouge, ils se confondaient. Il n'y avait qu'à l'œil nu qu'on les voyait encore séparés.

Puis ils se rejoignirent, se mêlèrent en une énorme boule de feu, rouge, orange et jaune, avalant à la fois le Vampyre et sa proie, grossissant sans cesse.

Tout en continuant à monter vers cet enfer en expansion, Reynolds resta figé sur son siège, ses lasers braqués inutilement sur les flammes. Puis il se ressaisit, vira, plongea, donna encore un coup de laser pour pulvériser un tas de débris enflammés qui lui dégringolaient dessus.

Il était seul. Les flammes s'éteignirent et il ne restait plus que son Vampyre, et les étoiles et la couverture de nuages loin au-dessous de lui. Il s'en était sorti.

Mais pourquoi? Parce qu'il était resté en arrière quand il aurait dû attaquer. Il n'avait pas mérité de s'en sortir, tandis que les autres, si. Ils avaient été courageux, eux. Tandis que lui était resté en arrière. Il se sentait écœuré.

Mais il pouvait encore se racheter. Oui, puisqu'en bas il y avait encore un Frontiste, qui se dirigeait vers Washington avec ses bombes. Et il n'y avait plus que lui maintenant pour l'arrêter.

Reynolds pointa le nez de son Vampyre vers le bas et commença sa longue et lugubre descente.

Après l'indicatif de la chaîne, Warren revint sur les holocubes, avec deux invités et un nouveau décor. Le décor était une immense horloge qui marquait le compte à rebours pendant que les journalistes parlaient. Les invités étaient un général de l'armée de l'air à la retraite et un célèbre commentateur politique.

Warren les présenta, puis se tourna vers le général.

— L'attaque de cette nuit, naturellement, a fait peur à pas mal de gens, commença-t-il. Surtout à Washington. Dans quelle mesure le bombardement risque-t-il d'avoir lieu, mon général?

— Aucun risque, jeta le général d'un ton méprisant. Je connais bien nos moyens de défense aérienne. Ils sont faits pour résister à une attaque aérienne tous azimuts par une puissance nucléaire. Alors vous pensez bien qu'ils sont largement de taille devant une minable petite opération comme celle-ci.

— Alors pour vous, il n'y a aucun danger à Washington?

— Exactement. Absolument aucun. Militairement, cette opération était condamnée d'avance. Se lancer dans une entreprise aussi aventureuse, cela m'étonne, même de la part du F.L.A.

Warren hocha la tête et se tourna du côté du commentateur.

— Et politiquement, qu'en est-il? Vous qui connaissez bien le Président Hartmann et qui suivez ce qui se passe à Washington depuis des années, Sid, croyez-vous que cette manœuvre ait une chance de réussir?

— C'est encore un peu tôt pour le dire, fit prudemment son interlocuteur. Mais pour ma part, je dirais que le F.L.A. a fait une grosse gaffe. C'est une catastrophe, politiquement, cette attaque... ou du moins, ça en a l'air pour l'instant. Comme la population noire est très nombreuse à Washington, je pense que la popularité du F.L.A. auprès des Noirs va sérieusement baisser. Auquel cas, ce serait le désastre pour le parti. En 1984, Douglass Brown a eu plus de voix chez les Noirs à lui tout seul que les trois autres candidats réunis. Sans ces voix, la campagne présidentielle du F.L.A. aurait été une vaste blague.

— Et les autres partisans du F.L.A., comment réagiront-ils?

— Ça, c'est la question. A mon avis, cela les éloignera du parti. Le F.L.A., depuis toujours, attire de nombreux pacifistes, qui ont souvent des accrochages avec la fraction la plus militante, qui forme les Milices de défense communales. Les événements de cette nuit risquent de lui porter le coup de grâce.

— Et à qui profiteraient ces défections, selon vous?

— C'est difficile à dire, répondit le commentateur en haussant les épaules. Il se peut qu'une aile dissidente se forme. Et beaucoup se rallieront au Président Hartmann, j'en suis sûr. Ce qui est le plus probable, c'est que les Néo-Démocrates reprennent de la vigueur, s'ils peuvent récupérer les électeurs noirs et, chez les

Blancs, les radicaux qu'ils avaient perdus au profit du F.L.A. ces dernières années.

— Merci, dit Warren.

Se retournant pour faire face à la caméra, il jeta un coup d'œil sur le bureau devant lui, pour faire le point des dernières nouvelles.

— Nous reviendrons aux commentaires plus tard, reprit-il. Pour l'instant, notre correspondant en Californie nous appelle de la base de Collins, celle qui a été attaquée cette nuit.

Le visage de Warren s'effaça. Le journaliste qui le remplaça était jeune, grand et mince. Il était devant la grille principale de la base, et l'on s'agitait beaucoup derrière lui. On voyait plusieurs jeeps et une armée de policiers et de soldats. Les projecteurs fonctionnaient de nouveau et les dommages causés à la base étaient évidents. Le poste de garde était détruit et le fil de fer de la clôture tordu et arraché.

— Ici Deke Hamilton, commença le reporter. Nous sommes venus sur place voir s'il y avait bien eu une attaque, puisque le F.L.A. accuse le Président d'avoir menti. Eh bien, d'après ce que j'ai vu ici, c'est le F.L.A. qui ment. L'attaque a bien eu lieu, et ce n'était pas une plaisanterie. Ce que vous voyez derrière moi vous donne une idée des dégâts. C'est là que les attaquants ont frappé le plus dur.

— Avez-vous vu des cadavres ? coupa Warren.

— Oui, répondit Hamilton. Il y en a beaucoup, et certains horriblement mutilés. Plus d'une centaine d'hommes de la base, je dirais, et une cinquantaine de Frontistes.

— Est-ce que, parmi les assaillants, il y en a qui ont été identifiés ?

— Eh bien, il est évident que ce sont des Frontistes, à cause de la barbe, des cheveux longs et de l'uniforme du F.L.A. Et il y en avait beaucoup qui avaient des tracts dans leurs poches — sur les Six Demandes, par exemple. Mais on n'a pas encore donné de noms. Sauf pour les victimes militaires. Le commandement de la base a publié une liste. Mais pas pour les Frontistes. Beaucoup de corps, comme je vous l'ai dit, sont mutilés, et il sera peut-être difficile de les identifier. Je crois qu'il est question de les enterrer dans une fosse commune.

— Dites-moi, Deke, demanda Warren, est-ce qu'on a donné le nombre de morts par race ?

— Euh... non. Je n'ai vu que des Blancs. Mais il faut dire aussi qu'il y a relativement peu de Noirs dans cette région.

Warren commença à poser une autre question, mais il ne finit jamais sa phrase. L'image en provenance de Californie disparut brutalement pour être remplacée par un véritable chaos.

— Ici Washington, disait Mike Petersen, noyé dans une mer humaine qui le poussait de-ci de-là.

Tout autour de lui, des gens se battaient et une escouade de la force d'intervention urbaine, en uniforme bleu et argent, avançait parmi une foule de Frontistes qui résistaient. On voyait l'insigne du F.L.A. sur le mur, derrière Petersen.

— Je suis toujours au siège du F.L.A., disait celui-ci, essayant vaillamment de rester dans le champ de la caméra, et je... (Il fut poussé de côté, mais réussit à revenir.) Le spectacle est indescriptible ici. Il y a quelques minutes, un détachement de la force d'intervention urbaine a fait irruption dans le bâtiment du siège et a arrêté plusieurs dirigeants du F.L.A., dont Douglass Brown. Et comme les Frontistes ont voulu les en empêcher, la police est en train d'essayer de procéder à d'autres arrestations. Il y a eu... merde !

Quelqu'un lui était tombé dessus. La police utilisait des matraques.

Petersen essaya de se dépêtrer de la mêlée. Il leva les yeux vers la caméra et commença à dire quelque chose. Mais soudain l'image bascula puis disparut.

Reynolds avait une conscience aiguë de sa solitude. Il volait à 18 000 mètres mais perdait rapidement de l'altitude, traversant l'une après l'autre des couches de nuages légers. Le ciel était vide. Le Frontiste était quelque part au-dessous de lui, mais il ne le voyait pas encore.

Mais il savait qu'il était là. Son écran radar faisait des siennes, ce qui voulait dire qu'il y avait un brouilleur dans les parages.

Tandis qu'il le cherchait des yeux, il laissait errer ses pensées. C'était un combat singulier, maintenant. Il aurait peut-être du renfort, car Bonetto avait envoyé un message radio à terre quand ils avaient aperçu les Frontistes. Peut-être que quelqu'un avait pu garder le contact et qu'une autre escadrille était en route pour intercepter le bombardier.

Mais d'un autre côté, peut-être que non.

Ce n'était pas comme s'ils avaient volé en ligne droite. Ils étaient au-dessus du Kentucky maintenant. Et en plus, ils avaient volé très haut, avec les brouilleurs actionnés pour contrer les radars. Peut-être que leur position n'était pas connue.

Et s'il envoyait un message radio lui aussi ? Ce serait une idée... Non. Réflexion faite, ça pourrait alerter le Frontiste. Peut-être qu'il ne savait pas que Reynolds était derrière lui. Il pourrait le prendre par surprise, alors.

C'était ce qu'il espérait. Sinon... il y avait de quoi être inquiet. Il ne lui restait que deux missiles. Et il n'était pas sûr qu'un Vampyre puisse venir à bout d'un LB-4 à lui tout seul.

Il continuait à songer à une chose et l'autre. Les lasers. Le bombardier avait une puissance énorme et ses lasers allaient deux fois plus loin que ceux du Vampyre. Et en plus il avait un ordinateur plus puissant pour les braquer sur sa cible.

Qu'est-ce qu'il avait, lui ? La vitesse. Et la maniabilité. Et il était meilleur pilote, probablement.

Etait-ce bien sûr ? Reynolds fronça les sourcils. A la réflexion, les Frontistes ne s'étaient pas mal défendus jusqu'ici. Bizarre. Il n'aurait pas cru qu'ils pourraient être aussi bons pilotes, surtout quand il les avait vus faire une erreur aussi grossière que d'oublier d'actionner leurs brouilleurs tout de suite.

Et pourtant... Ils pilotaient comme des vieux de la vieille. C'en était peut-être, d'ailleurs. Hartmann avait balancé de l'armée tout un tas de sympathisants du F.L.A. dès après son élection. Certains étaient peut-être carrément passés du côté des Frontistes. Et ils cherchaient à se venger maintenant.

Mais il y avait trois ans de cela. Et les LB-4 étaient de nouveaux modèles. Les Frontistes n'auraient pas dû arriver si facilement à les maîtriser.

Reynolds, secouant la tête, repoussa ces pensées. A quoi bon ? Quelle qu'en soit la raison, le fait était que les Frontistes pilotaient rudement bien. Et l'avantage qu'il pouvait avoir sur eux sur ce plan était minime.

Il regarda ses instruments. Il était descendu à 13 000 mètres. Le LB-4 était toujours au-dessous de lui, mais plus près. L'écran radar n'était plus qu'un brouillard dansant, complètement inutile. Mais il avait une image sur le cadran infrarouge.

Loin en bas, il voyait aussi des éclairs. Il y avait un orage, que le bombardier traversait. Lentement, d'après ses instruments. Son but était sans doute de descendre le plus bas possible, au ras des arbres.

Il le rattraperait bientôt.

Et alors, que se passerait-il ?

Il lui restait deux missiles. Il pourrait s'approcher et les lâcher. Mais le Frontiste avait aussi des missiles, et des lasers. Alors, si ses missiles à lui manquaient leur but ?

Il n'aurait plus qu'à y aller lui aussi au laser.

Et à mourir, comme Dutton.

Il essaya d'avaler sa salive, mais s'étrangla. Les lasers de ce salaud étaient tellement puissants qu'ils l'auraient découpé en petits morceaux bien avant qu'il ne soit assez près pour que les siens servent à quelque chose.

Oh bien sûr, il réagirait quand même. Il fallait quelques secondes pour percer de l'acier, même pour un puissant laser à gaz. Et ces quelques secondes lui permettraient de s'approcher assez près du Frontiste pour lui rendre la monnaie de sa pièce.

Mais ça ne l'avancerait à rien. Il mourrait quand même.

Et il ne voulait pas mourir.

Il pensa de nouveau à Anne. Puis à McKinnis.

Le LB-4 n'arriverait jamais jusqu'à Washington. Une autre escadrille le repérerait et le rattraperait avant. Ou alors les missiles défensifs de la ville le descendraient. Il ne passerait pas.

Il n'y avait pas de raison qu'il se sacrifie pour stopper le bombardier. Absolument pas. Il lui fallait virer de bord et envoyer un message radio pour prévenir qu'il allait atterrir et pour donner l'alerte.

De lourds nuages ondulèrent autour de l'avion, puis l'engloutirent. Des éclairs zébrèrent les ailes noires, secouant les missiles dans leurs tubes.

Et Reynolds transpirait. Et le Vampyre piquait toujours vers le sol.

— Nous savons maintenant ce que le Président Hartmann voulait dire quand il affirmait qu'il allait traiter les membres du F.L.A. comme des traîtres, disait Ted Warren, le regard fixe et le visage tiré et impénétrable, sur des millions d'holocubes. Effectivement, depuis quelques minutes, on nous annonce de tous côtés que les S.I.U. pénètrent dans les locaux du F.L.A. et chez les principaux dirigeants du parti. Dans quelques villes, à Detroit, à Boston et à Washington même, les membres du F.L.A. seraient arrêtés par milliers. Mais en général, il semble que les S.I.U. s'occupent surtout de ceux qui ont des responsabilités au sein des Milices de défense communales ou du parti lui-même. D'autre part, le Pentagone annonce que les avions dont le F.L.A. se serait emparé ont été repérés au-dessus du Kentucky et qu'ils se dirigent vers Washington. En fait, de source bien informée puisqu'il s'agit de l'armée de l'air, nous apprenons qu'il n'y aurait plus qu'un seul bombardier en vol et qu'il serait poursuivi par un avion d'interception. D'autres escadrilles ont aussi pris l'air pour se joindre à la chasse.

Warren tourna la tête un instant, fronça les sourcils en direction de quelqu'un hors du champ, puis regarda de nouveau la caméra.

— On vient de me dire de la Maison-Blanche que le Président a une déclaration à faire. Je lui laisse donc la parole.

L'image changea. Le bureau ovale revint sur les holocubes. Cette fois-ci, Hartmann était debout, et il n'était pas seul. A ses côtés, devant une rangée de drapeaux américains, se tenait le Vice-Président, Joseph Delaney, un homme d'un certain âge au front dégarni.

— Mes chers compatriotes, commença Hartmann, si je me présente de nouveau devant vous, c'est pour vous annoncer que nous avons pris des mesures contre les traîtres qui ont voulu frapper la capitale, le cœur même du pays. Après avoir consulté le Vice-Président et le gouvernement, j'ai donné l'ordre d'arrêter les dirigeants du Front dit « de libération » américain.

Les yeux de Hartmann brillaient d'une flamme sombre et sa voix était merveilleusement rassurante et paternelle. A côté de lui, Delaney, tout pâle, avait l'air apeuré et indécis.

— A vous qui avez apporté votre appui à ces hommes par le passé, je tiens à dire qu'ils seront jugés en toute objectivité, dans la plus pure tradition de la justice américaine, continuait Hartmann. Pour vous-mêmes, ne craignez rien. Je sais que vous étiez sincères et qu'on vous a trompés. Ceux en qui vous aviez placé votre confiance l'ont trahie cette nuit, et en même temps ils ont trahi la nation. Vous ne leur devez plus rien. Continuer, aujourd'hui, à les soutenir serait soutenir leur trahison. C'est surtout à nos compatriotes de la communauté noire que je m'adresse, car ce sont eux qui ont été le plus cruellement trompés par les slogans du F.L.A. L'heure est venue maintenant pour vous de faire la preuve de votre patriotisme et de renoncer à vos erreurs passées. Car j'avertis solennellement ceux qui voudraient persister dans leurs erreurs. Quiconque aidera les traîtres à résister aux autorités légitimes du pays sera considéré, lui aussi, comme un traître. (Hartmann fit une brève pause, puis continua :) Certains me le reprocheront. Légitimement soucieux de préserver notre système de contrôle du pouvoir présidentiel, ils me diront que je n'avais pas le droit d'utiliser les Sections d'intervention urbaines comme je l'ai fait. C'est vrai. Cependant, à situation exceptionnelle, mesures exceptionnelles. En cette nuit de crise, le temps manquait pour demander l'approbation du Congrès. Pourtant, je n'ai pas agi seul.

Il se tourna vers Delaney. Le Vice-Président s'éclaircit la gorge.

— Le Président m'a consulté tout à l'heure, dit-il d'une voix hésitante. Il m'a dit ce qu'il se proposait de faire.

» J'ai d'abord été assez réticent, mais quand il m'a exposé tous les faits, j'ai compris qu'il n'y avait pas d'autre solution possible. J'approuve donc l'initiative du Président, et je parle ici également au nom des membres du gouvernement qui, comme moi, appartiennent au parti républicain.

Hartmann reprit la parole, mais bientôt le son disparut, et l'image en fit autant une seconde plus tard. Ted Warren reprit le micro.

— Nous vous diffuserons le reste de l'allocution du Président plus tard. Nous avons d'abord un certain nombre de nouvelles à vous donner. Nous avons appris que les trente-deux membres du groupe F.L.A. de la

Chambre des représentants ont été mis en état d'arrestation, de même que deux des trois sénateurs F.L.A. On dit au quartier général des S.I.U. que Jackson Edwards, le troisième, est en fuite et qu'on le recherche. (Il s'interrompit pour farfouiller dans ses papiers.) On nous signale aussi des combats de rue ici et là, reprit-il. Il semble que les combats les plus durs se déroulent à Chicago, où les S.I.U. assiègent le quartier général de l'aile paramilitaire du F.L.A. Nous avons Ward Emery sur place. A vous, Ward.

On vit Emery sur les marches du Commissariat central de police, South State Street. Derrière lui, le bâtiment était brillamment éclairé et l'on voyait monter et descendre sans arrêt des policiers armés, casqués et munis de boucliers.

— Je ne suis pas tout à fait sur place, Ted, rectifia-t-il. Notre équipe a été expulsée *manu militari* du théâtre des opérations. Ici, nous sommes au Commissariat central de Chicago, qui a été au centre des combats lors des émeutes de 1985, vous vous en souvenez. C'est le quartier général de la police locale et des S.I.U.

— Qu'est-ce qui s'est passé exactement ? coupa la voix de Warren.

— Eh bien, tout a commencé quand un détachement des S.I.U. est arrivé à la Centrale de la Milice, comme on l'appelle, pour arrêter Mitchell Grinstein, et plusieurs autres dirigeants. Je ne sais pas exactement qui a tiré le premier. Mais en tout cas, il y a eu des coups de feu, et des victimes. La Centrale est bien défendue, et les S.I.U. ont été repoussées lors de la première escarmouche, dont j'ai été témoin. Mais depuis, les choses ont changé. La police a établi des cordons autour d'une grande partie du quartier Sud, où se trouve la Centrale, et on a expulsé tous les journalistes, mais j'ai quand même pu apprendre que Grinstein et ses miliciens sont maintenant coincés dans l'immeuble, qui est assiégé par les S.I.U. (Il jeta un rapide coup d'œil autour de lui.) Comme vous le voyez, on s'agite beaucoup ici, poursuivit-il. La police locale est sur le pied de guerre, et les S.I.U. ont mobilisé tous leurs hommes. Ils ont des voitures blindées, naturellement, et de l'équipement lourd. Il paraîtrait aussi qu'ils auraient quelque chose de nouveau : des chars légers avec des pneus au lieu de chenilles, des chars de ville en quelque sorte.

— Est-ce que les partisans du F.L.A. sont regroupés autour de Grinstein au siège ? demanda Warren.

— Pas du tout, dit Emery. Les ghettos des quartiers Sud et Ouest sont en ébullition. La police locale a subi des pertes et un cocktail Molotov a été lancé sur une voiture de patrouille. On parle aussi d'une contre-attaque imminente du F.L.A. sur le Commissariat central. Le bâtiment a une valeur symbolique pour les deux parties, naturellement, depuis que les Miliciens locaux ont envahi et rasé celui qui s'élevait au même endroit, pendant les émeutes de 1985.

— Je vois, dit Warren. Le F.L.A., on le sait, a des sympathisants actifs dans plusieurs universités de la région de Chicago. Avez-vous des nouvelles de ce côté ?

— Quelques-unes. Jusqu'à présent, la police ne s'en est pas encore occupée. Mais d'après ce qu'on m'a dit, les membres des Brigades de la Liberté ont monté une importante opération contre le campus de l'Université de l'Illinois à Chicago pour y faire des arrestations en tant que simples citoyens[1]. Il semble que la résistance ait été assez faible, car les étudiants, en général, n'étaient pas armés, contrairement aux hommes des Brigades, évidemment, puisque ce sont des formations paramilitaires.

— Merci, Ward, dit Warren en revenant à l'image. Nous vous redonnerons l'antenne plus tard, pour faire le point. Pour l'instant, nous allons diffuser le reste de l'allocution présidentielle. Pour ceux qui viennent de se joindre à nous, poursuivit-il, je voudrais rappeler que le

---

[1] Aux Etats-Unis, la Constitution permet aux simples particuliers de procéder à des arrestations (et ici les membres des Brigades de la Liberté ne sont pas des policiers). (N.d.T.)

Président a donné l'ordre d'arrêter les dirigeants du F.L.A. Le Vice-Président, et par conséquent, il faut le supposer, les Néo-Républicains qui font partie du gouvernement de coalition du Président, ont approuvé cette mesure. C'est un revirement de la part de ce parti par rapport à l'année dernière où, vous vous en souvenez, le Vice-Président et les autres Néo-Républicains avaient refusé de voter le projet de loi antisubversion du Président, qui a été de ce fait repoussé. Etant donné qu'ensemble l'Alliance pour la Liberté et les Néo-Républicains ont la majorité dans les deux chambres, en soutenant le Président, le Vice-Président l'assure par là même de l'approbation du Congrès. Et maintenant, la suite de l'allocution du Président...

Il y avait les collines en-dessous, et de sombres forêts noyées dans les ténèbres de la nuit. La seule lumière était celle des éclairs dans un double grondement — le tonnerre de l'orage qui se déchaînait au-dessus des forêts, et le grondement des réacteurs de l'avion, survolant les nuages et la cime des arbres et semant dans son sillage des bangs supersoniques.

C'était le Frontiste. Reynolds le regardait sur son cadran infrarouge, oscillant de part et d'autre de Mach 1. Et, tout en le regardant, il gagnait sur lui.

Il avait cessé de transpirer, de penser, d'avoir peur. Il se contentait d'agir, maintenant. Il faisait corps avec son Vampyre.

Il descendait à travers les nuées d'orage, où il aurait été aveugle sans ses instruments, au milieu des éclairs qui le cinglaient. Tout ce qui était humain en lui lui disait d'arrêter et de laisser quelqu'un d'autre s'attaquer au Frontiste. Mais autre chose, une force, un besoin, le poussait à ne pas renoncer encore.

Il continuait donc à descendre.

Le Frontiste savait certainement qu'il était là. Il attendait simplement avant de tirer. Tout comme Reynolds attendait avant de lâcher ses missiles. Il n'appuyerait qu'à la dernière seconde, quand il serait pris par les lasers de l'autre.

Le Vampyre, volant une fois et demie plus vite que le bombardier, déchira la dernière couche de nuages, au milieu des éclairs, et actionna ses lasers.

Les rayons coupèrent le noir de la nuit, effleurèrent le bombardier, puis convergèrent sur lui. Ils venaient de trop loin pour être vraiment brûlants, mais ils étaient de plus en plus chauds quand même. A chaque seconde, le mince fuselage noir se rapprochait et les traits de lumière devenaient plus perçants.

Puis un autre rayon jaillit de la queue du bombardier. Des épées de lumière se croisèrent dans la nuit et le Vampyre hurlant parut s'empaler sur l'arme étincelante du bombardier.

Reynolds regardait son cadran infrarouge quand celui-ci s'éteignit. Le simple contact avec le laser avait suffi à détraquer le délicat appareillage optique. Tant pis. Reynolds n'en avait plus besoin maintenant. Il voyait le bombardier à l'œil nu, au-dessous de lui, illuminé par les éclairs.

Des sonneries d'alarme résonnaient de tous côtés à ses oreilles, mais il n'y prêta pas attention. Il était trop tard maintenant, trop tard pour reculer, trop tard pour échapper au laser du bombardier.

Il ne lui restait que le temps d'achever à son tour sa victime.

Les yeux de Reynolds ne quittaient pas le bombardier, qui grossissait de seconde en seconde. Il avait le doigt sur le bouton, et il attendait, tandis que l'ordinateur traquait sa proie.

Le bombardier Frontiste était de plus en plus gros et il vit ses lasers percer la nuit tandis qu'autour de lui le Vampyre tremblait et frémissait.

Puis il appuya.

Les missiles quatre et cinq, semblables à des flèches de feu dans la nuit, foncèrent sur le Frontiste, presque comme s'ils suivaient la piste tracée par les lasers du Vampyre.

L'espace d'un instant, Reynolds vit son avion comme l'équipage du bombardier avait dû le voir, noir et menaçant, jaillissant des nuages dans un hurlement, enveloppé d'éclairs, ses lasers embrasés et crachant ses missiles. Quelle ivresse! Il eut la vision d'une mort glorieuse et s'y accrocha.

Le laser du bombardier le lâcha subitement. Mais il était trop tard. Les sonneries d'alarme continuaient. Il avait perdu la maîtrise de l'avion.

Le Vampyre désemparé brûlait. Mais les lasers jaillissaient toujours du brasier.

Le bombardier pulvérisa un des deux missiles. Mais l'autre continuait à descendre. Le Vampyre avait refermé les mâchoires sur sa proie.

Puis la nuit elle-même parut prendre feu.

Reynolds vit la boule de feu grossir au-dessus de la forêt et éprouva comme un soulagement, tandis qu'un flot de sueur venait de nouveau l'inonder.

Il regarda le bois s'approcher et songea un instant à s'éjecter. Mais il était trop bas, il allait trop vite. C'était sans espoir. Il essaya de recréer sa vision. Et il se demanda s'il aurait une médaille.

Mais la vision lui échappait et la médaille n'avait plus d'importance désormais.

Soudain il ne put plus penser qu'à Anne. Ses joues étaient humides... et ce n'était pas de sueur.

Il hurla.

Le Vampyre s'écrasa dans les arbres à Mach 1,4.

Warren avait les yeux cernés et la voix enrouée, mais il continuait à lire.

— A Newark, dans le New Jersey, la police locale et les S.I.U. se livrent des combats acharnés. La municipalité F.L.A. de Newark a fait appel à la police quand les hommes des Sections ont voulu arrêter les conseillers...

» Aux dernières nouvelles, d'après le quartier général des S.I.U., Douglass Brown et six autres dirigeants du F.L.A. seraient morts au cours d'une tentative d'évasion. Le communiqué dit que c'est lors d'une attaque surprise des miliciens sur la prison où ils étaient détenus que cela s'est passé...

» Les miliciens comme les hommes des Brigades ont été mobilisés dans tout le pays et sont descendus dans la rue. Les Brigades prêtent main-forte aux S.I.U. contre les miliciens...

» Le Président Hartmann a mobilisé la Garde nationale...

» ... On signale des émeutes et des pillages à New York, Washington et Detroit, et dans de nombreuses autres villes...

» ... à Chicago n'est plus que ruines fumantes. Mitchell Grinstein serait mort, ainsi que d'autres dirigeants de premier plan du F.L.A. Des bombes incendiaires ont détruit une aile du nouveau Commissariat central... Le Loop(1) serait en flammes... des bandes armées venues des ghettos dans le quartier Nord...

» ... des miliciens en Californie qui nient avoir eu quoi que ce soit à voir dans l'attaque de la base... ont demandé que les cadavres soient exposés et identifiés... enterrement dans une fosse commune, qui a déjà été ordonné...

» ... le plastiquage de la demeure du Gouverneur, à Sacramento...

» L'Alliance pour la Liberté a demandé à tous les citoyens de prendre les armes pour balayer les Frontistes... que c'est une tentative de révolution... ça a toujours été leur objectif, d'après l'Alliance... l'attaque de Californie devait donner le signal...

» ... le F.L.A. accuse Hartmann d'avoir manigancé l'attaque de la base... rappelle l'incendie du Reichstag...

---

(1) Quartier central de Chicago, qui tient son nom du fait que le métro aérien y forme une boucle. *(N.d.T.)*

» ... Horne, le Gouverneur du Michigan, a été assassiné...

» ... Couvre-feu imposé dans tout le pays par les S.I.U... demandé à tous les habitants de rentrer chez eux... encore dans les rues d'ici une heure sera fusillé à vue...

» Jackson Edwards, sénateur du New Jersey, aurait été enlevé du commissariat où il s'était réfugié à Newark et fusillé par des hommes des Brigades... d'après le F.L.A.

» ... loi martiale proclamée...

» ... le dernier bombardier pirate aurait été abattu...

» ... l'armée a été mobilisée...

» ... la peine de mort pour tous ceux qui aident les soi-disant révolutionnaires, dit Hartmann...

» ... déclare...

» ... accuse...

» ... annonce...

Il y avait un incendie de forêt dans le Kentucky. Mais personne ne vint l'éteindre.

Des incendies bien plus graves avaient éclaté ailleurs.

Chicago
Juin 1972

LES FUGITIFS

Il y avait des moments, entre deux affaires, où Colmer se sentait étrangement nerveux, agité, sans jamais arriver à savoir exactement pourquoi. La plupart du temps, il attribuait cela tout simplement à l'ennui, mais dans le fond il savait bien qu'il y avait autre chose.

Colmer ne manquait cependant pas de ressources, et avait ses remèdes contre le vague à l'âme. Il avait découvert que le mieux était de se remettre au travail. Il était très demandé, car il était Maître Sondeur, et il y en avait moins de cent dans tout l'univers connu. Quelquefois, quand on ne pouvait pas lui donner ses honoraires habituels, il acceptait de toucher moins si le cas était intéressant et qu'il s'ennuyait.

Quand il n'avait pas de clients, il avait d'autres occupations : le jeu, les amis, le sport et l'amour. Et souvent, les bons repas. C'était un petit homme, tranquille comme une souris, et il aimait la bonne chère, surtout quand il se sentait nostalgique et qu'il n'avait rien d'autre à faire. Pour lui, bien manger faisait partie des plaisirs de la vie.

Bryl le trouva attablé à *La Bourgeoise*, attendant son dîner. C'était une période calme, entre deux clients.

La Bourgeoise était une ancienne goélette, amarrée maintenant au quai Sullivan, au cœur du quartier des pêcheurs, sur Archéo-Poséïdon. Les bateaux d'argent aux lignes pures qui exploitaient les richesses de la

Grande Mer croisaient auprès d'elle tous les jours. Certains rentraient avec leurs nasses pleines de frai azuré ou de petits bigorneaux argentés. D'autres avaient leurs cales bourrées de crabes chasseurs riches en sel. Curieusement, c'étaient les plus petits qui rapportaient les espadons géants et les anguilles vampires, dont la chair est noire et fondante.

Tout le quartier sentait le poisson, le sel et la mer, et Colmer adorait ça. Chaque fois que le temps lui paraissait long, il s'en allait déambuler dans les rues tortueuses pavées de bois. Il regardait les bateaux de pêche appareiller à l'aube, buvait jusqu'à midi dans les bars du port, puis allait fouiller dans les boutiques de brocante les plus poussiéreuses qu'il pouvait trouver. En fin d'après-midi, il avait le plus souvent un appétit d'ogre. Alors il prenait le chemin de *La Bourgeoise*. Il y avait des douzaines de restaurants de fruits de mer dans le quartier, mais celui-là était le meilleur.

Il venait de terminer l'entrée le jour où Bryl tira une chaise pour s'asseoir à sa table.

— J'ai besoin de votre aide, dit-il rapidement, simplement.

Colmer voulait son dîner, il n'avait pas envie qu'on lui tienne la jambe. Il fronça un peu les sourcils.

— J'ai un bureau.
— Vous avez un dossier sur chaque client ?
— Naturellement.
— Je ne veux pas qu'il y ait de traces, moi. C'est pour ça que je suis venu rôder autour de *La Bourgeoise*. On m'a dit que vous y veniez et que je n'avais qu'à attendre pour vous trouver. Je n'étais pas sûr de pouvoir attendre assez longtemps, mais j'ai eu de la chance. Aidez-moi, je vous en prie.

Colmer, sa curiosité éveillée, se sentit soudain intéressé. Il étudia l'étranger qui lui faisait face. Grand et mince, le visage mat encadré par des cheveux noirs mi-longs et dominé par un nez en bec d'aigle, il était habillé de façon très quelconque. Mais le visage était étrangement sans âge, l'homme était nerveux et ses yeux allaient et venaient sans cesse. Ce fut tout ce que Colmer vit en le regardant.

Il aurait pu le sonder, naturellement. C'est ce qu'auraient fait certains Talents, malgré les règles de la profession. Mais Colmer ne sondait que si on le payait.

Il prit la bouteille de vin et en versa un verre à Bryl.

— Bon. Mangez si vous voulez. Et dites-moi pourquoi vous voulez que je vous aide.

Bryl prit le verre, but une gorgée, les yeux toujours en mouvement.

— Je m'appelle Ed Bryl. Je veux que vous me sondiez. Voyez-vous, il y a des gens qui sont après moi. Ça fait des années qu'ils me poursuivent. Ils veulent me tuer, j'en suis sûr, mais je ne sais pas pourquoi. Aussi loin que je me souvienne, ils me suivent, et je fuis.

— C'est paranoïaque, votre histoire, dit Colmer — qui aimait parler net — en nouant les mains sous son menton.

Bryl se mit à rire.

— On le dirait, mais ce n'est pas ça. Je suis allé trouver la police, vous savez. Ils m'ont sondé, ils savent bien que c'est vrai. Une ou deux fois, ils ont même arrêté certains de mes poursuivants. Mais ils les ont toujours relâchés. Ils ne veulent rien faire pour m'aider.

— De plus en plus paranoïaque.

— Puisque je vous dis que la police m'a sondé !

— Les sondages de la police... dit Colmer en souriant avec indulgence, du ton dont un médecin parlerait d'un guérisseur.

— Bon, alors sondez-moi vous-même, vous verrez.

— Ne vous énervez pas. Si vous êtes paranoïaque, je pourrai sans doute faire quand même quelque chose pour vous. Un Maître Sondeur, entre autres, s'y connaît en psycho-psi. Mais on n'a pas parlé de mes honoraires.

— Vous êtes trop cher pour moi. Je n'ai pas beaucoup d'argent. Je trouve bien du travail, mais jamais pour très longtemps. Je suis obligé de fuir sans cesse. « Ils » ne sont jamais loin derrière moi.

— Je vois. (Colmer l'étudia pendant une minute.) Eh bien, comme je n'ai rien d'autre en train pour le moment, je peux aussi bien m'occuper de vous. Mais si vous dites à qui que ce soit que je travaille pour rien, je démens, naturellement.

— Naturellement, acquiesça Bryl.

Colmer le sonda.

Ce fut fait en moins d'une minute — une ouverture rapide de l'esprit de Colmer, absorbant, aspirant l'autre. Pour le spectateur non initié, juste un long regard vide.

Puis Colmer se renfonça dans son siège, se caressant le menton, et tendit la main vers le vin.

— C'est vrai, effectivement. Comme c'est étrange !

Bryl sourit.

— C'est ce que disent les sondeurs de la police. Mais *pourquoi* ? *Pourquoi* sont-ils après moi ?

— Si vous ne le savez pas, je ne peux pas le savoir non plus, à moins de sonder l'un d'eux. Vous avez une barrière, au fait.

— Une barrière ?

— Un blocage, si vous préférez. Vos souvenirs remontent jusqu'à il y a cinq ans et quelques mois, et après, on saute directement à votre adolescence. Qui est assez lointaine, d'ailleurs. Vous avez certainement eu des rajeunissements. Il y a un grand trou dans votre tête. Quelqu'un vous a mis un bel écran là-dedans, pour une raison ou pour une autre.

Soudain, Bryl eut l'air effrayé.

— Je sais. Je pense que c'est *eux* qui l'ont mis. Je dois savoir quelque chose, quelque chose d'important, alors ils m'ont pris mes souvenirs. Mais ils doivent avoir peur que je retrouve la mémoire, alors ils veulent me tuer. C'est ça, non ?

— Non, il est impossible que ce soit aussi simple. S'il s'agissait juste de criminels, la police ne les laisserait pas tout le temps partir. C'est ce qu'elle fait pourtant, et pas qu'une fois. Sur Newholme, sur Baldur, sur Ciel d'argent. Vous en avez fait, des voyages ! Je vous envie.

Colmer sourit. Mais Bryl, lui, ne souriait pas.

— Des voyages ! Des fuites, vous voulez dire. Vous ne m'envieriez pas si vous aviez à les vivre. Ecoutez, Colmer, je vis dans un état de terreur constante. Chaque fois que je regarde derrière mon épaule, je me demande s'ils vont être là. Et, quelquefois, ils y sont.

— Oui, j'ai vu ces moments-là. La fois où la grosse était assise dans votre appartement quand vous êtes entré. Et le type qui vous attendait à l'astroport, quand vous êtes revenu de travailler aux docks orbitaux. Et la blonde qui vous a suivi tout le temps du carnaval. Très vivants, ces souvenirs, à donner le frisson.

Bryl le regardait fixement, l'air bouleversé.

— Bon sang, comment pouvez-vous parler comme ça ? Vous êtes d'une insensibilité !

— Il faut bien, je suis Sondeur.

— Qu'est-ce que vous pouvez me dire d'autre ?

— Ils travaillent ensemble, tous les trois, mais ça, vous le savez, n'est-ce pas ? La blonde est télépathe, c'est comme ça qu'elle vous suit. L'homme la protège. Quant à la grosse... je ne sais pas. Elle est très étrange, avec son sourire d'idiote. Je ne saisis pas son rôle. Mais elle vous terrifie, semble-t-il.

Bryl eut un frisson.

— Si vous l'aviez vue, vous comprendriez. Elle est énorme. Blanche et bouffie, comme une grosse larve. Et ce sourire, nom de Dieu, ce sourire qu'elle me fait ! Je ne sais jamais quand elle va surgir. Cette fois-là, sur Newholme, quand j'ai ouvert la porte et que je l'ai vue assise là, qui me souriait, c'était... c'était comme de trouver de la vermine dans un plat dont on a déjà mangé la moitié. C'était horrible !

— Vous êtes convaincu qu'elle va vous tuer, je ne sais pas pourquoi. S'il y en a un qui doit vous tuer, ce serait plus logique que ce soit l'homme. Il est grand et fort. Et vous avez vu qu'il est armé ?

Bryl hocha la tête.

— Oui, je sais, mais ce ne sera pas lui. Ce sera *elle*, je le *sais*. C'est pour ça qu'elle me sourit toujours.

— Vous pourriez acheter un fusil et les tuer, vous savez.

Bryl le regarda.

— Je... je n'y ai jamais pensé.

— C'est vrai. Mais c'est bizarre, vous ne trouvez pas ?

— Si. Mais j'en serais incapable, de toute façon. Je ne suis pas un violent.

— Vous êtes très violent, au contraire. Mais je suis d'accord. Vous ne pouvez pas employer la force contre eux, pour une raison inconnue, même de vous.

Bryl s'agita nerveusement.

— Pouvez-vous m'aider ? Avant qu'ils ne me trouvent ?

— Peut-être, oui. Mais ils vous ont déjà trouvé. La blonde vient d'entrer dans le restaurant. On lui donne une table.

Bryl sursauta et se retourna vivement. A l'autre bout du plancher de bois nu, le maître d'hôtel escortait une belle jeune femme blonde à sa table. Bryl la regardait bouche bée.

— Mon Dieu, ils ne me laissent pas en paix, s'exclama-t-il.

Et soudain, il se leva et s'enfuit, s'enfuit en courant loin de *La Bourgeoise*. La blonde ne lui jeta même pas un regard.

Colmer le regarda partir, puis jeta un coup d'œil dehors par le hublot. Bryl aurait encore plus peur en arrivant sur le quai. Enorme et grasse, la fille au sourire d'idiote était assise en bas, au bord de la jetée, regardant décharger les bateaux de pêche.

« Quelle mise en scène », se dit Colmer.

On lui apporta juste à ce moment-là un grand plat de frai azuré au fromage. Mais il se leva.

— Je vais rejoindre madame, dit-il au serveur en lui montrant la table, apportez-moi ça là-bas.

Il traversa la salle et s'assit, tandis que le serveur le suivait et posait le plat devant lui.

La blonde leva les yeux.

— Vous êtes Adrien Colmer, dit-elle, j'ai entendu parler de vous.

— Tutt-tutt! On sonde sans permission? Ce n'est pas bien, ça, ma petite dame. Mais je vous pardonne. Je suis sûr que vous n'avez pas obtenu grand-chose. Mes défenses sont très bonnes.

— C'est vrai, répondit-elle en souriant. Il était inévitable qu'il finisse par aller voir un Sondeur privé, je suppose. Qu'est-ce que vous avez découvert?

— Tout ce qu'il sait, et assez pour vous faire arrêter, à moins que vous ne vous expliquiez.

— Il nous fait arrêter de temps en temps, mais la police nous relâche toujours. Allez-y, sondez, n'hésitez pas.

— Vous ne résisterez pas?

— Non, c'est un honneur pour moi.

Colmer sonda.

Il n'alla pas très profond. Après tout, c'était un Talent qu'il sondait. Juste en surface, mais ce fut assez. Après quoi il se recula en clignant rapidement des yeux, perplexe.

— Bizarre... bizarre, comme c'est bizarre. Alors, c'est lui qui vous a engagés?

— Il ne s'en souvient pas, naturellement, ça fait partie du marché. Mais nous avons tous les papiers, tout ce qu'il faut pour convaincre la police chaque fois qu'on nous arrête. Et la police ne peut rien lui dire, c'est prévu aussi dans le contrat. Sinon, ça détruirait le blocage et il nous ferait le procès du siècle.

— Edouard Bryllanti, murmura Colmer, l'air songeur. Oui, le nom me dit quelque chose. Avec l'argent qu'il a, il pouvait se payer ça. Ce que je voudrais savoir, c'est pourquoi il a *voulu* ça, cette vie de terreur, cette fuite constante...?

— C'est lui qui l'a voulu, qui a tout organisé. C'est même lui qui a choisi Freda. C'est une faible d'esprit, naturellement, complètement bouchée. Il faut qu'on la prenne par la main pour la mettre là où il doit la voir.

Mais il y a quelque chose en elle qui le terrifie. Alors il a voulu qu'elle soit de la partie, pour qu'il soit constamment sur le qui-vive.

Colmer commença à manger, mastiquant lentement, pensivement.

— Je n'y comprends rien, finit-il par admettre, entre deux bouchées.

La jeune femme sourit.

— Vous n'avez pas sondé assez loin, je vois. Moi, je comprends. Vous n'avez pas trouvé? Dites-moi, ne vous est-il jamais arrivé de vous demander si tout cela valait la peine? De vous dire tout d'un coup que la vie est vide et inutile? (Colmer continua à mastiquer, le regard fixe.) Ça arrivait à Bryllanti plus souvent qu'à la plupart des gens. Il est allé voir des psycho-psi, des Sondeurs, tout ça sans résultat. Alors il a fait ça. Et maintenant, il ne se pose plus de questions. Il vit chaque jour à fond, parce qu'il se dit que c'est peut-être le dernier. Il a constamment des émotions, il a toujours peur, et il n'a jamais le temps de se demander si la vie vaut la peine d'être vécue. Il est trop occupé à rester en vie. Vous voyez, maintenant?

Colmer, continuant à la regarder d'un œil fixe, se sentit soudainement glacé. Le poisson dans sa bouche avait un goût de sciure mouillée.

— Mais il la passe à fuir, sa vie, finit-il par dire. Elle est vraiment vide. Une fuite, une fuite insensée, pris dans un engrenage qu'il a lui-même construit.

La jeune femme soupira.

— Vous me décevez. Je m'attendais à plus de perspicacité de la part d'un Maître Sondeur. Vous ne comprenez donc pas? Nous en sommes tous là. Nous passons *tous* notre vie à fuir.

Après ça, Colmer baissa ses tarifs, pour avoir plus de clients. Mais ça n'empêche pas le vague à l'âme de revenir souvent.

Chicago
Juin 1973

ÉQUIPE DE NUIT

Dennison enfila sa carte dans la pointeuse du bureau et attendit. Il y eut un bruit sourd, et la machine recracha sa carte, qu'il reprit d'un geste vif pour la ranger avec les autres cartes de l'équipe de nuit. Puis il sortit du bureau et passa sur le dock de chargement.

C'était une vraie fournaise. Le bureau, pustule de plastique plaquée sur le dock circulaire surélevé, était climatisé. Mais pas l'aire de chargement. Le sol de béton, martelé pendant de longues heures par le soleil d'août, se vengeait en irradiant à son tour sa chaleur.

Dennison commençait à plaindre de tout son cœur les pauvres diables obligés de travailler là dans la journée, quand un des pauvres diables, le contremaître, McAllister, s'avança vers lui, ses feuilles de contrôle à la main.

— Y a eu du boulot? demanda Dennison.
— Ouais, et t'en auras encore plus. Ce bon Dieu de Y-324 a plus d'une heure de retard. Je m'en plains pas, remarque, du coup, c'est toi qui te feras suer dessus.

Dennison feuilleta rapidement les papiers que lui tendait McAllister, puis jeta un coup d'œil sur le dock. Six des dix postes d'amarrage qui bordaient le grand cercle de béton étaient occupés. Les flancs rebondis et décolorés des vaisseaux spatiaux formaient un cercle irrégulier autour du dock, leurs cales ouvertes presque cachées par les énormes conteneurs et les caisses empilées devant.

— Comment ça se fait que le P-22 ne soit pas encore chargé? demanda Dennison, feuilletant ses papiers pour trouver le bon. Le départ est prévu pour 6 heures, je vois. Dans une heure, Mac. Et il n'a pas l'air d'être seulement à moitié chargé.

McAllister haussa les épaules.

— Un des gros Ivan est en panne. On n'en a plus que deux. Et y sont vachement gros, les conteneurs à charger sur le P-22. Les petits Ivan ne peuvent pas faire ça.

— Merde! grogna Dennison. Et naturellement, la réparation n'est pas faite, alors c'est moi qui vais avoir les embêtements. (Il regarda le P-22 d'un air dégoûté.) Merde! jura-t-il de nouveau.

— T'en prends pas à moi, mon vieux. C'est pas moi qui l'ai détraqué, ce bon Dieu d'Ivan. D'ailleurs vous autres du service de nuit, vous avez la vie facile. Vous commencez à 5 heures, juste quand il se met à faire frais. Pas de patron au bureau pour vous emmerder. Moins de trafic le plus souvent. Vous pouvez bien avoir quelques embêtements de temps en temps.

— Ouais, tu parles. Ecoute, Mac, j'ai fait le jour pendant des années. Les nuits ne sont pas plus faciles. Et quand j'étais de jour, je m'abstenais de passer mes problèmes à l'équipe de nuit. Je les réglais moi-même.

— Bon, alors règle celui-là, fit McAllister en tournant les talons en direction du bureau. Moi, je rentre chez moi me prendre une bière.

Dennison le suivit dans le bureau, les feuilles à la main. Comme d'habitude, ses hommes s'étaient attardés dans la petite pièce, profitant jusqu'au tout dernier moment de la climatisation. C'était interdit par le règlement, les dockers ne devaient pas rester dans le bureau, à moins d'y avoir affaire, mais ils y étaient tout le temps. Le chef de bureau partait à 17 heures, et les quelques gratte-papier qui restaient s'en foutaient complètement.

McAllister fronça les sourcils en voyant les hommes de l'équipe de nuit, se fraya un chemin parmi eux et monta dans l'ascenseur qui devait le ramener au garage souterrain. Dennison, lui, s'arrêta sur le seuil du bureau.

— Bon, annonça-t-il, un des gros Ivan est en panne et on a un départ dans une heure, alors il va falloir en mettre un coup. Tony et Dirk, mettez-moi les deux autres gros Ivan à charger les conteneurs dans le P-22. Toi, Baz'enhau, j'ai un mot à te dire. (Il s'arrêta un instant pour feuilleter ses papiers, puis poursuivit :) Mettez les petits Ivan au déchargement du K-918. Les manœuvres, vous commencez à charger le K-490.

Un à un, traînant les pieds, les hommes passèrent sur le dock. Dennison leva le nez de ses papiers.

— Et bon sang, vérifiez le numéro de la cale avant de commencer ! Je sais bien que tous les vaisseaux spatiaux se ressemblent, mais ce n'est pas une raison pour se tromper de chargement.

Le dernier à passer était un petit Noir ratatiné, vêtu d'une combinaison d'une propreté impeccable. Il s'arrêta devant la porte et regarda Dennison d'un air interrogateur.

— Alors, qu'est-ce qu'il y a ? demanda-t-il.
— Je n'ai plus que deux Ivan, Baz'enhau, mais j'ai trois opérateurs. Alors il faut que je te trouve quelque chose d'autre à faire.

Le petit homme sourit.

— Je suis un peu vieux pour faire l'homme de peine, non ? J'ai presque l'âge de la retraite. D'ailleurs, je suis le meilleur opérateur que vous ayez. Pourquoi on mettrait pas plutôt Tony au repos ?

— Ce n'est pas à l'équipe de manœuvres que je pensais, répliqua le contremaître, j'ai une autre idée. On n'aura jamais fini de charger ces conteneurs à bord du P-22 avec seulement deux gros Ivan. Mais je pense qu'ils ont encore quelques vieux chariots élévateurs en bas dans les magasins. Tu crois que tu saurais encore en manœuvrer un ?

— Pensez donc ! Et comment ! C'est pour ça qu'on m'a surnommé Baz'enhau ! J'en ai conduit pendant des années, avant qu'ils aient seulement l'idée de fabriquer des Ivan. Rien de plus facile.

— Parfait. Alors descends voir si tu peux en trouver un qui marche encore. Un gros, qui puisse charger ces conteneurs sur le P-22. Mets-le sur un des monte-charge du dock pour l'amener jusqu'ici.

Baz'enhau hocha la tête et prit la direction de l'ascenseur. Mais il s'arrêta à mi-chemin.

— Et l'essence ? fit-il.

— Hein ?

— L'essence. Ces vieux chariots marchent à l'essence, pas sur piles comme les Ivan. Où est-ce que je fais le plein ?

Dennison était perplexe. Il regarda Marshall, le dispatcher de nuit, qui suivait la conversation, affalé devant son pupitre de commande. C'était un type mince, qui avait l'air aseptisé.

— T'as une idée, Marsh ?

— Euh... fit pensivement l'interpellé, aucun de nos camions ne marche à l'essence. Mais je crois qu'un ou deux de nos clients ont encore quelques vieux modèles. Il pourrait peut-être leur en emprunter. (Il eut un geste vague.) En siphonnant, par exemple.

— C'est ce qu'on a de mieux à faire, convint Dennison. On n'y arrivera jamais rien qu'avec les deux gros Ivan. Il devrait y avoir quelques camions en bas maintenant, en train d'emmener la cargaison du K-918. Regarde voir s'il y en a qui sont à l'essence, si tu peux trouver un chariot qui fonctionne à peu près.

Baz'enhau hocha de nouveau la tête et disparut dans l'ascenseur, laissant Dennison seul avec les deux types du bureau. La salle avait l'air vide, même avec le bureau du chef éteint et fermé à clef, car le jour, le personnel était beaucoup plus nombreux que la nuit, et il y avait beaucoup de chaises et de tables de travail inoccupées.

Marshall donnait de nouveau toute son attention au grand pupitre de commande de l'ordinateur et ses doigts volaient sur les touches avec la facilité que donne une longue habitude. L'équipe de nuit, en fait, n'avait pas de chef, mais c'était bien Marshall qui dirigeait la boutique. Dennison ne s'occupait que du chargement et du déchargement. C'était Marshall qui suivait le mouvement des vaisseaux spatiaux, qui savait que telle cargaison devait être transbordée, que telle autre, que les camions attendaient au bas du monte-charge, devait être déchargée, que telles marchandises devaient être chargées à bord de tel astronef.

— Qu'est-ce qu'on attend, ce soir ? lui demanda Dennison en regardant le pupitre par-dessus son épaule.

Le dispatcher répondit sans lever les yeux.

— Deux arrivées. Le Y-324 est en retard, il peut arriver d'un instant à l'autre maintenant. Et une autre prévue pour 21 heures. Le seul départ est celui du P-22, si bien qu'il ne devrait pas y avoir trop de bousculade. Il y en a aussi deux autres qui partent demain à la première heure.

— Alors il faut qu'on finisse aussi de les charger cette nuit. (Dennison vérifia ses papiers pour s'assurer qu'il avait bien le bon numéro.) O.K. très bien.

Il se retourna, fit un signe de tête distrait à l'autre occupant du bureau, un jeune étudiant trop gros au visage rond et rose, qui avait été embauché pour l'été pour remplir les manifestes interplanétaires et autres paperasses. Il n'était là que depuis une semaine et Dennison n'arrivait pas à retenir son nom. Il lui rendit son signe de tête et le contremaître passa sur l'aire de chargement.

La chaleur de la fin d'après-midi faisait danser l'air, et le soleil brûlait encore la vaste étendue de béton blanc. La seule ombre était celle que faisait, à chaque poste d'amarrage occupé, la pile de marchandises en attente.

Il y avait du mouvement autour de trois d'entre eux, mais pas vraiment de l'animation. Par un temps pareil, personne ne travaillait bien dur avant le coucher du soleil, et Dennison ne faisait pas exception.

Le contremaître se dirigea lentement vers le poste 4, où une douzaine de petits Ivan vidaient rapidement le K-918. Les machines grises, courtaudes sur leurs chenillettes, allaient et venaient de la cale ouverte au dock, leurs faisceaux tractifs soulevant et portant les conteneurs pour les empiler sur un monte-charge, grande dalle de béton qui descendrait ensuite au rez-de-chaussée où les camions attendaient leur chargement.

Dennison resta un moment à les regarder, aboyant quelques ordres pour activer le mouvement et engueulant l'un des opérateurs qui avait heurté la pile de conteneurs avec sa machine. Mais le travail était presque fini. L'équipe de jour avait déjà expédié plusieurs lots en bas. Dennison contrôla ses feuilles.

— Ce rafiot part demain matin. Quand vous aurez fini de le décharger, envoyez le chargement en bas. Ensuite, passez au K-06, et amenez tout le barda ici. Il doit être transbordé.

Puis il se dirigea vers le poste 6, en contournant le grand trou noir béant qu'avait laissé le monte-charge en descendant. Là, les choses allaient moins bien. Les deux gros Ivan étaient d'énormes engins, qui rappelaient un tank par la dimension comme par l'allure. Mais les conteneurs métalliques scellés à charger n'étaient pas moins imposants. Même avec les batteries de réserve donnant le maximum de puissance aux faisceaux tractifs, chaque Ivan ne pouvait en manipuler qu'un à la fois.

Dennison, qui avait vaguement envisagé de mettre les petits Ivan à charger le P-22 en équipe, y renonça après avoir examiné la situation un instant. Il se rendit compte que ça ne marcherait jamais. Plusieurs faisceaux de machines légères n'auraient pas la puissance d'un seul faisceau de gros engin, tout simplement parce qu'il était difficile de les coordonner. Pour obtenir un résultat, il fallait absolument lever et tirer les conteneurs en même temps et dans la même direction. Avec deux, c'était à la rigueur possible. Avec six, ce serait le chaos. Et des conteneurs de cette taille, et de ce poids, il fallait au moins six petits Ivan pour les remuer.

Tony et Dirk poussaient leurs machines autant qu'ils pouvaient, mais en vain. Le chargement était trop gros. Avec un haussement d'épaules fataliste, Dennison poursuivit sa ronde.

Le poste 1 était juste en face du 6, de l'autre côté du dock circulaire, et Dennison dut donc traverser la moitié de l'aire de chargement pour y arriver. Comme d'habitude, l'équipe de manœuvres flemmardait.

Les marchandises empilées devant le K-490 étaient un vrai bric-à-brac. Il y avait une montagne de petites caisses de bois, quelques sacs de courrier, pas mal de lourdes malles et tout un assortiment de paquets de toutes les tailles et de toutes les formes. Le contenu des caisses et des paquets devait être tout aussi varié, du déménagement complet à l'unique appareil ménager.

C'était à cause de chargements comme celui-là qu'il y avait encore des dockers — des choses trop petites, trop légères ou trop variées pour qu'il soit rentable de les manipuler avec des Ivan. La conteneurisation avait considérablement réduit les besoins en main-d'œuvre non qualifiée sans l'éliminer complètement, et les dockers faisaient encore mieux ce genre de travail que les Ivan, et pour moins cher.

— Cirelli! appela Dennison en s'approchant de la cale.

L'interpellé sauta en l'air et manqua de renverser la caisse sur laquelle il était assis.

— Magne-toi le cul, continua le contremaître, il faut que le chargement soit fini cette nuit.

— Euh, oui, bon, vous fâchez pas, marmonna Cirelli.

Chargeant une caisse, il se dirigea vers l'astronef. Plusieurs de ses collègues surgirent de recoins dans le labyrinthe de caisses portant chacun plusieurs colis. Dennison se demanda combien ils en avaient porté avant de l'entendre crier.

Comme Cirelli pénétrait dans la cale, un autre homme en sortit. Il se dirigea vers Dennison, souleva l'une des caisses et repartit. Après quelques pas, il s'arrêta, puis se retourna, avec un sourire en coin.

— Dites donc... euh... qu'est-ce qu'il y a là-dedans ?

Dennison vérifia le numéro du chargement sur la caisse et compara avec sa feuille.

— Un machin qui s'appelle « Cass' Graine », un truc à casse-croûte, sans doute.

L'autre eut à nouveau un sourire en coin.

— Ouais, on dirait, fit-il avant de repartir et de disparaître dans la cale.

Quelques secondes après, on entendit un grincement suivi d'un craquement de bois, puis une tête se montra dans l'ouverture de la cale.

— Euh... patron... j'ai laissé tomber la caisse. C'est bête, hein ? Tout est par terre.

Il souriait toujours. Dennison lui rendit son sourire.

— Un instant de distraction, sans doute ? Bon, on ne peut pas l'envoyer en petits morceaux. Donne une ou deux boîtes à chacun des autres et ouvre le reste pour le bouffer ici. Et mets-moi aussi une ou deux boîtes de côté.

L'homme fit un signe de tête affirmatif et Dennison repartit vers le poste 6 et son casse-tête du P-22. Ça allait encore moins vite qu'il ne pensait. Hochant la tête d'un air sombre, Dennison dit à Tony d'accélérer un peu et passa au poste 4.

Le déchargement du K-918 était presque fini, aussi Dennison envoya-t-il la moitié des petits Ivan au poste 2 pour commencer à débarquer la cargaison du K-06 et l'amener vers l'astronef vide. Tandis qu'il regardait les autres décharger les derniers conteneurs, le même opérateur que l'autre fois heurta de nouveau une pile de petits conteneurs, qui dégringolèrent tous sur sa machine.

Dennison, arrivant juste au moment où l'engin sortait de dessous la pile de conteneurs, faillit se faire renverser. La cabine de plastique avait protégé l'opérateur, mais il avait été secoué.

Dennison leva le toit de la cabine et le secoua un peu plus.

— Qui est-ce qui t'a fait croire que tu pouvais conduire un Ivan? finit-il par demander quand il fut à court d'injures. C'était un sacré farceur, dis-moi.

L'opérateur, un jeune d'une vingtaine d'années à l'air maussade, descendit de sa machine.

— Y a que quinze jours que je fais ça, avant j'étais dans l'équipe de manœuvres.

— Eh bien, tu vas y retourner. Va au poste 1. Tu pourras essayer de nouveau quand j'aurai le temps de te surveiller, mais ce soir je suis trop occupé.

L'autre lui lança un regard furieux et s'éloigna à grands pas en haussant les épaules. Dennison grimpa dans la machine, mit ses papiers à côté de lui, rabaissa le toit d'un coup sec et se mit au travail.

En revenant de son troisième voyage, il faillit, lui aussi, avoir un accident. Il était en train de poser un conteneur au sommet d'une pile bancale quand une pétarade assourdissante éclata derrière lui, le faisant sursauter. Le conteneur vacilla et la pile se mit à pencher.

Mais Dennison se reprit rapidement. Manœuvrant habilement le faisceau, il redressa la pile et posa son conteneur au sommet. Puis, passant dans l'étroit goulet formé par deux énormes tas de conteneurs, il conduisit son petit Ivan dans un espace dégagé, coupa le contact et descendit.

Baz'enhau avait trouvé son chariot élévateur.

La vieille machine, rugissant et hoquetant, tournait

en rond devant le P-22, Baz'enhau perché sur le siège, arborant un sourire d'idiot. Elle était énorme, pas aussi large ni aussi lourde que les Ivan, mais plus haute. Les gros pneus, usés presque jusqu'à la corde, étaient déjà imposants à eux seuls, et le bras placé à l'avant de la carcasse jaune avait l'air assez fort pour soulever à la fois un gros Ivan et son chargement.

Le travail était pratiquement arrêté sur l'aire de chargement et une foule de spectateurs enthousiastes faisait cercle autour du P-22. Fascinés par cette espèce de vieux tacot, les hommes se relayaient pour crier commentaires ironiques et conseils à Baz'enhau.

Souriant malgré lui, Dennison s'avança, se frayant un chemin dans la foule.

— Allez, retournez au boulot, dit-il.

Baz'enhau arrêta sa machine d'un coup de frein brutal et les hommes commencèrent à s'éloigner. Dennison donna un coup de pied dans un des pneus et s'exclama, en hochant la tête :

— Bon Dieu, je ne savais pas que ces foutus engins étaient si gros.

Baz'enhau caressait amoureusement le volant.

— Si. Comme ils n'avaient pas de faisceaux tractifs à l'époque, il leur fallait de la puissance. Ça, c'est le grand modèle, pour travaux à l'extérieur surtout, et ils en ont construit bien moins que des petits, qu'on utilisait dans les entrepôts, mais ça devrait faire l'affaire quand même.

Dennison passa la main sur la carrosserie, faisant s'écailler la peinture jaune sale.

— Espérons. Est-ce que le bras marche ? Le silencieux, en tout cas, est foutu.

Baz'enhau sourit et tira un levier fixé au plancher de la cabine. On entendit un grincement sinistre, mais le chariot s'inclina et le bras commença à s'élever.

— Ça marche, oui, seulement...
— Seulement quoi ?
— C'est fait pour travailler avec des palettes, ces

trucs-là. Il faut d'abord glisser les dents de la fourche sous le conteneur avant de pouvoir le soulever.

Dennison se retourna et regarda autour de lui. Il fit signe à l'un des petits Ivan du poste 4, qui s'approcha dans un grondement sourd. Dennison expliqua à l'opérateur ce qu'il voulait qu'il fasse. L'homme fit signe qu'il avait compris et fit avancer doucement sa machine.

Le faisceau balaya l'espace et se fixa sur l'un des gros conteneurs du P-22. Un coup sec, et le conteneur pencha bizarrement de côté avant de s'immobiliser. Il n'était soulevé que d'une trentaine de centimètres, mais c'était suffisant.

Baz'enhau sourit de nouveau et passa en marche arrière. Il recula de quelques pas, s'arrêta, puis abaissa les dents de sa fourche comme un taureau qui s'apprête à charger et avança lentement vers le conteneur. Les dents se glissèrent adroitement sous le conteneur et se redressèrent, tandis que le faisceau du petit Ivan relâchait son étreinte. Baz'enhau manœuvra à nouveau son levier et la fourche remonta, soulevant le lourd conteneur.

— Ça va, dit Dennison avec un sourire. Charlie, tu restes ici pour aider Baz'enhau.

L'homme acquiesça et Baz'enhau remit sa machine en marche et fonça vers la cale du P-22 dans un bruit d'enfer, le conteneur balançant sur les dents de la fourche.

Retournant vers le petit Ivan qu'il avait manœuvré, Dennison y récupéra ses feuilles, puis alla chercher un des dockers qui travaillaient au chargement du K-490 pour lui confier la machine pour le reste de la nuit. Il le regarda un moment pour être sûr qu'il savait s'y prendre et enfin, satisfait, regagna le bureau.

C'était agréable d'être dans une pièce climatisée. Il faisait encore chaud dehors et Dennison commençait à transpirer. Le soleil descendait sur l'horizon mais n'était pas encore couché.

Il y avait un troisième homme dans le bureau, en train de boire une tasse de café, assis sur une table. Sa combinaison, bleu ciel au lieu d'être grise comme celle de l'équipe de Dennison, montrait que c'était un pilote. Dennison le connaissait. Ce n'était pas la première fois qu'il faisait escale. Lui adressant un signe de tête poli, il se dirigea vers le distributeur d'eau.

— Je devrais être parti d'ici un quart d'heure, dit l'homme en regardant sa montre. Ce sera possible ?

— Pas moyen, répliqua Dennison en secouant la tête. (Il s'interrompit pour boire, remplit de nouveau le gobelet et le but.) J'ai trois hommes dessus maintenant, ça devrait accélérer les choses. Mais il y aura quand même du retard. Trois quarts d'heure, une heure peut-être.

— Merde ! dit l'autre.

Toutefois il ne semblait pas tellement ennuyé et continuait à siroter son café. Dans son coin, l'étudiant leva le nez de ses manifestes, l'air intéressé.

— Où est-ce que vous allez ?

— La Ceinture. Cérès, puis deux autres escales.

— Qu'est-ce que vous avez comme chargement ?

— Euh... des machines, pour l'exploitation minière, je crois. Quelque chose comme ça. Hein, Denny ?

— Ouais, fit Dennison après avoir vérifié.

Le pilote approuva de la tête.

— C'est toujours ça, pour la Ceinture. Qu'est-ce que vous voulez qu'ils envoient d'autre, là-bas ?

— Eh bien, des tas de choses, dit l'étudiant. Je surveille un peu les manifestes, si j'ose dire, depuis que j'ai commencé, lundi. C'est intéressant. Si vous saviez tout ce qu'ils envoient ! Mardi, il y avait un lot de radiateurs d'appoint pour la station de recherche de Mercure. Vous vous rendez compte ? Des radiateurs pour Mercure ! (Il se mit à rire.)

Le pilote n'avait pas l'air de trouver ça drôle et lui jeta un regard bizarre avant de se retourner vers Dennison.

— Dites à vos gars de se grouiller. J'ai quatre jours de voyage devant moi et je ne voudrais pas encore rallonger.

L'étudiant était de nouveau penché sur ses manifestes.

— Quatre jours, dit-il, sans lever les yeux cette fois-ci. Ça doit être fascinant. Tout seul dans votre astronef, au milieu des étoiles et de l'espace infini.

Le pilote descendit de sa table et finit son café.

— C'est un boulot comme un autre, répondit-il en passant devant Dennison pour se rendre sur l'aire de chargement.

Marshall, qui avait continué de s'occuper de son ordinateur, indifférent à la conversation, détourna enfin les yeux de son pupitre.

— Finis le manifeste du P-22, Greg, dit-il à l'étudiant.

Celui-ci le regarda et fit oui de la tête.

— Facile, dit-il en prenant un paquet de fiches devant lui et en les mettant dans la chemise du manifeste. Ce n'est rien du tout, ces gros chargements avec un seul lot. C'est les kyrielles de petits trucs qui me font gourer.

Il montra la pile de fiches en vrac devant lui et Dennison sourit, compréhensif. Il fallait autant de paperasseries pour un petit colis de chocolats que pour douze tonnes d'excavatrices, si bien que les chargements variés qui fournissaient du travail aux dockers étaient aussi le cauchemar des employés de bureau.

— C'est celles du K-490? demanda Dennison en désignant les fiches d'un mouvement de tête.

— Pour le cargo qui part pour Mars. J'ai oublié le numéro. Il fait escale à Bradbury et à Burroughsville. Il transporte toute une camelote.

Dennison regarda ses feuilles.

— Ouais. Le K-490 va sur Mars. C'est bien celui-là, dit-il.

A l'autre bout de la pièce, Marshall regardait l'étudiant, l'air contrarié.

— Comment peux-tu oublier le numéro ? s'énerva-t-il. C'est le numéro qui est important, bon sang ! Ça ne m'étonne pas que tu sois si lent, si tu passes ton temps à éplucher les manifestes pour voir la destination !

Quittant son pupitre, il avança vers lui à petits pas, les sourcils froncés. Penché sur lui, il continua, tapant à chaque fois une fiche du doigt.

— Regarde, je t'ai montré comment faire lundi. Chaque fiche représente une cargaison. Tu n'as qu'à regarder là pour trouver le numéro. Tu sais à quel astronef ça correspond. S'il n'y a pas de numéro, tu regardes là (*tap*) ou là (*tap*.) Dans cet ordre-là. Tu as assez flanqué la pagaille comme ça mardi en regardant au mauvais endroit. Tu as séparé deux cargaisons de leur manifeste. Dieu sait le bordel que ça doit être. Et une fois que tu as trouvé l'astronef, tu vérifies le poids, les heures et le paiement sur l'ordinateur.

Il n'arrêtait plus. Le petit étudiant avait pris un air de martyr et contemplait ses fiches d'un œil morose. Dennison ressortit.

Il commençait à faire un peu plus frais. La montagne de conteneurs à charger sur le P-22 diminuait à vue d'œil et l'on entendait le grondement des gros Ivan et le vrombissement du chariot qui s'activaient. Mais ce n'était pas de sitôt que les cales pourraient être refermées et que l'astronef pourrait passer de l'autre côté du port pour le décollage. Les petits Ivan, pendant ce temps, transbordaient la cargaison du K-06 dans le K-918.

Prenant le visiphone monté à l'extérieur du bureau, Dennison poussa le bouton pour appeler la tour de contrôle. Marshall, naturellement, avait déjà réservé un créneau de départ pour le P-22, mais Dennison devait demander les énormes Super-Ivan nécessaires pour haler l'astronef hors de l'aire de chargement, avec leurs faisceaux tractifs géants.

Après avoir réglé ce problème, Dennison bavarda un moment avec le contrôleur de nuit du port de marchandises. Il était près de 6 heures quand il raccrocha pour aller de nouveau secouer un peu les dockers du K-490. Il y avait partout des sacs de cellophane de Cass' Graine, pleins, à moitié vides ou tout à fait vides, et le sol était jonché des débris de ceux que les hommes avaient écrasés sous leurs pieds.

Dennison surprit encore Cirelli en train de flemmarder et l'engueula puis, posant ses feuilles, il se mit à charrier les caisses avec ses hommes. Ils avaient fabriqué une sorte de panier pour mettre les Cass' Graine, l'avaient fixé juste à l'intérieur de la porte de la cale et se servaient au passage. Dennison trouva que c'était un peu trop salé, mais sinon assez bon.

Il s'arrêta vers 18 h 45 pour reprendre sa tournée. Le travail était presque fini sur le P-22. Il ne restait plus que quelques conteneurs à charger. Le pilote attendait impatiemment, ses manifestes à la main, tandis que les gros Ivan et le chariot de Baz'enhau chargeaient les dernières marchandises à bord. En bas, Dennison entendait vrombir les Super-Ivan qui attendaient de pouvoir haler l'astronef vers le poste de décollage.

Le contremaître feuilleta de nouveau ses papiers. Il n'y avait rien d'urgent avant l'arrivée du Y-324, et il pouvait donc faire ce qu'il voulait des gros Ivan d'ici là. Le mieux serait sans doute d'en mettre un à aider les petits Ivan à charger le K-918, pour être sûr que tout soit fini et bouclé avant le matin. L'autre, il pouvait l'envoyer, avec le chariot, commencer à décharger le D-3, au poste 10, et transporter la cargaison au poste 5, qui était vide. Rien d'urgent, encore une fois, puisque le cargo qui devait prendre les marchandises n'arriverait pas avant le début de la semaine, mais ça les occuperait en attendant l'arrivée du Y-324.

Satisfait, il donna ses ordres à Dirk, Tony et Baz'enhau et regarda fermer et remorquer le P-22. Puis, se dirigeant vers le K-418, il réquisitionna un petit Ivan et commença à faire la navette entre le poste 2 et le poste 4. Il fit à peine attention quand le P-22 décolla enfin, dans un embrasement qui se mêlait aux lueurs du soleil couchant, avec soixante-dix minutes de retard.

Il était un peu plus de 20 heures, et il faisait de plus en plus noir, quand il descendit de la cabine de son Ivan pour crier à son équipe de faire la pause pour manger. Il y avait une sonnerie, théoriquement, qui indiquait le début et la fin de la pause, mais elle marchait mal depuis plusieurs semaines.

Baz'enhau descendit de son chariot, sa combinaison impeccable à présent maculée de cambouis et de sueur.

— C'est mon tour aujourd'hui d'aller au ravitaillement chez Talbott, déclara-t-il. Vous voulez quelque chose ? Un sandwich ? Une bière ?

— Non, répondit Dennison en secouant la tête. J'ai apporté de quoi manger. (Il sourit.) Et je ne suis pas censé être au courant pour la bière. C'est contraire au règlement.

— Sans blague ! s'exclama Baz'enhau, faisant semblant d'être extrêmement choqué. De quelle bière vous parlez, patron ?

Et, clignant de l'œil, il disparut en direction de l'ascenseur.

Sur le chemin du bureau, Dennison s'arrêta pour allumer les lampes de nuit des docks. Marshall mangeait déjà quand il arriva, mais le petit étudiant avait disparu. Dennison récupéra sa boîte de casse-croûte dans le tiroir du bureau, où il l'avait mise de côté.

— Où est le jeune gars ? demanda-t-il à Marshall négligemment. Machin, euh... Greg, c'est ça ?

— Greg Masetti, dit obligeamment Marshall en désignant vaguement la porte de la main. Il est sorti pour aller manger quelque part là-bas, Dieu sait pourquoi. Il ne le sait pas encore, mais c'est sa dernière nuit.

Dennison avait ouvert sa mallette autochauffante et mâchait pensivement son sandwich au rosbif dégoulinant de sauce chaude. Il s'interrompit entre deux bouchées.

— Sa dernière nuit ? Mais il a seulement commencé

lundi. Ça ne fait qu'une semaine, bon sang! Donne-lui sa chance.

Marshall secoua la tête.

— Ecoute, on a un nouveau chef de station, et il veut absolument faire monter le rendement. Alors je ne peux pas faire l'imbécile. Le boulot n'est pourtant pas difficile, mais bon Dieu, tout ce qu'il fait, ce gamin, c'est rêvasser. Il va trop lentement, et quand j'essaie de le faire accélérer, il se trompe. Non, il ne peut pas rester. Il y en a des tas d'autres qui cherchent du travail pour l'été. On en prendra un lundi, qui soit mieux.

Dennison finit son sandwich, en entama un autre tout en picorant dans un sachet d'oignons frits chauds.

— Tu lui as dit? demanda-t-il.

— Non, et je n'en ai pas l'intention. Il pourrait piquer une colère et nous planter là comme ça. Je lui téléphonerai lundi matin, avant le boulot. Je lui dirai que les affaires ne vont plus tellement bien et qu'on ne peut plus s'offrir ses services.

Dennison fronça les sourcils, mais ne dit rien. Il finit ses sandwiches et son sachet d'oignons et but deux gobelets de chocolat avant de froisser la mallette jetable et de retourner dehors.

Baz'enhau venait juste de revenir, ce qui faisait que la plupart des hommes commençaient juste à manger. Mais quelques-uns, qui avaient apporté leur casse-croûte, avaient déjà fini. Il y en avait trois ou quatre, dans le coin près du bureau, en train de jouer aux dés. D'autres étaient affalés sur des caisses ou adossés à des conteneurs; ils somnolaient.

Dennison trouva le petit étudiant assis sur le quai, au poste 6, les jambes pendant dans le vide. Il avait posé à côté de lui le reste d'un sandwich synthétique gris assez peu appétissant et dont il n'avait mangé que la moitié.

Le contremaître se baissa pour ramasser le sachet en plastique.

« Le SYNwich, c'est tout SYMplement délicieux »,

lut-il en riant. Bon Dieu, petit, comment peux-tu bouffer cette cochonnerie ?

— Je ne peux pas, justement, dit le gros petit étudiant en désignant d'un geste les restes du « synwich » avec un léger sourire. (Son regard se dirigea de nouveau vers l'astroport.) C'est assez intéressant, comme boulot, dit-il après un long silence. Les manifestes sont barbants, mais j'aime bien travailler ici, près des astronefs. Il y a un parfum d'aventure, de mystère, en quelque sorte, vous voyez ce que je veux dire ?

— Non, pas du tout, répondit Dennison en fronçant les sourcils. Je n'ai jamais trouvé ça particulièrement passionnant. C'est un métier, et pas marrant. Suer sur des caisses et des paperasses dans les odeurs de pétrole, et voilà.

L'étudiant le fixa d'un œil curieux, puis se retourna vers l'astroport.

— Je crois que vous sous-estimez l'intérêt de cet endroit. Vous êtes à la croisée des routes du système solaire, ici. Tous les jours, il y a des astronefs qui vont et qui viennent, qui arrivent de tous ces endroits lointains que la plupart des gens ne verront jamais. Ces longues traversées glacées entre les planètes... ces cargaisons insolites ou ordinaires avec des douzaines de destinations diverses, dans tout le système solaire. Il en aurait des histoires à raconter là-dessus.

Dennison secoua la tête en souriant.

— Tu as lu trop de bouquins à l'école, petit. C'est un boulot morne et sans avenir pour les types comme moi qui n'ont pas été capables de faire mieux. Il n'y a rien d'excitant ni de romanesque là-dedans. L'aventure, c'est toi qui l'imagines. Il n'y a rien de plus monotone que l'espace. Demande plutôt aux pilotes.

— Monotone ? Pas du tout. C'est l'aventure par excellence, au contraire. Solitaire peut-être. Mais il y a une certaine beauté dans la solitude, quand c'est une solitude voulue. Vos astronefs sont les galions du

XXIᵉ siècle, et l'espace est l'équivalent moderne de la mer des Sargasses.

— Des galions... murmura Dennison. (Il sourit à cette idée bizarre, saugrenue.) Non, je vais te dire. Ces astronefs, ce sont...

A l'autre bout de l'astroport, un vrombissement assourdissant l'interrompit et une mince colonne de flammes illumina l'horizon. Au-dessus des flammes, descendant lentement, on voyait un gros cigare noir trapu.

Dennison et l'étudiant parlèrent presque en même temps.

— Titan, dit l'étudiant, le cargo de Titan.

— Le Y-324, dit Dennison, près de quatre heures de retard, bon Dieu !

A ce moment-là, la sonnerie capricieuse retentit et Dennison, regardant sa montre, vit qu'il était temps de reprendre le travail. Il alla chercher ses feuilles dans le bureau. L'étudiant traîna encore quelques minutes sur les docks, à regarder atterrir le cargo et s'approcher les Super-Ivan.

Les trois dernières heures de travail furent trépidantes. Le Y-324, qui faisait la ligne Titan-Vénus, avait pris beaucoup de retard et une cohorte de camions attendait impatiemment sa cargaison en bas, sans compter les marchandises pour Vénus qu'il fallait aussi charger. Aussi Dennison mit-il tout le monde au travail — gros Ivan, petits Ivan et chariot élévateur — dès que les Super-Ivan eurent remorqué l'astronef au poste 7. Il laissa cependant les dockers continuer à charger le K-490. Avec une cargaison conteneurisée, ils ne feraient que gêner.

Dès que l'astronef fut arrimé et ouvert, le pilote se précipita dehors, débitant un chapelet de jurons avec un fort accent martien.

— De la merde ! dit-il à Dennison une fois qu'il se fut un peu calmé. Un tas de merde volant, voilà ce que c'est, ce cargo ! Une épave ! Un danger public ! Depuis

Titan, il n'a pas arrêté de faire des siennes. Je veux bien être pendu si je le bouge d'un centimètre avant qu'on y ait fait des réparations. Il ne faut pas compter sur moi pour conduire ce machin sur Vénus dans l'état où il est.

Dennison haussa les épaules et continua son travail. Le pilote se rendit au bureau et répéta son discours à Marshall. Sans élever la voix, celui-ci fit simplement remarquer que le Y-324 était déjà en retard et que le pilote se ferait flanquer à la porte s'il ne finissait pas la traversée. On pourrait réviser l'astronef sur Vénus.

Ce fut un véritable exploit que de vider et de recharger le Y-324 avant que la sonnerie de minuit ne marque la fin du service de nuit, surtout qu'un autre astronef était arrivé moins d'une demi-heure après. Mais Dennison y réussit quand même. L'astronef, avec son pilote à bord, l'air contrit, décolla à 23 h 45.

Les dockers, pendant ce temps, en avaient terminé avec le K-490 et commencé à décharger le nouveau venu, au poste 9. Après le départ du Y-324, Dennison renvoya les Ivan terminer le chargement du K-918. Ils durent faire une demi-heure supplémentaire, mais là aussi ils y arrivèrent et tout était prêt pour le décollage du matin quand ils partirent.

Dennison alla se servir au distributeur d'eau du bureau pendant que les autres fermaient le K-918. Marshall, qui avait fini pour la nuit, était appuyé contre son pupitre, l'air de s'ennuyer, attendant de pouvoir fermer boutique. Le petit étudiant travaillait encore fébrilement. Il avait dû se précipiter pour faire le manifeste du Y-324 et n'avait pas encore fini les papiers pour les deux départs du matin.

Quand le K-918 fut prêt, les hommes de l'équipe de nuit pénétrèrent un à un dans le bureau pour pointer avant de prendre l'ascenseur. Baz'enhau était le dernier.

— Euh... qu'est-ce que je fais du chariot ? demanda-t-il à Dennison en entrant dans le bureau. Je le mets en bas ou je le laisse ici ?

— Laisse-le, répondit le contremaître, on s'en servira en attendant que le gros Ivan soit réparé. En outre, McAllister n'aura personne qui saura le manœuvrer, et ça l'emmerdera jusqu'à la gauche.

Baz'enhau se mit à rire.

— D'accord, lança-t-il en disparaissant dans l'ascenseur.

Dennison ressortit, tamisa les lumières et pointa lui aussi. Le petit étudiant venait juste de finir le manifeste pour le K-490. Marshall agitait ses clés impatiemment.

— Tu as quelqu'un qui t'emmène ? demanda Dennison à l'étudiant.

— Euh, non. Je prends le métro.

— Il n'y a pas beaucoup de rames à cette heure-ci. Monte, je te dépose. (Il se retourna pour faire un geste d'adieu à Marshall.) Salut, Marsh, bon week-end.

L'étudiant marmonna un remerciement et ils prirent l'ascenseur ensemble, dégringolant jusqu'au garage souterrain qui débouchait sur l'autoroute construite sous l'astroport. En chemin, Dennison posa des questions polies, des questions idiotes, au sujet des études de son passager. Il pensa lui dire que cette nuit avait été la dernière, mais l'idée lui répugnait. C'était l'affaire de Marshall, pas la sienne. Aussi évita-t-il le sujet et le trajet se fit dans un mélange de propos insignifiants et de silences gênés.

Ce fut seulement quand ils furent presque arrivés que le petit étudiant se remit à parler du travail. Dennison écoutait poliment tout en marmottant intérieurement. Les galions. L'aventure. Les planètes lointaines et l'exotisme. Bah, se dit-il. Peut-être Marshall a-t-il raison. Il est bien gentil, ce petit, mais un peu bizarre.

Enfin, en arrivant devant l'immeuble du petit étudiant, Dennison se tourna vers lui.

— Non, dit-il. Tu as tout compris de travers.

— Comment ça ? fit l'autre, interrompu au milieu d'une grande envolée lyrique.

— L'espace, c'est effectivement assez spécial, dit Dennison prudemment. Ça ne ressemble à rien d'autre, mais ce n'est quand même pas la mer. Tout le monde pense ça. Mais ce n'est pas vrai. Les astronefs ne sont pas des goélettes, ni des baleiniers, ni même des caboteurs. Loin de là.

L'étudiant descendit de la voiture et hésita un moment, tout en tenant la portière ouverte.

— Je crois que vous vous trompez, dit-il. Peut-être que quand j'aurai travaillé à l'astroport tout l'été, je penserai comme vous. Peut-être... Mais j'espère que non. Bonne nuit.

Et il ferma la portière.

Dennison resta immobile une seconde, se demandant s'il allait le rappeler pour lui dire qu'il n'y travaillerait même pas la semaine suivante, sans parler de l'été. Mais non, décida-t-il. Ce n'est pas si facile de trouver un job pour l'été cette année, ce n'est pas la peine qu'il se ronge les sangs à l'avance. Qu'il passe au moins un bon week-end.

Dennison remit le contact, tandis que l'étudiant entrait dans l'immeuble, sans s'être seulement donné la peine, se dit-il soudain, de lui demander à lui, Dennison, ce que les astronefs étaient pour lui.

— Des camions, murmura-t-il, moitié pour lui-même, moitié pour le dos de l'étudiant. Des camions, gros et laids, des putains de poids lourds.

Et, en démarrant, il décida d'aller boire une bière ou deux avant de rentrer.

Bayonne, New Jersey
Juin 1971

« ... POUR REVIVRE UN INSTANT »[*]

Keith, c'était notre culture — ce qui nous en restait. C'était notre poète et notre troubadour, sa voix et sa guitare étaient les liens ténus qui nous rattachaient à notre passé. C'était aussi un chronotrippeur, mais ça, avant l'arrivée de Winters, ça ne dérangeait personne.

Keith, c'était notre mémoire à tous. C'était aussi mon ami.

Il nous chantait ses chansons tous les soirs à la veillée. Juste hors de vue de la baraque commune, il y avait une petite clairière et un rocher sur lequel il aimait s'asseoir. Il venait là au crépuscule, la guitare à la main, et s'asseyait face à l'ouest. Toujours face à l'ouest; les villes se trouvaient à l'est par rapport à nous. Très loin à l'est, il est vrai, mais Keith n'aimait pas regarder dans cette direction. A vrai dire, nous non plus.

Tout le monde ne venait pas aux concerts du soir, mais il y avait toujours pas mal d'amateurs, à peu près les trois quarts des gens de la communauté. On s'installait en rond, assis par terre ou allongés dans l'herbe, seul ou à deux. Et Keith, notre vivante chaîne stéréo en

[*] Le titre original de la nouvelle, « ... *for a single yesterday* », est tiré d'une des deux chansons constamment citées dans l'histoire : *Me and Bobby McGee*, de Kris Kristofferson. Le vers en entier, sommairement traduit, dit : « Et j'échangerais tous mes lendemains contre une seule journée de mon passé. » Pour le titre français, j'ai repris un vers équivalent dans une chanson française sur le même thème. (*N.d.T.*)

blue-jeans et blouson de cuir, se caressait la barbe, l'air vaguement amusé, et se mettait à jouer.

Il faut dire, il était bon. Dans le temps, avant la Conflagration, il commençait vraiment à se faire un nom dans la chanson. Il était arrivé à la communauté quatre ans auparavant pour se reposer, revoir de vieux amis et oublier un peu, le temps d'un été, la foire d'empoigne du monde du spectacle dans les villes. Mais il comptait bien y retourner.

Et puis la Conflagration a éclaté, et Keith est resté. Vers quoi serait-il retourné ? Ses villes n'étaient plus que des cimetières peuplés de morts et de mourants, leurs tours étaient des stèles fondues dont la sinistre phosphorescence illuminait la nuit. Et partout ailleurs, il y avait les rats — animaux et humains.

Mais en Keith, ces villes vivaient toujours. L'histoire de ses chansons, c'était le vieux temps, les souvenirs doux-amers, les rêves perdus et la solitude. Et il y mettait tout son cœur et toute sa nostalgie. Keith chantait aussi les chansons qu'on lui demandait, mais la plupart du temps, il se cantonnait dans le genre qu'il aimait. Beaucoup de folk-songs, beaucoup de folk-rock et parfois du pur rock et des airs de films ou de comédies musicales. Il aimait particulièrement Lightfoot, Kristofferson et Woody Guthrie. Et puis, de temps à autre, il jouait des airs qu'il avait composés lui-même. Mais pas souvent.

Il y en avait deux, toutefois, qu'il jouait tous les soirs. Il commençait toujours par *They call the wind Maria*(1) et terminait sur *Me and Bobby McGee*. Certains ont fini par trouver ce rite lassant, mais personne n'a jamais vraiment protesté. Keith semblait trouver que, d'une façon ou d'une autre, ces chansons cadraient bien avec notre situation, et personne n'avait envie de le contredire.

---

(1) Autre chanson nostalgique parlant d'amour perdu, tirée d'une comédie musicale, *Paint your wagon*. (N.d.T.)

C'est-à-dire, personne, avant que Winters ne s'amène. Il est arrivé un soir de fin d'automne, la quatrième année après la Conflagration.

Il s'appelait Robert, mais on l'appelait toujours Winters, alors que tout le monde dans la communauté s'appelait par son prénom. « Lieutenant Robert Winters », s'était-il présenté le soir où il était arrivé en jeep, flanqué de deux hommes. Lieutenant d'une armée qui n'existait plus, il cherchait aide et refuge.

La première rencontre avait été très tendue. Je me souviens avoir eu très peur en entendant la jeep arriver et m'être essuyé les mains sur mon blue-jeans en les attendant. On avait déjà eu des visites, et aucune n'avait été très agréable.

Je les attendais seul. Si quelqu'un dirigeait la communauté en ce temps-là, c'était moi. Diriger, d'ailleurs, est un bien grand mot. On votait pour les trucs importants, et personne ne donnait d'ordres à personne. Je n'étais donc pas vraiment le chef, juste le comité d'accueil. Les autres s'étaient éparpillés dans la nature et ils avaient bien raison. La dernière fois, les « visiteurs » avaient violé les filles et tapé sur tout le monde. Ils portaient des uniformes noir et or et s'étaient baptisés les Fils du Tonnerre; nom bien ronflant pour une bande de voyous. Fils du Tonnerre, je t'en fous! Fils de pute, oui!

Mais Winters, lui, était différent. Il portait l'uniforme de la bonne vieille armée US. Ce qui, en soi, ne voulait rien dire; certains éléments de l'armée ne valaient pas mieux que les bandes de voyous. C'était notre brave armée de chez nous qui avait écumé la région l'année qui avait suivi la Conflagration, qui avait mis les villes à sac et tué tous ceux qui se trouvaient sur son chemin.

Je ne pense pas que Winters ait participé à ces pillages, bien que je n'aie jamais eu le courage de le lui demander en face. Il était bien trop « bien » pour ça. Il était grand et blond, le visage ouvert, et il avait à peu près le même âge que nous. Ses deux « hommes » étaient des gosses terrorisés, plus jeunes que la plupart des gens de la communauté. Ils en avaient bavé, et ils voulaient se joindre à nous. Winters n'arrêtait pas de dire qu'il voulait nous aider à reconstruire.

On a mis ça aux voix et, bien sûr, on les a acceptés. Nous n'avons encore renvoyé personne, à part quelques voyous. La première année, nous avons même recueilli une demi-douzaine de citadins irradiés et, à force de soins, nous avons réussi à adoucir leur mort.

Winters nous a changés, d'une façon que nous n'aurions jamais imaginée. Peut-être est-ce pour le mieux. Qui sait? Il nous a apporté des livres et du matériel. Et des fusils, avec deux types qui savaient s'en servir. Pas mal de types de la communauté étaient venus là pour échapper aux fusils et à l'uniforme, à l'époque d'avant la Conflagration. Alors Pete et Harry le Dingue se sont chargés de la chasse et nous ont défendus contre les pillards qui passaient de temps à autre. Ils sont devenus notre police et notre armée.

Et Winters est devenu notre chef.

Je n'ai pas encore très bien compris comment c'est arrivé. Mais c'est comme ça. Il a commencé par faire des suggestions, et puis il s'est mis à diriger les discussions et, de fil en aiguille, il a fini par donner des ordres. Personne n'a beaucoup protesté. On vivait un peu à la dérive depuis la Conflagration, et Winters nous a donné une raison d'être. Et puis, il avait des tas d'idées ambitieuses. Quand c'était moi le porte-parole, tout ce que je cherchais à faire, c'était vivre au jour le jour. Demain était bien assez loin. Winters, lui, voulait reconstruire. Il voulait fabriquer une dynamo, chercher d'autres survivants et les regrouper en une sorte de village. L'organisation, c'était son fort. Il avait des rêves grandioses de lendemains, que dis-je, de surlendemains qui chantent, et son enthousiasme était communicatif.

Cela dit, je ne voudrais pas donner une fausse impression. Ce n'était pas du tout un tyran d'opérette.

Il nous dirigeait, bien sûr, mais il faisait aussi partie du groupe. Il était un peu différent de nous, mais pas si différent que ça au fond et, au bout d'un moment, on est devenus amis. Et il a fait tout ce qu'il a pu pour s'intégrer. Il s'est même laissé pousser les cheveux et la barbe.

Sauf que Keith n'a jamais beaucoup sympathisé avec lui.

Cela faisait plus d'une semaine qu'il était avec nous quand il est venu pour la première fois assister à un de nos concerts autour du rocher. Il est d'abord resté en dehors du cercle, les mains dans les poches. Nous autres, on était affalés par terre comme d'habitude, les uns chantant, les autres se contentant d'écouter. Il faisait un peu frisquet ce soir-là et on avait allumé un feu de camp.

Winters est resté dans l'ombre pendant trois chansons à peu près. Puis, profitant d'une pause, il s'est approché du feu.

— Vous chantez à la demande? fit-il avec un sourire incertain.

Je ne connaissais pas bien Winters, à l'époque. Mais je connaissais Keith, et je me raidis un tantinet, attendant la réponse.

Mais Keith se contenta d'égrener distraitement quelques notes sur sa guitare, le regard fixé sur l'uniforme de Winters, et ses cheveux coupés court.

— Ça dépend, dit-il enfin. Je ne chanterai pas la *Ballade des bérets verts*, si c'est ça que vous voulez.

Une expression indéfinissable passa sur le visage de l'autre.

— J'ai tué, c'est vrai, dit-il. Mais ça ne veut pas dire que j'en sois fier. Ce n'est pas ça que j'allais demander.

Keith considéra la réponse, le regard baissé sur sa guitare. Puis, apparemment satisfait, il hocha la tête, leva les yeux et sourit.

— O.K.! Qu'est-ce que vous voulez entendre?
— Vous connaissez *Leavin' on a jet plane*?

Le sourire de Keith s'élargit.

— Bien sûr. C'est une chanson de John Denver. Je vais vous chanter ça. Mais c'est triste, comme chanson. Il n'y a plus d'avions dans le ciel, maintenant, lieutenant, vous savez ? C'est vrai. Vous devriez peut-être vous demander pourquoi.

Il sourit de nouveau et se mit à jouer. Keith avait toujours le dernier mot quand il le voulait. Personne ne pouvait discuter avec sa guitare.

Près de deux kilomètres à l'ouest de la baraque commune, au delà des champs, un petit ruisseau traversait les collines et les bois. Il était généralement à sec l'été et l'automne, mais le coin était quand même joli. Sombre et calme la nuit, loin du bruit et des gens. Quand il faisait beau et doux, Keith y amenait son sac de couchage et campait sous un arbre. Seul.

C'est là aussi qu'il faisait ses excursions dans le temps.

C'est là que je le trouvai ce soir-là après le concert, une fois tout le monde parti se coucher. Il était appuyé contre son arbre préféré, chassant les moustiques de la main, et les yeux fixés sur le lit du ruisseau.

Je m'assis à côté de lui.

— Bonsoir, Gary, dit-il sans tourner la tête.
— Tu as le cafard, Keith ?
— Oui, Gary, j'ai le cafard, répondit-il, regardant fixement le sol, jouant machinalement avec une feuille morte.

Je le regardai. Il avait les lèvres serrées, sans expression, les yeux mi-clos. Je connaissais Keith depuis longtemps. Je le connaissais en tout cas assez bien pour ne rien dire. Je restai assis à côté de lui en silence, m'installant confortablement sur un tas de feuilles fraîchement tombées. Au bout d'un moment, comme toujours, il se mit à parler.

— Il devrait y avoir de l'eau, dit-il soudain, montrant le lit du ruisseau d'un signe de tête. Quand j'étais gosse, il y avait une rivière à côté de chez nous, juste de l'autre côté de la rue. Oh, c'était une petite rivière toute sale dans une petite ville toute sale, et l'eau était polluée comme il n'est pas permis. Mais c'était quand même de l'eau. Parfois, la nuit, je traversais la rue pour aller dans le parc, je m'installais sur un banc et je regardais l'eau couler. Il m'arrivait d'y rester des heures. Qu'est-ce que ma mère m'engueulait! (Il rit doucement.) C'était joli, tu sais. Même les taches d'huile étaient jolies. Et ça m'aidait à réfléchir. Ça me manque, tu sais. L'eau me manque. Je réfléchis toujours mieux quand je regarde l'eau couler. Bizarre, hein?

— Pas si bizarre que ça.

Il ne me regardait toujours pas. Il continuait à fixer le lit du ruisseau où à présent seules coulaient les ténèbres. Et ses doigts, lentement, méthodiquement, déchiraient la feuille qu'il avait dans les mains.

— L'endroit n'existe plus, reprit-il après un court silence. C'était trop près de New York. Même s'il y a encore de l'eau, elle doit être phosphorescente à présent. Ça doit être plus joli que jamais, mais je ne peux pas y revenir. Il y a tant de choses comme ça. Chaque fois que je repense à quelque chose, il faut que je me dise que ça n'existe plus et que je ne peux pas le retrouver, jamais. Je ne peux plus rien retrouver. Sauf... sauf avec ça...

D'un signe de tête, il indiqua le sol entre nous. Puis il jeta la feuille déchirée et en ramassa une autre qu'il se mit à déchirer à son tour.

Je tendis la main vers l'endroit indiqué, à côté de lui. Comme je m'y attendais, mes doigts rencontrèrent la boîte à cigares. Je la pris des deux mains et ouvris le couvercle d'un mouvement du pouce. A l'intérieur, il y avait une seringue et à peu près une douzaine de petits sachets de poudre. A la lumière des étoiles, la poudre paraissait blanche. Mais, de jour, elle était d'un bleu pâle scintillant.

— Il n'en reste pas des masses, dis-je en soupirant.

Keith hocha la tête, toujours sans regarder.

— Je pense que d'ici un mois, ce sera épuisé, dit-il d'une voix très lasse. Et alors, je n'aurai plus que mes chansons et mes souvenirs.

— C'est tout ce que tu as, même maintenant. (Je rabattis le couvercle d'un coup sec et lui tendis la boîte.) La chronine n'est pas une machine à remonter le temps, tu sais. Ce n'est qu'un hallucinogène qui agit sur la mémoire.

Il éclata de rire.

— Il y a eu des discussions sans fin là-dessus autrefois. Les spécialistes disaient toujours que la chronine était une drogue mnémonique. Mais tous ces gens-là, ils n'ont jamais réellement *pris* de chronine. Toi non plus, d'ailleurs. Mais moi, je sais. Moi, j'ai voyagé dans le temps. Ce n'est pas un souvenir. On retourne dans le passé, Gary, on y retourne vraiment. Quel que soit l'instant où l'on tombe, on le revit. On ne peut rien changer, mais ça ne fait rien, on sait que c'est vrai.

Il jeta les débris de la feuille qu'il avait triturée et mit les bras autour de ses jambes repliées. Puis il posa le menton sur ses genoux et me regarda enfin.

— Tu devrais chronotripper un de ces jours, Gary, tu devrais vraiment. En dosant bien, tu arrives à choisir l'instant du passé que tu veux revivre. Ça vaut vraiment la peine.

Je secouai la tête.

— Si je voulais le faire, tu me donnerais la chronine ?

— Non, dit-il en souriant, sans bouger la tête. C'est moi qui l'ai trouvée, elle est à moi, et il en reste trop peu pour qu'on puisse partager. Désolé, mon vieux. Mais ça ne veut pas dire que j'ai quelque chose contre toi, tu comprends.

— Oui, je comprends. Je n'en voulais pas, de toute façon.

— Je sais bien.

Un lourd silence régna dix bonnes minutes. Je le rompis d'une question.

— Il t'énerve, Winters ?

— Pas vraiment. Il a l'air pas mal, comme type. Ce qui m'énerve, Gary, ce sont ces uniformes. C'est de leur faute, à tous ces damnés salauds en uniforme. Sans eux, sans ce qu'ils ont fait, je *pourrais* revenir. A ma rivière et à ma carrière dans la chanson.

— Et à Sandi.

Malgré lui, ses lèvres se plissèrent en un sourire.

— Et à Sandi, admit-il. Et je n'aurais même pas besoin de chronine pour être à mes rendez-vous.

Je ne savais pas quoi répondre à ça, alors je gardai le silence. Enfin, se fatigant, Keith se laissa glisser un peu et s'allongea sous l'arbre. La nuit était claire et on voyait les étoiles à travers les branches.

— Parfois, comme ça, ici, en plein air, la nuit, j'oublie, dit-il, parlant davantage pour lui que pour moi. Le ciel ressemble à celui d'avant la Conflagration. Et les étoiles sont les mêmes aussi. Si je ne regarde pas vers l'est, je peux presque me convaincre que rien n'a changé.

— Keith, dis-je en secouant la tête, tout ça est un jeu. Tout a changé, il y a eu la Conflagration, tu ne peux pas l'oublier, tu le sais parfaitement. Et tu ne peux pas revenir en arrière et ça, tu le sais aussi.

— Gary, on dirait que tu n'écoutes pas ce que je dis. Je retourne dans le passé, moi, j'y retourne vraiment.

— Tu retournes dans un monde de rêve, Keith. Et ce monde est un monde mort. Tu ne peux pas continuer comme ça. Tôt ou tard, il va falloir que tu te mettes à vivre dans le monde réel.

Le regard toujours levé au ciel, Keith souriait gentiment devant mes arguments.

— Non, Gary, tu ne comprends pas. Le passé est aussi réel que le présent, tu sais. Et quand le présent est morne et vide, et l'avenir encore plus, la seule chose raisonnable à faire, c'est de vivre dans le passé.

Je commençai une phrase, mais il fit semblant de ne pas m'entendre.

— Là-bas dans la ville, quand j'étais gosse, je ne voyais jamais tant d'étoiles, dit-il d'une voix lointaine. La première fois que je suis allé à la campagne, je me souviens à quel point j'ai été surpris de voir toutes les nouvelles étoiles que quelqu'un était allé mettre dans le ciel. (Il eut un rire léger.) Tu sais quand c'était ? Il y a six ans, juste après avoir quitté le bahut. Ou hier soir, comme tu veux. Les deux fois, Sandi était avec moi.

Il se tut. Je le regardai quelques instants, puis me levai et tapotai mes vêtements pour en enlever les feuilles mortes. Rien à faire, je ne pouvais pas le convaincre. Et le plus triste, c'est que je n'arrivais pas à me convaincre moi-même. Peut-être avait-il raison. Peut-être que, pour lui, c'était ça la solution.

— Tu es déjà allé en montagne ? demanda-t-il soudain. (Il leva brièvement les yeux vers moi, mais n'attendit pas la réponse.) Je me souviens d'une nuit, Gary, en Pennsylvanie, dans les montagnes. J'avais une vieille caravane toute déglinguée et on était partis à l'aventure à travers le pays. Tout d'un coup, le brouillard nous est tombé dessus. Un brouillard gris, épais, qui roulait en grosses vagues, plein de mystère, avec quelque chose de surnaturel. Sandi adorait ce genre de truc et moi aussi, en un sens. Mais conduire là-dedans, c'était dingue. Alors je me suis garé sur le bas-côté, on a pris deux couvertures et on s'est éloignés de quelques pas. Mais il était encore très tôt, alors on est restés allongés ensemble sous les couvertures, enlacés, et on a parlé. De nous, de mes chansons, de ce chouette brouillard, de notre randonnée, de sa carrière d'actrice, d'un tas de choses. On n'arrêtait pas de rire et de s'embrasser, mais je ne me rappelle pas ce qu'on a pu se dire qui était si drôle. Enfin, au bout d'une heure à peu près, on s'est déshabillés et on a fait l'amour sur les couvertures, en douceur, tendrement, au milieu de ce foutu brouillard.

Keith se redressa sur le coude et me regarda. A sa voix, on le sentait meurtri, perdu, blessé, passionné en même temps. Et, surtout, on sentait combien il était seul.

— Elle était belle, Gary, vraiment belle. Mais elle n'aimait pas que je dise ça, je pense qu'elle ne le croyait pas. Elle aimait mieux que je dise qu'elle était jolie. Mais elle était plus que jolie, elle était vraiment belle. Toute chaude et douce et dorée, avec des cheveux blond-roux et de chouettes grands yeux qui passaient du vert au gris selon son humeur. Cette nuit-là, ils étaient gris, je crois. Assortis au brouillard. (Il sourit, se laissa retomber et se mit de nouveau à contempler les étoiles.) Le plus drôle, dans tout ça, c'était le brouillard, poursuivit-il, très lentement. Quand on a eu fini de faire l'amour, on s'est aperçus que le brouillard s'était levé et qu'on voyait les étoiles, aussi brillantes qu'aujourd'hui. Elles étaient apparues pour nous. Ces idiotes d'étoiles jouaient les voyeuses et étaient venues nous regarder faire l'amour. Je lui ai dit ça et elle a ri et je l'ai tenue toute chaude contre moi. Et puis elle s'est endormie dans mes bras et je suis resté là à regarder les étoiles et à essayer d'écrire une chanson pour elle.

— Keith... commençai-je, mais il m'interrompit.

— J'y retourne ce soir, Gary. Voir le brouillard et les étoiles et ma Sandi.

— Merde, Keith, arrête, tu vas devenir complètement drogué.

Keith se mit sur son séant et commença à retrousser sa manche.

— As-tu jamais pensé que ce n'est pas la drogue dont je ne peux pas me passer ?

Il eut un grand sourire, comme un gosse sûr de lui et pressé de faire une bêtise. Puis il tendit la main vers sa boîte, vers son excursion dans le passé.

— Laisse-moi, dit-il.

Le trip avait dû être bon. Le lendemain, Keith n'était que sourires et affabilité, et sa bonne humeur était contagieuse. Ça dura toute la semaine. Le boulot semblait aller plus vite et plus facilement que d'habitude, et je ne me souviens pas que les concerts quotidiens aient jamais été aussi exubérants et débordants de gaieté. On riait beaucoup et ça faisait un bout de temps que les lendemains qui chantent n'avaient semblé aussi proches.

Il faut dire aussi que le mérite ne revenait pas tout entier à Keith. Ça faisait un moment que Winters avait commencé à proposer ceci et cela et les choses prenaient forme dans la communauté. Pour commencer, Winters et Pete avaient déjà bien avancé la construction d'une deuxième baraque, une cabane à côté de la baraque commune. Pete s'était mis avec une des filles et je pense qu'ils voulaient s'isoler un peu. Mais, pour Winters, c'était le premier pas vers le village qu'il voulait construire.

Ce n'était d'ailleurs pas son seul projet. Il avait toute une pile de cartes d'état-major dans sa jeep et tous les soirs il prenait quelqu'un à part et les lui faisait étudier à la lueur des bougies, en posant toutes sortes de questions. Il voulait savoir dans quelles régions on avait cherché des survivants, quelles étaient les villes où on pourrait faire des descentes pour s'approvisionner, les zones que les bandes de pillards écumaient, et des choses comme ça. Pourquoi ? Eh bien, il pensait organiser des « raids d'exploration », disait-il.

Il y avait une poignée de gosses dans la communauté, et Winters pensait qu'on devrait leur organiser une école au lieu de leur donner des leçons un peu au hasard comme on le faisait jusque-là. Et puis il pensait qu'on devrait construire une dynamo pour avoir de nouveau l'électricité. Nos ressources médicales se limitaient à une bonne réserve de drogues et de médicaments ; Winters pensait que l'un de nous devrait abandonner carrément le travail aux champs pour devenir le médecin du village. Oui, pas de doute, Winters avait des tas d'idées, dont une bonne partie étaient excellentes, encore que, de toute évidence, il y aurait pas mal de détails à régler avant qu'on puisse les appliquer.

Entre-temps, Winters était aussi devenu un habitué des concerts du soir. Comme Keith était de bonne humeur, ça ne posait pas de problème. En fait, ça mettait un peu d'animation.

Le deuxième soir où Winters s'est pointé, Keith lui a lancé un regard significatif et a entonné *Vietnam Rag*, l'assistance faisant chorus. Puis il a enchaîné sur *Universal Soldier*. Entre deux couplets, il n'arrêtait pas de lancer des sourires railleurs à Winters.

Mais celui-ci a très bien pris la chose. Au début, il était un peu mal à l'aise, mais finalement il s'est mis dans l'ambiance et il a commencé à sourire. Et puis, quand l'autre a eu fini, il s'est levé.

— Si vous avez décidé de m'attribuer le rôle du bon petit réac de la communauté, eh bien je m'en voudrais de vous donner tort, dit-il en tendant la main. Donnez-moi cette guitare.

Intrigué, Keith lui passa l'instrument. Winters s'en saisit, gratta quelques notes d'un air incertain, puis se lança vigoureusement dans *Okie from Muskogee*(1). Il jouait comme s'il avait les doigts en bois et chantait encore plus mal, mais ce n'était pas ça qui comptait.

Keith se mit à rire au milieu du premier couplet et toute l'assistance l'imita. Winters, l'air extrêmement sérieux et décidé, but sa coupe jusqu'à la lie; il ne connaissait pas toutes les paroles et dut parfois improviser, et pourtant il alla jusqu'au bout. Et puis il bissa en entonnant l'hymne des Marines, faisant semblant de ne pas entendre les sifflements et les huées.

Quand il eut fini, Pete applaudit bruyamment. Win-

(1) Il va sans dire que les chansons de Keith sont toutes des « protest songs » pacifistes et que celles de Winters sont des chants patriotiques tirant sur le pompier. *(N.d.T.)*

ters sourit, s'inclina, et rendit la guitare à Keith avec un profond salut.

Bien entendu, Keith n'allait pas se laisser faire comme ça. Il remercia Winters d'un signe de tête, prit l'instrument et se mit aussitôt à chanter *Eve of Destruction.*

Winters riposta avec *Welfare Cadillac.* Ou du moins il essaya. Il découvrit qu'il ne savait presque pas les paroles, alors il y renonça et se rabattit sur *Anchors Aweigh.*

Ça continua toute la soirée, comme une sorte de joute entre eux devant nous tous assis par terre à nous tordre de rire. En fait, on ne faisait pas que rigoler. La plupart du temps, il fallait qu'on aide Winters, parce qu'il ne connaissait aucune de ses chansons jusqu'au bout. Keith, bien sûr, se défendait tout seul.

Ce fut l'une des soirées les plus mémorables. Le seul point commun avec les concerts habituels de Keith, c'était que ça avait commencé par *They call the wind Maria* et que ça s'était terminé sur *Me and Bobby McGee.*

Mais le lendemain, Keith fut plus taciturne. Il y eut encore un peu de chahut entre Winters et lui, mais dans l'ensemble le concert retomba dans le schéma habituel. Et le jour suivant, les chansons furent presque toutes celles qu'aimait Keith, à part quelques-unes demandées par Winters, que Keith chanta sans conviction, presque à contrecœur.

Je doute que Winters se soit rendu compte de ce qui se passait. Mais moi je le savais et la plupart des autres aussi. Ce n'était pas la première fois que ça arrivait. Keith était de nouveau déprimé. La joie intérieure qui l'animait depuis son dernier chronotrip s'estompait. Il ressentait de nouveau sa solitude, sa faim, son impatience. L'envie le reprenait de revoir sa Sandi.

Parfois, quand il était comme ça, on pouvait presque voir sa souffrance. Et si on ne la voyait pas, on l'entendait quand il chantait. Elle perçait, elle battait dans chaque note.

Winters l'entendit lui aussi, il eût fallu être sourd pour ne pas l'entendre. Sauf que je ne crois pas qu'il ait compris ce qu'il entendait, je sais qu'il ne comprenait pas Keith. Tout ce qu'il comprenait, c'était la douleur qui transparaissait dans les chansons. Et ça, ça le troublait.

Winters, étant donné son caractère, décida de prendre le taureau par les cornes. Il alla trouver Keith.

J'assistai à l'entretien. C'était en fin de matinée, et Keith et moi étions revenus des champs pour faire une pause. J'étais assis sur la margelle du puits, un gobelet d'eau à la main et Keith était à côté de moi, en train de bavarder. On sentait qu'il s'apprêtait à chronotripper de nouveau, très bientôt. Il était très déprimé, lointain, et j'avais du mal à établir le contact.

Au milieu de tout ça, Winters s'est amené à grands pas, le sourire aux lèvres, vêtu de sa vareuse militaire. La construction de sa maison avançait rapidement et ça le mettait d'excellente humeur et en plus avec Harry le Dingue, ils avaient déjà dressé les plans de leur premier « raid d'exploration ».

— Salut les gars, dit-il en arrivant au puits.

Il tendit la main pour que je lui passe mon gobelet. Il prit une longue gorgée et me le rendit. Puis il regarda Keith.

— J'aime bien tes concerts, dit-il. Je crois que tout le monde les aime bien. Tu es vraiment très bon. (Il sourit.) Même si tu es un sale anarchiste.

— Oui, oui, merci, fit distraitement Keith en hochant la tête. (Il n'était pas d'humeur à rire.)

— Mais il y a quelque chose qui me tracasse un peu et je pensais que je pourrais en parler avec toi et peut-être faire quelques suggestions. D'accord ?

Keith se passa la main sur la barbe et fit un peu plus attention.

— D'accord. Je vous écoute, mon général.

— C'est tes chansons. J'ai remarqué que certaines

d'entre elles étaient... disons pessimistes. De jolies chansons, bien sûr. Mais assez déprimantes, si tu vois ce que je veux dire. Surtout avec la Conflagration et tout ça. Tes chansons parlent trop du vieux temps et de tout ce qu'on a perdu. Je ne crois pas que ce soit bon pour le moral. Il faut qu'on arrête de revenir sans cesse sur le passé si on veut reconstruire un jour.

Keith le regarda d'un air étonné et se laissa tomber contre le puits.

— Tu plaisantes, j'espère.

— Non, je parle sérieusement. Quelques chansons gaies nous feraient le plus grand bien. La vie peut encore être belle et valoir la peine d'être vécue si nous faisons un effort. Il faudrait que tu nous dises ça dans tes chansons. Nous concentrer sur ce que nous avons gardé. Nous avons besoin de courage et d'espoir. Donne-les-nous.

Mais ça ne prit pas. Keith se caressa la barbe et sourit, puis finalement il secoua la tête.

— Non, lieutenant, pas question. Ce n'est pas comme ça que ça marche. Je refuse de faire de la propagande dans mes chansons, même si ça part d'une bonne intention. Je chante ce que je ressens. (Son ton était perplexe.) Des chansons gaies, eh bien... non. Je ne peux pas. Ça ne marche pas, pas pour moi. Je voudrais bien y croire, mais vois-tu, je ne peux pas. Et je ne peux pas y faire croire les autres si je n'y crois pas moi-même. De mon point de vue, la vie est plutôt vide par ici et guère susceptible de s'améliorer. Et... eh bien, tant que c'est comme ça que je la vois, c'est comme ça qu'il faut que je la chante. Tu comprends?

— La situation n'est pas si désespérée que ça, fit Winters en fronçant les sourcils. Et même si c'était le cas, on ne peut pas l'admettre, sinon on est perdus.

Keith regarda Winters, puis moi, puis baissa les yeux sur le puits. Il secoua de nouveau la tête et se redressa.

— Non, dit-il simplement, gentiment, tristement.

Puis il nous quitta et repartit à grands pas silencieux

vers les champs. Winters le regarda s'éloigner puis se tourna vers moi.

— Qu'est-ce que tu en penses, Gary ? J'ai raison, ou pas ?

Je considérai la question, et celui qui l'avait posée. Winters avait l'air très troublé, et très sincère. Et sa barbe blonde naissante prouvait bien qu'il faisait de son mieux pour s'intégrer à notre groupe. Je décidai de lui faire confiance, un petit peu.

— Si, je vois à quoi tu voulais en venir. Mais ce n'est pas si facile que ça. Les chansons de Keith sont plus que des chansons. Elles représentent un tas de choses pour lui. (J'hésitai, puis poursuivis :) Ecoute, la Conflagration, ç'a été le merdier pour tout le monde, inutile de te le dire. Mais la plupart d'entre nous, par ici, on a choisi ce genre de vie, parce qu'on voulait partir loin des villes et de tout ce qu'elles représentaient. Bien sûr, on regrette les jours passés. On a perdu des gens qu'on aimait, des choses auxquelles on tenait, des tas de choses qui faisaient le plaisir de la vie. Et on n'aime pas tellement cette lutte constante, cette peur continuelle des bandes de pillards. Cela dit, il y a beaucoup de choses qu'on aimait qui sont justement là, dans la communauté, et ça, ça n'a pas tellement changé. On a la terre, les arbres et les copains. Et on a une certaine liberté. Pas de pollution, pas de course au succès, pas de haine. On aime se rappeler le bon vieux temps et ce qui était agréable dans les villes — c'est d'ailleurs pour ça qu'on aime bien les chansons de Keith — mais le présent nous apporte aussi bien des satisfactions. Seulement, pour Keith, c'est différent. Il n'a pas choisi ce genre de vie, il ne faisait que passer. Tous ses rêves avaient pour cadre les villes, la poésie, la musique, les gens, le bruit. C'est son univers qu'il a perdu ; tout ce qu'il faisait, tout ce qu'il voulait faire, a disparu. Et puis... eh bien, il y avait cette fille, Sandra, mais il l'appelait Sandi. Ils ont vécu ensemble pendant deux ans, ils ne se quittaient pas, ils voyageaient ensemble, ils faisaient tout ensemble. Ils ne se sont séparés que pour l'été, pour qu'elle puisse suivre des cours à l'université. Ils devaient se retrouver après. Tu comprends ?

Winters comprenait.

— Et puis il y a eu la Conflagration ?

— Et puis il y a eu la Conflagration. Keith était ici, loin de tout. Sandi était à New York. Alors il l'a perdue, elle aussi. Je me dis parfois que si Sandi avait été avec lui, il aurait surmonté tout le reste. Elle était ce qu'il y avait de plus important dans le monde qu'il a perdu, leur monde à tous les deux. Si elle avait été ici, ils auraient pu s'en bâtir un autre, y trouver une autre beauté, de nouvelles chansons à chanter. Mais voilà, elle était là-bas, et...

Je haussai les épaules.

— Je vois, dit gravement Winters. Mais ça fait quatre ans, mon vieux. Moi aussi, j'ai perdu énormément. Moi aussi, j'ai perdu ma femme. Mais je m'en suis remis. Tôt ou tard, il faut bien s'arrêter de pleurer.

— Oui, bien sûr. C'est vrai pour toi et pour moi. Je n'ai pas perdu grand-chose et toi... toi, tu penses que tout ira bien de nouveau. Pas Keith. Peut-être que tout allait *trop* bien pour lui autrefois. Le problème, c'est sans doute qu'il est trop romantique. Ou peut-être aimait-il plus fort que nous. Tout ce que je sais, c'est que pour lui, l'avenir idéal ressemble au passé. Pas pour moi. Je n'ai jamais rien trouvé à quoi je tienne à ce point-là. Keith si, ou du moins c'est ce qu'il pense, ce qui revient au même. Et son univers, il veut le retrouver.

Je bus encore une gorgée et me levai.

— Il faut que je retourne au boulot, dis-je en m'éloignant.

Je ne voulais pas que Winters poursuive la conversation, mais sur le chemin qui me ramenait aux champs, je suis resté pensif.

Evidemment, il y avait quelque chose, quelque chose d'important, que je n'avais pas dit à Winters. Les excursions dans le passé. Peut-être que si on obligeait Keith à se contenter de la vie qu'il avait, il serait obligé de tourner la page, comme nous l'avions tous fait.

Mais Keith avait le choix; il pouvait revenir en arrière. Keith avait toujours sa Sandi, alors il n'était pas obligé de repartir de zéro.

Ça, pensais-je, ça y faisait beaucoup. Peut-être que j'aurais dû le dire à Winters. Peut-être.

Winters ne vint pas au concert ce soir-là. Avec Harry le Dingue, il devait partir le lendemain matin, en exploration vers l'ouest. Ils étaient quelque part à charger leur jeep et à revoir leurs plans.

Keith se passa fort bien d'eux. Assis sur son rocher, protégé du froid par un feu où craquaient les feuilles d'automne, il chantait de tout son cœur, il chantait fort, plus fort que le vent glacial qui s'était mis à souffler, des chansons infiniment tristes. Quand le feu se fut éteint et que l'assistance se fut dispersée, il prit sa guitare et sa boîte à cigares et se dirigea vers le ruisseau.

Je le suivis. Cette fois, le ciel était couvert, la nuit était noire, et l'air sentait la pluie. Le vent était froid, et soufflait fort. Non, il ne faisait pas penser au râle des mourants(1), mais il se glissait entre les arbres, secouait les branches et arrachait les feuilles. On aurait dit qu'il... cherchait quelque chose.

Quand j'arrivai au bord du ruisseau, Keith était déjà en train de retrousser sa manche. Je l'arrêtai avant qu'il ne sorte sa seringue.

— Eh, Keith, dis-je en lui posant une main sur le bras, doucement. On cause d'abord, d'accord ?

Son regard alla de ma main à la seringue; il répondit d'un signe de tête réticent.

— D'accord, Gary, mais fais vite, je suis pressé. Ça fait une semaine que je n'ai pas vu Sandi.

---

(1) Allusion, cette fois, à la deuxième chanson, *They call the wind Maria* : « Quand Maria souffle, on croirait entendre le râle des mourants, là-haut sur la montagne. » *(N.d.T.)*

Je retirai ma main et m'assis.

— Je sais.

— J'essayais de faire durer la chronine, tu sais. Je n'en ai plus que pour un mois, mais je pensais que je pourrais la faire durer plus longtemps si je ne l'utilisais qu'une fois par semaine. (Il eut un sourire.) Mais c'est dur.

— Je sais, répétai-je. Mais ce serait plus facile si tu ne pensais pas tant à elle.

Il opina, posa la boîte et referma son blouson de toile pour se protéger du vent.

— Je pense trop, convint-il. (Puis il ajouta en souriant :) Ils sont dangereux, les gens qui pensent trop.

— Mm-mwoui. Dangereux pour eux-mêmes surtout. (Je le regardai, mince silhouette recroquevillée de froid dans le noir.) Keith, que feras-tu quand tu n'en auras plus ?

— Je n'en sais rien.

— Moi, je sais. Tu oublieras. Ta machine à remonter le temps ne marchera plus, et tu seras obligé de vivre dans le présent. De trouver quelqu'un d'autre et de recommencer. Seulement, ce serait peut-être plus facile si tu commençais dès maintenant. Laisse la chronine de côté pendant quelque temps. Lutte contre ton envie.

— Il faut aussi que je chante des chansons gaies, peut-être ? demanda-t-il d'un ton sarcastique.

— Pas nécessairement. Je ne te demande pas d'effacer le passé, ni de prétendre qu'il n'a pas existé. Mais essaie de trouver quelque chose de positif dans le présent. Tu sais bien qu'il ne peut pas être aussi vide que tu le dis. Les choses ne sont pas aussi tranchées. Winters n'avait pas entièrement tort, tu sais. Il y a encore de bonnes choses, et ça, tu l'oublies.

— Ah oui ? Quoi par exemple ?

J'hésitai. Il ne me rendait pas la tâche facile.

— Eh bien... tu aimes toujours chanter. Ça, tu le sais. Il peut y avoir d'autres choses aussi. Avant, tu aimais bien écrire des chansons. Pourquoi n'en composes-tu pas de nouvelles ? Tu n'as pratiquement rien écrit depuis la Conflagration.

Keith avait ramassé une poignée de feuilles mortes qu'il offrait au vent, une par une.

— J'y ai pensé, Gary, tu ne peux pas savoir à quel point j'y ai pensé. Et j'ai essayé, vraiment, dur. Mais rien ne vient. (Sa voix s'adoucit brusquement.) Avant, c'était différent, et tu sais pourquoi. Chaque fois que je montais sur scène, Sandi était dans l'assistance. Et chaque fois que j'entonnais une chanson que je venais d'écrire, je voyais son visage s'éclairer. Si c'était bon, je le savais, rien qu'à la voir sourire. Elle était fière de moi et de mes chansons. (Il secoua la tête.) Ça ne marche plus à présent, Gary. J'écris une chanson, je la chante... et puis après ? Qui est-ce qui s'en soucie ? Toi ? Oui, toi, peut-être, et quelques autres qui viennent me trouver après et qui me disent : « Dis donc, Keith, elle était chouette, celle-là. » Mais ce n'est pas la même chose. Mes chansons étaient *importantes* pour Sandi, tout comme ses rôles au théâtre étaient importants pour moi. Et maintenant, mes chansons n'importent plus à personne. Je me dis que ça ne devrait pas compter, que je devrais être heureux de composer, même si personne ne s'en soucie. Je me le répète tout le temps. Mais c'est plus facile à dire qu'à faire.

Parfois je me dis que juste à ce moment-là, j'aurais dû dire à Keith que pour moi ses chansons importaient plus que tout au monde. Mais merde, ce n'était pas vrai. Et Keith était mon ami, je ne pouvais pas lui mentir, même s'il en avait besoin. Et puis il ne m'aurait pas cru. Keith savait reconnaître le vrai du faux.

Au lieu de quoi, je pataugeai lamentablement.

— Keith, tu pourrais retrouver quelqu'un comme ça, si tu te donnais un peu la peine de chercher. Il y a des filles dans la communauté, des filles aussi bien que Sandi, si tu voulais seulement les voir, faire un pas vers elles. Tu pourrais trouver quelqu'un d'autre.

Keith me lança un regard calme, plus glacial encore que le vent.
— Je n'ai pas besoin de quelqu'un d'autre, Gary, dit-il. (Il prit la boîte à cigares, l'ouvrit et me montra la seringue :) J'ai Sandi.

Keith a encore chronotrippé deux fois cette semaine-là. Et les deux fois, il s'était précipité fébrilement après le concert. D'habitude, il attendait à peu près une heure avant de se glisser discrètement vers son ruisseau. Mais maintenant il apportait sa boîte à cigares avec lui et foutait le camp avant même que les dernières notes de *Me and Bobby McGee* se soient éteintes.

Personne n'a pipé mot, bien sûr. On savait tous que Keith se droguait à la chronine, et on savait tous que sa réserve s'épuisait. Alors on lui pardonnait, on comprenait. C'est-à-dire, tout le monde comprenait, à part Pete, l'ex-caporal de Winters. A Pete et à Harry le Dingue, on n'avait encore rien dit. Mais un soir au concert, je l'ai vu qui regardait la boîte à cigares posée aux pieds de Keith d'un air curieux. Il dit quelques mots à l'oreille de Janie, la fille avec qui il s'était mis en ménage, et elle lui répondit de même. J'en conclus donc qu'elle l'avait mis au courant.

Je ne me trompais malheureusement pas.

Winters et Harry le Dingue revinrent exactement une semaine après leur départ. Ils n'étaient pas seuls. Ils avaient ramené trois petits jeunes, un garçon et deux filles, qu'ils avaient trouvés au cours de leur randonnée dans l'ouest, en compagnie d'une bande de pillards. Quand je dis « en compagnie », c'est une façon de parler. Ils leur servaient d'esclaves, et Winters et Harry le Dingue les avaient libérés.

Je n'ai pas demandé ce qu'il était advenu des pillards. C'était facile à deviner.

Il y eut beaucoup d'agitation ce soir-là et le lendemain soir. Les petits jeunes avaient un peu peur de nous et il fallut être aux petits soins avec eux pour leur faire comprendre qu'ils ne seraient pas maltraités ici. Winters décida qu'ils seraient mieux s'ils avaient leur baraque à eux et avec Pete il se mit à dresser les plans d'une nouvelle cabane. La première était presque finie.

Il apparut par la suite que Winters et Pete avaient parlé d'autre chose que de la construction de la cabane. J'aurais dû m'en douter car j'avais surpris à au moins deux reprises Winters qui lançait des regards curieux et songeurs à Keith.

Mais je ne me suis douté de rien. Comme tout le monde, j'étais trop occupé à lier connaissance avec les nouveaux venus et à essayer de les mettre à l'aise, ce qui n'était pas facile.

Je ne me suis donc rendu compte de rien jusqu'au quatrième soir après le retour de Winters. J'étais en train d'écouter Keith chanter. Il venait juste de terminer *They call the wind Maria* et allait enchaîner sur une autre chanson quand un groupe entra soudain dans le cercle, conduit par Winters, avec Harry le Dingue juste derrière, suivi des trois petits jeunes. Et puis il y avait Pete, le bras autour des épaules de Janie. Et quelques autres qui n'étaient pas là au début du concert et qui avaient suivi Winters quand il était sorti de la baraque commune.

Keith a pensé qu'ils étaient venus en spectateurs, je suppose. Il a commencé à jouer, mais Winters l'a arrêté.

— Non, Keith, pas tout de suite. On a quelque chose à régler, là, pendant que tout le monde est là. Ce soir, on parle d'abord.

Les doigts de Keith s'immobilisèrent, et la musique mourut. On n'entendait plus que le vent et le crépitement des feuilles mortes qui brûlaient. Tous les regards étaient fixés sur Winters.

— Je veux parler de chronotrip, dit-il.

Keith posa sa guitare et son regard se tourna vers la boîte à cigares posée au pied du rocher aux concerts.

— Vas-y, dit-il.

Le regard de Winters fit le tour du cercle, étudiant les visages impassibles, comme s'il en prenait la mesure avant de parler. Je regardai, moi aussi.

— Je me suis laissé dire que la communauté avait une réserve de chronine, commença Winters, et que tu l'utilisais pour chronotripper. C'est vrai, Keith ?

Keith se caressa la barbe, comme il le faisait toujours quand il était tendu ou songeur.

— C'est vrai, dit-il.

— Et c'est là la *seule* façon dont on ait jamais utilisé cette chronine ?

Les partisans de Winters s'étaient regroupés derrière lui, formant comme une phalange.

Je me suis levé. Je ne me sentais pas à l'aise, à discuter assis par terre.

— C'est Keith qui a trouvé la chronine, dis-je. On ratissait l'hôpital municipal après la razzia de l'armée. Il ne restait que quelques médicaments. La plupart sont dans les stocks de la communauté, pour quand on en aura besoin. Mais Keith voulait la chronine... alors on la lui a donnée, on était tous d'accord. Personne d'autre n'en voulait.

Winters hocha la tête.

— Je comprends bien, dit-il d'un ton posé. Je ne critique pas la décision. Mais vous ne vous êtes peut-être pas rendu compte que la chronine pouvait servir à autre chose qu'à se droguer de souvenirs. (Il fit une pause.) Ecoutez-moi et essayez de juger équitablement ce que je vais dire, c'est tout ce que je vous demande, poursuivit-il en nous regardant les uns après les autres. La chronine est une drogue puissante ; c'est une importante ressource et en ce moment nous avons besoin de toutes nos ressources. Et s'offrir un trip-souvenir, pour qui que ce soit, c'est un *abus* de la drogue, ce n'est pas à ça qu'elle doit servir.

Là, Winters avait fait une fausse manœuvre. Les leçons de morale sur l'abus des drogues, ce n'était pas ça qui allait lui rallier l'appui général. Autour de moi, je sentais les gens se braquer.

Rick, un grand type mince avec un bouc, qui venait au concert tous les soirs, et qui écoutait assis par terre, lui lança :

— Foutaises ! La chronine c'est le voyage dans le temps, mon général. Ça sert à tripper.

— C'est vrai, renchérit quelqu'un d'autre, et on l'a donnée à Keith. Moi, je n'ai pas envie de me droguer de souvenirs, mais lui si. Quel mal y a-t-il à ça ?

Winters désamorça très vite l'hostilité.

— Aucun, dit-il, si nous avions une réserve illimitée de chronine. Mais ce n'est pas le cas, n'est-ce pas, Keith ?

— Non, dit posément Keith, il en reste juste un peu.

Le reflet des flammes dansait dans les yeux de Winters quand il s'est tourné vers Keith, ce qui rendait son expression difficile à déchiffrer. Mais sa voix était grave.

— Keith, je sais toute l'importance que ces « excursions » ont pour toi. Et je ne veux pas te faire de mal, je t'assure. Mais nous avons besoin de cette chronine, tous.

— Comment ça ? (C'était moi qui intervenais. Moi aussi, je voulais que Keith abandonne la chronine, mais je voulais bien être pendu si je laissais quelqu'un la lui enlever de force.) Pourquoi avons-nous besoin de la chronine ?

— La chronine n'est pas une machine à voyager dans le temps, répondit Winters. C'est une drogue mnémonique. Et il y a des choses qu'il importe que nous nous rappelions. (Son regard fit le tour du cercle.) Y a-t-il quelqu'un ici qui ait travaillé dans un hôpital ? Une garde-malade ? Un aide-infirmier ? Peu importe. C'est tout à fait probable dans un groupe de cette importance. Et ces gens-là doivent avoir vu certaines choses qui peuvent nous être utiles. Quelque part au fond de leur tête, ils *savent* des choses qu'il nous faut savoir. Certains d'entre vous ont dû faire de l'atelier à l'école. Je parie que vous avez appris toutes sortes de choses utiles. Mais que vous en reste-t-il ? Avec la chronine, vous pourriez tout vous rappeler. Il y a peut-être quelqu'un ici qui a appris autrefois à faire des flèches. Il y a peut-être un tanneur. Il y a peut-être quelqu'un qui saurait fabriquer une dynamo. Il y a peut-être même un *médecin* !

Winters s'interrompit pour laisser l'idée faire son chemin. Tout autour du cercle, les gens se mirent à s'agiter, mal à l'aise, et commencèrent à marmonner.

Enfin, Winters poursuivit.

— Si on trouvait une bibliothèque, on ne brûlerait pas les livres pour se réchauffer, même s'il se mettait à geler à pierre fendre. Or, c'est ce qu'on fait quand on laisse Keith chronotripper. Nous formons une bibliothèque vivante, tous tant que nous sommes, nous avons des bouquins dans la tête. Et la seule façon de les lire, ces bouquins, c'est de prendre de la chronine. Il faut qu'elle nous serve à nous rappeler ce qu'il nous est indispensable de savoir. Il faudrait l'économiser comme un bien précieux, il faudrait calculer soigneusement chaque séance de remémoration pour être sûrs, *absolument* sûrs, de ne pas gaspiller un seul gramme.

Puis il s'arrêta pour de bon. Un long, un très long silence suivit ; pour Keith, ce dut être une éternité. Enfin, Rick reprit la parole.

— Je n'avais jamais pensé à ça, fit-il, à contrecœur. Peut-être que tu n'as pas tort. Mon père était médecin, par exemple.

Puis une autre voix s'éleva, et encore une autre ; et puis ce fut un brouhaha général. Tout le monde parlait en même temps, évoquait des expériences à moitié oubliées qui pourraient se révéler utiles, voire précieuses. Winters avait mis en plein dans le mille.

Mais il ne souriait pas. Il me regardait. Je refusais de lever les yeux. Je ne pouvais pas m'y résoudre. Ce n'était pas con, ce qu'il disait, c'était ça qui était affreux, ce n'était pas con du tout. Mais je ne pouvais pas l'admettre, je ne pouvais pas croiser son regard et lui faire savoir d'un signe que je me rendais à ses arguments. Keith était mon ami, il fallait que je le soutienne.

J'étais le seul du cercle à être debout. Mais je ne trouvais rien à dire.

Enfin, Winters détourna les yeux. Il regarda le rocher aux concerts, où Keith était assis, les yeux sur la boîte à cigares.

Le brouhaha dura encore cinq bonnes minutes puis finit par mourir de lui-même. L'un après l'autre, les gens qui avaient parlé tournèrent les yeux vers Keith, se souvinrent de ce que cela signifiait pour lui et se turent, gênés. Quand le silence régna, absolu, total, Keith se leva et regarda autour de lui, comme quelqu'un qui sort d'un mauvais rêve.

— Non, dit-il d'une voix blessée, incrédule, ses yeux allant de l'un à l'autre. Vous ne pouvez pas. Je ne... je ne *gaspille* pas la chronine. Vous le savez, tous tant que vous êtes. J'ai besoin de Sandi, et elle n'est plus là. Il faut que je revienne à elle. Et le seul moyen, c'est ma machine à voyager dans le temps. Ce n'est pas du gaspillage, ça !

Il secoua la tête, l'air perdu. Je pris la relève.

— Oui, dis-je, aussi énergiquement que je pus. Keith a raison. Tout dépend de ce qu'on entend par « gaspiller ». Si vous voulez mon avis, le pire gaspillage serait de renvoyer les gens somnoler une deuxième fois dans les salles de classe.

Il y eut quelques rires, et d'autres voix s'élevèrent pour me soutenir.

— Je suis d'accord avec Gary, dit quelqu'un. Keith a besoin de Sandi et nous avons besoin de Keith. C'est aussi simple que ça. Moi, je suis pour qu'il garde la chronine.

— Pas question, objecta quelqu'un d'autre. J'ai le cœur aussi tendre qu'un autre, mais merde, combien y a-t-il de copains qui sont morts ces dernières années parce qu'on n'a pas pu les soigner ? Vous vous souvenez de Doug, il y a deux ans ? Il avait une appendicite et on a fait un carnage quand on a essayé de l'opérer; il en est mort. S'il y a la moindre chance d'empêcher que ça se renouvelle, même si cette chance est infime, il faut la tenter.

— On ne peut pas être sûrs que ça ne se renouvellera pas quand même, reprit la première voix. Il faut tomber sur des souvenirs utiles si on veut faire quelque chose, et même si on les ramène à la surface, il n'est pas du tout sûr qu'ils servent vraiment autant qu'on le voudrait.

— Merde, il faut quand même essayer.

— Moi je pense qu'on doit quelque chose à Keith.

— Moi je pense que c'est Keith qui nous doit quelque chose.

Et tout le monde se retrouva de nouveau en train de discuter, à se lancer des arguments à la tête pendant que Winters, Keith et moi restions plantés là à les écouter. La discussion n'en finissait pas et revenait toujours aux mêmes points. Et puis Pete prit la parole.

Il passa devant Winters, le bras autour des épaules de Janie.

— Ça suffit comme ça, déclara-t-il. A mon avis, il n'y a même pas matière à discuter. Janie me dit qu'elle va avoir un gosse de moi. Eh bien, foutre, je ne vais pas risquer de les voir mourir, elle ou le môme. S'il y a moyen d'apprendre quoi que ce soit qui facilite les choses, on l'utilise. Et surtout je ne veux pas courir le moindre risque à cause d'une espèce de mauviette qui n'ose pas regarder la vie en face. Il n'est pas le seul à avoir souffert, le pauvre chéri, pourquoi compterait-il plus que nous ? Moi aussi j'ai perdu une nana à cause de la Conflagration, mais est-ce que je pleure, moi, pour qu'on me donne de la chronine pour la faire revivre en rêve ? J'en ai trouvé une autre, voilà tout. Et c'est ce que tu devrais faire aussi, Keith.

L'interpellé resta parfaitement immobile, mais il avait les poings serrés.

— Il y a des différences, Pete, dit-il lentement. De grandes différences. D'abord, ma Sandi n'était pas une nana. Et je l'aimais, peut-être plus que tu ne pourras jamais comprendre. Je sais que tu ne comprends pas la douleur, Pete. Tu t'es endurci contre la douleur, comme beaucoup de gens, en faisant comme si elle n'existait pas. Et comme ça tu fais croire à tout le monde que tu es un dur, un homme, un vrai, qui n'a besoin de personne. Mais en faisant ça, tu as aussi abandonné quelque chose d'humain. (Il sourit, à présent parfaitement maître de lui, la voix ferme et assurée.) Eh bien non, moi je ne joue pas à ce jeu-là. Je veux garder ce que j'ai d'humain, et je me battrai pour ça s'il le faut. J'ai aimé dans ma vie, vraiment aimé. Et maintenant, j'ai mal. Et je refuse de renier l'un ou l'autre de ces sentiments, et de prétendre que ça a moins d'importance pour moi, parce que ce n'est pas vrai. (Il se tourna vers Winters.) Lieutenant, je veux ma Sandi et je ne vous laisserai pas me l'enlever. Qu'on mette ça aux voix.

Winters acquiesça.

Ce fut serré, très serré. Il n'y avait que trois voix de différence. Keith avait beaucoup d'amis.

Mais c'est Winters qui a gagné.

Keith a pris la chose calmement. Il a ramassé la boîte à cigares, s'est avancé vers Winters et la lui a tendue. Pete arborait une mine rayonnante, mais Winters n'a même pas esquissé un sourire.

— Je suis désolé, Keith, a-t-il dit.
— Oui, a répondu Keith, moi aussi.

Il y avait des larmes sur son visage. Keith n'avait jamais eu honte de pleurer.

Il n'y eut pas de concert ce soir-là.

Winters ne chronotrippait pas. Il envoyait les gens en « raid d'exploration » dans le passé, en préparant soigneusement chaque excursion pour qu'il y ait le minimum de risques et le maximum de résultat.

Ça ne nous a pas donné de toubib. Rick est retourné trois fois dans le passé sans rapporter le moindre souvenir utile. Mais un des gars s'est rappelé des tuyaux intéressants sur les plantes médicinales après une excursion-souvenir dans un labo de biologie et quelqu'un d'autre a ramené des trucs à peu près valables sur l'électricité.

Mais Winters ne perdait pas espoir. Il interviewait les gens pour décider qui serait le prochain à utiliser la chronine. Il faisait ça avec beaucoup de soin et d'attention et posait toujours les questions qu'il fallait. Personne ne faisait d'excursion dans le passé s'il n'avait pas donné le feu vert. En attendant, on avait rangé la chronine dans la nouvelle cabane, et Pete gardait l'œil dessus.

Et Keith? Eh bien, Keith chantait. J'avais eu peur, le soir de la confrontation, qu'il ne s'arrête de chanter, mais ce ne fut pas le cas. Il ne pouvait pas s'arrêter de chanter, pas plus qu'il ne pouvait s'arrêter de penser à Sandi. Le lendemain même, il était de retour à la clairière et il a chanté plus longtemps et avec plus d'âme que jamais. Le surlendemain, il a été encore mieux.

A part ça, dans la journée, il faisait sa part de boulot avec une gaieté forcée. Il souriait souvent et parlait tout le temps, mais sans jamais dire grand-chose en fait. Et il ne parlait jamais de la chronine, ni des excursions-souvenirs, ni de la scène mémorable.

Ni de Sandi.

Mais il passait toutes ses nuits près du ruisseau. Il faisait de plus en plus froid, mais il ne semblait pas s'en apercevoir. Il emportait quelques couvertures et son sac de couchage et faisait fi du vent, du gel et des pluies de plus en plus fréquentes.

Une fois ou deux, je l'ai rejoint pour bavarder un peu. Il m'accueillait gentiment, mais n'abordait jamais les sujets vraiment importants et je ne me décidais pas à orienter la conversation sur les questions qu'il voulait manifestement éviter. On finissait par parler de la pluie et du beau temps et autres banalités.

Maintenant, au lieu de la boîte à cigares, Keith emportait sa guitare au bord du ruisseau. Il n'en jouait jamais quand j'étais là, mais il m'est arrivé de l'entendre de loin, en rentrant à la baraque commune après une de ces conversations stériles. Pas de paroles, juste la musique. Deux chansons, toujours les mêmes. Vous savez lesquelles.

Et puis, au bout d'un moment, il n'y en a plus eu qu'une seule. *Me and Bobby McGee.* Nuit après nuit, seul, comme obsédé, Keith jouait ça, assis au bord d'un ruisseau asséché dans une forêt déserte. J'avais toujours aimé cette chanson, mais à présent, je commençais à appréhender de l'entendre, et un frisson me parcourait chaque fois que j'entendais ces notes s'égrener dans le froid vent d'automne.

Finalement, un soir, je lui en ai parlé. Ça n'a pas été très long, comme conversation, mais je crois que ç'a été la seule fois, après la scène, où le courant est passé entre Keith et moi.

Je l'avais accompagné jusqu'au ruisseau, et je m'étais emmitouflé dans une grosse couverture de laine pour me protéger contre le crachin froid et pénétrant qui n'arrêtait pas de tomber. Keith était allongé sous son arbre, à moitié enfoui dans son sac de couchage, sa guitare sur les genoux. Il ne prenait même pas la peine de la protéger contre l'humidité, et ça m'a inquiété.

Nous avons parlé de tout et de rien et puis finalement j'ai mis la conversation sur ses concerts solitaires au bord du ruisseau. Il a souri.

— Tu sais pourquoi je joue cette chanson.
— Oui, je sais, mais je voudrais bien que tu arrêtes.

Il détourna les yeux.

— Je vais m'arrêter. C'est la dernière fois ce soir. Mais ce soir, je la joue. Je t'en prie, Gary, ne discute pas; je te demande seulement de m'écouter. Cette chanson, c'est tout ce qui me reste pour m'aider à réfléchir. Et j'en ai eu besoin ces temps-ci, parce que j'ai beaucoup réfléchi.

— Je t'avais bien dit que tu pensais trop, plaisantai-je.

Mais ça ne l'a pas fait rire.

— C'est vrai, et tu avais parfaitement raison. Ou bien moi, ou alors c'est Shakespeare... je ne sais plus qui a dit ça le premier. Cela dit, parfois on ne peut pas s'empêcher de penser. C'est aussi le propre de l'homme, pas vrai ?

— Je crois, oui.

— Moi, j'en suis sûr. Alors je réfléchis en musique. Il n'y a plus d'eau qui coule pour m'y aider, et les étoiles sont toutes cachées. Et Sandi est partie, pour de bon cette fois. Tu sais, Gary... si je continuais comme ça, jour après jour, si je ne pensais pas autant à elle, je risquerais de l'oublier. Je pourrais même oublier son visage. Tu crois que Pete l'a oubliée, sa nana ?

— Non, dis-je. Et toi, tu n'oublieras pas Sandi, j'en suis certain. Peut-être que tu n'y penseras plus autant... et peut-être que ça sera pour le mieux. Parfois il est bon d'oublier.

Là, il m'a regardé. Droit dans les yeux.

— Mais je ne *veux* pas oublier, Gary. Et je n'oublierai pas. Je n'oublierai pas.

Puis il s'est mis à jouer. La même chanson. Une fois. Deux fois. Trois fois. J'ai essayé de parler, mais il ne m'écoutait pas. Ses doigts continuaient à jouer, farouchement, implacablement. Et la musique noyait mes paroles et le vent les emportait.

Finalement, j'y ai renoncé et je suis parti. Qu'il fut long, le chemin qui me ramenait à la baraque commune, avec la guitare de Keith qui me poursuivait dans la bruine...

Winters vint me réveiller dans la baraque commune, il me secoua et je sortis de mon sommeil pour trouver un petit matin froid et gris. Le visage de Winters était plus gris encore. Il ne dit pas un mot, je pense qu'il ne voulait pas réveiller les autres. Il me fit signe de le suivre et il sortit.

Je bâillai, m'étirai et le suivis. Juste la porte franchie, il se baissa et me tendit une guitare cassée.

Je la regardai sans comprendre, puis je levai les yeux sur Winters. Vu la tête que je faisais, il n'a pas eu besoin que je lui pose de question.

— Il l'a cassée sur le crâne de Pete et il a pris la chronine. Je crois que Pete a une légère commotion cérébrale, mais il est probable qu'il s'en remettra. Il a eu de la chance. Il aurait aussi bien pu y passer.

Je regardai la guitare que je tenais toujours. Elle était toute démolie, le bois avait craqué et s'était fendu, et il y avait plusieurs cordes cassées. Ç'avait dû être un vache de coup. Je ne pouvais pas y croire.

— Non, dis-je. Keith... non, il ne peut pas avoir...

— C'est sa guitare, fit remarquer Winters. Et qui d'autre aurait pris la chronine? (Puis son expression se radoucit.) Je suis désolé, Gary, je t'assure. Je crois comprendre pourquoi il a fait ça. Mais je veux quand même le voir. Où est-il, en as-tu la moindre idée?

Je le savais, bien sûr. Mais j'avais peur.

— Qu'est-ce que... qu'est-ce que tu vas lui faire?

— Je ne vais pas le punir, ne t'inquiète pas. Je veux juste récupérer la chronine. On fera plus attention la prochaine fois.

— D'accord, dis-je en hochant la tête. Mais tu ne fais rien à Keith. Je te casse la gueule si tu manques à ta parole, et les autres feront comme moi.

Il se contenta de me regarder, très tristement, comme s'il était déçu que je mette sa parole en doute. Il ne dit pas un mot. Nous avons fait les deux kilomètres jusqu'au ruisseau en silence, moi tenant toujours la guitare.

Keith était là, bien sûr. Enroulé dans son sac de couchage, la boîte à cigares à côté de lui. Il restait quelques sachets. Il n'en avait pris qu'un.

Je me suis penché sur lui pour le réveiller. Mais

quand je l'ai touché, et que je l'ai retourné, deux choses m'ont frappé : il avait rasé sa barbe, et son corps était froid, très froid.

Et puis j'ai vu le flacon vide.

En même temps que la chronine, on avait aussi trouvé d'autres drogues. Les autres n'étaient même pas sous clé. Keith avait pris du somnifère.

Je me suis redressé sans mot dire. Je n'avais pas besoin d'expliquer, Winters avait compris très vite. Il a contemplé le corps et secoué la tête.

— Je me demande pourquoi il s'est rasé ? dit-il enfin.
— Moi, je le sais. Il ne portait pas la barbe autrefois, quand il était avec Sandi.
— Je vois. Oui, c'est logique.
— Quoi ?
— Le suicide. Il a toujours eu l'air instable.
— Non, lieutenant, ce n'est pas ça du tout. Keith ne s'est pas suicidé.

Winters a froncé les sourcils. Moi, j'ai souri.

— Ecoute, si toi tu faisais ça, ce serait un suicide. Tu penses que la chronine n'est qu'une drogue qui fait rêver. Mais Keith, lui, pensait que c'était une machine à remonter le temps. Il ne s'est pas tué, ce n'était pas son genre. Il a tout simplement rejoint sa Sandi. Et cette fois-ci, il a fait ce qu'il fallait pour être sûr qu'il resterait auprès d'elle.

Winters a de nouveau regardé le corps.

— Oui. Peut-être. (Il a marqué une pause.) J'espère pour lui qu'il avait raison.

On peut dire que les années qui se sont écoulées depuis ont été bonnes. Winters est un meilleur chef que moi. Les excursions dans le passé n'ont jamais rien ramené qui vaille la peine, mais les raids d'exploration se sont révélés fructueux. Il y a plus de deux cents personnes en ville maintenant, pour la plupart des gens que Winters a ramenés.

Et puis, c'est une vraie ville. Nous avons l'électricité,

et une bibliothèque, et des vivres à revendre. Et nous avons un médecin, un vrai, que Winters a trouvé à cent cinquante kilomètres d'ici. On est devenus tellement prospères que les Fils du Tonnerre ont entendu parler de nous et sont revenus, pensant s'amuser un peu. Winters a lâché sa milice sur eux et a pourchassé sans pitié ceux qui essayaient de s'enfuir.

Personne à part les gens de l'ancienne communauté ne se souvient de Keith. Mais on a toujours des concerts, chant et musique. Lors d'une de ses expéditions, Winters a découvert un jeune, Ronnie, qui a une guitare. Il n'est pas du niveau de Keith, bien sûr, mais il fait de son mieux, et tout le monde s'amuse bien. En plus, il a appris à jouer à certains des gosses.

Ce qu'il y a, c'est que Ronnie écrit ses chansons lui-même, alors on n'entend pas souvent les vieux airs. Au lieu de ça, on a de la musique d'après-guerre. L'air le plus demandé en ce moment, c'est une longue ballade qui raconte comment notre armée a décimé les Fils du Tonnerre.

Winters dit que c'est très sain, que c'est une musique neuve pour une civilisation neuve. Et peut-être n'a-t-il pas tort. Avec le temps, je suis sûr qu'une nouvelle culture naîtra, qui remplacera celle qui est morte. Ronnie, comme Winters, bâtit notre avenir.

Mais on a perdu quelque chose dans l'affaire.

L'autre soir, au concert de Ronnie, je lui ai demandé de chanter *Me and Bobby McGee*. Mais personne ne connaissait les paroles.

Chicago
Octobre 1972

SEPT FOIS,
SEPT FOIS L'HOMME, JAMAIS !

*Pour toi, ta compagne et tes petits,
tue au gré de ta force et de ta faim, mais
Tu ne tueras rien pour le plaisir
et sept fois, sept fois l'Homme, jamais !*
Rudyard Kipling

Les enfants jaenshis étaient alignés à l'extérieur des murailles, leurs petits corps de fourrure grise immobiles au bout de leurs longues cordes. Avant d'être pendus, les plus âgés avaient manifestement été exécutés autrement. On voyait se balancer ici et là le corps décapité d'un mâle pendu par les pieds ou le cadavre d'une femelle. Mais les autres, les tout petits à la fourrure sombre et aux grands yeux dorés, avaient simplement, pour la plupart, été pendus. Au crépuscule, quand la brise qui soufflait des hauteurs des versants escarpés se levait, les corps les plus légers venaient taper contre les murailles, comme s'ils étaient vivants et frappaient pour qu'on leur ouvre la porte.

Mais les sentinelles postées sur les remparts continuaient leurs rondes incessantes sans y prêter garde et les grandes portes métalliques rouillées restaient closes.

— Croyez-vous au mal ? demanda Arik ne-Krol à Jannis Ryther, qui contemplait avec lui la Cité des Anges d'acier du sommet d'une colline avoisinante.

Ne-Krol était accroupi au milieu des débris de ce qui avait été une pyramide sacrée jaenshie et chacun des traits de son visage aplati, au teint jaune-brun, était marqué par la colère.

— Le mal ? murmura distraitement Ryther.

Elle ne quittait pas des yeux la muraille de pierres rouges contre laquelle les corps sombres des enfants se détachaient nettement. Le soleil — l'énorme boule incandescente que les Anges d'acier appelaient le Cœur de Bakkalon — descendait sur l'horizon et la vallée semblait noyée dans un brouillard sanglant.

— Le mal, répéta ne-Krol.

Le marchand était un petit bonhomme grassouillet d'allure tout à fait mongoloïde, à l'exception de la chevelure d'un roux vif qui lui tombait jusqu'au creux des reins.

— C'est un concept religieux, reprit-il, et je ne suis pas du genre religieux. Il y a longtemps, au temps de mon enfance sur ai-Emerel, j'avais décidé qu'il n'y a ni bien ni mal, seulement des mentalités différentes.

De ses petites mains délicates, il fouilla dans les cendres jusqu'à ce qu'il trouve une sorte de tesson qui tenait juste dans sa paume. Il se redressa et le tendit à Ryther.

— Les Anges d'acier m'ont fait croire de nouveau au mal.

Ryther prit silencieusement le tesson et le tourna et le retourna entre ses mains. Elle était beaucoup plus grande que ne-Krol, osseuse, avec un long visage, des cheveux noirs coupés court et des yeux inexpressifs. Sa combinaison tachée de sueur flottait sur son corps décharné.

— Intéressant, dit-elle enfin après avoir étudié un long moment le tesson, dur et lisse comme du verre, mais moins cassant, et d'un rouge translucide si sombre qu'il en paraissait presque noir. Est-ce du plastique ? demanda-t-elle en le rejetant par terre.

— C'est ce qu'il m'avait semblé, mais c'est impossible. Les Jaenshis travaillent le bois et l'os, quelquefois le métal, mais des siècles les séparent de la matière plastique.

— Des siècles dans le passé ou dans l'avenir ? Ne disiez-vous pas que l'on trouve des pyramides sacrées dans toute la forêt ?

— Partout où je suis allé, oui. Mais les Anges ont démoli toutes celles qui étaient près de la vallée, pour en chasser les Jaenshis. Et au fur et à mesure qu'ils avanceront, car ils vont sûrement le faire, ils en démoliront d'autres.

Ryther acquiesça de la tête. Elle regarda de nouveau la vallée. A l'ouest, le Cœur de Bakkalon jetait ses derniers rayons derrière les montagnes et les lumières de la cité s'allumaient. Les petits Jaenshis se balançaient, éclairés de reflets d'un bleu doux et, juste au-dessus des portes de l'enceinte, deux silhouettes raides s'agitaient. Bientôt, on les vit jeter quelque chose au dehors, une corde se déroula et une nouvelle petite ombre se mit à tressauter contre la muraille.

— Pourquoi ? demanda Ryther d'une voix indifférente.

Ne-Krol, lui, n'était pas du tout indifférent.

— Les Jaenshis ont essayé de défendre une de leurs pyramides. Armés de lances, de couteaux et de pierres, contre les Anges d'acier, avec leurs lasers, leurs désintégrateurs et leurs stridences ! Mais ils les ont pris par surprise et ils en ont tué un. Le grand-maître a juré que ça ne se reproduirait plus. (Il cracha.) Le mal... les enfants ne se méfient pas d'eux, vous comprenez ?

— Intéressant.

— Ne pouvez-vous faire quelque chose ? supplia ne-Krol. Vous avez votre astronef, votre équipage. Les Jaenshis ont besoin d'être protégés. Ils sont incapables de se défendre contre les Anges.

— J'ai quatre hommes, dit Ryther, toujours calmement, et aussi quelque chose comme quatre lasers de chasse.

Ne-Krol la regarda, découragé.

— Alors, vraiment rien ?

— Demain, le grand-maître viendra peut-être nous voir. Il a sûrement vu descendre l'astronef. Il se peut que les Anges veuillent vendre ou acheter quelque chose. (Elle jeta de nouveau un coup d'œil vers la vallée.) Venez, Arik, nous devons regagner votre comptoir. Il faut charger les marchandises.

Wyatt, grand-maître des Enfants de Bakkalon sur la planète de Corlos, était grand, rouge mais squelettique, et l'on voyait jouer les muscles de ses bras sous sa peau nue. Ses cheveux d'un noir bleuté étaient coupés très court et il se tenait droit et raide. Comme tous les Anges d'acier, il portait un uniforme en tissu caméléon (brun pâle pour le moment, car il était debout en pleine lumière du jour, au bord du petit terrain aménagé sommairement en astroport), avec un col cramoisi et une ceinture d'acier tressé à laquelle étaient accrochés un laser à main, un communicateur et une stridence. La petite figurine pendue à son cou — Bakkalon, l'Enfant pâle aux grands yeux, dans son innocente nudité, armé pourtant d'une épée noire serrée dans son petit poing — était le seul insigne de son rang.

Il y avait quatre Anges derrière lui, deux hommes et deux femmes, tous vêtus de la même façon. Ils se ressemblaient d'ailleurs, avec leurs cheveux courts, blonds, roux ou bruns, leurs yeux vifs et froids, un peu des yeux de fanatiques, leur attitude raide, caractéristique, semblait-il, des membres de leur ordre, à la fois religieux et militaire, et leur corps ferme et musclé. Tout en eux déplaisait à ne-Krol, qui était du genre mou et avachi.

Le grand-maître était arrivé peu après l'aube et avait

envoyé l'un de ses hommes tambouriner à la porte de la petite bulle en préfabriqué qui tenait lieu à la fois de logement et de comptoir à ne-Krol. Ensommeillé et furieux, mais prudemment poli, le marchand s'était levé pour accueillir les Anges et les avait escortés jusqu'au terrain où la *Lumière de Jolostar,* goutte de métal scarifié, reposait sur trois pieds rétractables.

Les écoutilles de la soute étaient toutes verrouillées. L'équipage de Ryther avait passé presque toute la soirée à décharger les marchandises commandées par ne-Krol et à les remplacer par les caisses contenant les objets d'art jaenshis susceptibles d'être payés au prix fort par les amateurs d'art extraterrestre. Mais de cela, on ne pourrait être sûr que lorsqu'un expert les aurait examinés de près. Il n'y avait qu'un an que Ryther avait déposé ne-Krol sur Corlos, et c'était sa première livraison.

— C'est Arik mon agent sur cette planète, dit Ryther au grand-maître en le rejoignant sur le terrain. C'est donc à lui que vous devez vous adresser.

— Je vois, fit Wyatt, qui tenait toujours à la main la liste des produits que les Anges auraient voulu que Ryther leur rapporte des colonies industrialisées d'Avalon et de la Planète-Jamison. Mais ne-Krol ne veut pas traiter avec nous.

Ryther le regarda sans répondre.

— Naturellement! dit ne-Krol. Moi, je fais du commerce avec les Jaenshis et vous, vous les massacrez.

Le grand-maître avait plusieurs fois discuté avec ne-Krol depuis plusieurs mois, depuis que les Anges avaient établi leur cité-colonie, et les discussions avaient toujours tourné à l'aigre. Cette fois, il l'ignora.

— Les mesures que nous avons prises s'imposaient, dit-il à Ryther. Quand un animal tue un homme, il faut qu'il soit puni et que les autres voient cela, pour qu'ils sachent que l'homme, l'Héritier de la Terre, l'Enfant de Bakkalon, est leur seigneur et maître à tous.

— Les Jaenshis ne sont pas des bêtes, grommela ne-

Krol. Ce sont des êtres intelligents. Ils ont une religion, un art, des coutumes, et ils...

— Ils n'ont pas d'âme, dit Wyatt en se décidant à le regarder. Seuls les Enfants de Bakkalon ont une âme. Que ces créatures soient ou non douées de raison, cela n'intéresse que vous, et elles peut-être. Mais elles n'ont pas d'âme, donc ce sont des bêtes.

— Arik m'a montré leurs pyramides sacrées, intervint Ryther. Les êtres qui ont construit de pareils monuments ne peuvent pas ne pas avoir d'âme.

Le grand-maître secoua la tête.

— Vous vous trompez. Le Livre le dit bien. Nous seuls, les Héritiers de la Terre, sommes les véritables Enfants de Bakkalon, et nuls autres que nous. Les autres ne sont que des animaux, et nous devons assurer notre domination sur eux au nom de Bakkalon.

— Très bien, dit Ryther, mais je crains que vous ne soyez obligés d'assurer votre domination sans la *Lumière de Jolostar.* Et je dois vous dire que je réprouve votre façon d'agir et que je ferai un rapport à ce sujet en rentrant sur la Planète-Jamison.

— Je m'y attendais, dit Wyatt. L'année prochaine, peut-être brûlerez-vous d'amour pour Bakkalon vous aussi, et alors nous reprendrons cette conversation. D'ici là, Corlos survivra sans votre aide.

Il la salua et repartit d'un pas vif, escorté par les quatre Anges.

— A quoi servira-t-il, ce rapport ? demanda ne-Krol, amer.

— A rien, reconnut Ryther en regardant au loin dans la forêt. Les gens de Jamison s'en ficheront, et même s'ils ne s'en fichent pas, que pourraient-ils faire ?

Le vent soulevait la poussière autour d'elle et ses épaules s'affaissaient comme si elle était exténuée. Ne-Krol se souvint du gros livre relié en rouge que Wyatt lui avait donné plusieurs mois auparavant.

— « Et Bakkalon, l'Enfant pâle, a façonné ses enfants dans l'acier, cita-t-il, car les étoiles briseront les faibles.

Et, dans la main de chaque enfant nouveau-né, Il a placé une épée d'acier trempé, en lui disant : " Voici la voie de la vérité ". » C'est ce qu'ils croient. (Il cracha d'un air dégoûté.) Et nous ne pouvons rien faire!

Le visage de Ryther était de nouveau hermétique.

— Je vais vous laisser deux lasers. Faites en sorte que d'ici un an, les Jaenshis sachent s'en servir. Je crois que je sais quel genre de marchandise il faut que j'apporte la prochaine fois.

Les Jaenshis vivaient en clans (c'était du moins le mot qui était venu à l'esprit de ne-Krol) de vingt à trente individus, composés pour moitié d'adultes et pour moitié d'enfants et ayant chacun sa forêt natale et sa pyramide sacrée. Ils ne construisaient pas d'abris. Ils dormaient roulés en boule dans les arbres entourant leur pyramide et trouvaient de quoi se nourrir dans la nature. Des arbres aux fruits bleu-noir juteux poussaient partout, et il y avait aussi trois sortes de baies comestibles, une plante hallucinogène et une autre dont les Jaenshis déterraient les tubercules jaunâtres. Ne-Krol avait découvert qu'ils chassaient aussi, mais à l'occasion seulement. Pendant des mois entiers, un clan se passait de viande et laissait les phacochères fouir le sol à la recherche de racines, jouer avec les enfants et se multiplier en paix. Et tout d'un coup, au moment sans doute où leur nombre atteignait un seuil critique, les Jaenshis s'armaient tranquillement d'un épieu et en tuaient deux sur trois. Pendant une semaine, ils faisaient bombance tous les soirs autour des pyramides. Les choses se passaient de la même façon avec les grosses limaces blanches qui se mettaient parfois à pulluler sur les arbres fruitiers et que les Jaenshis ramassaient pour les faire cuire avec les faux-moines qui hantaient les frondaisons et y volaient les fruits.

A la connaissance de ne-Krol, il n'y avait pas de prédateurs dans les forêts des Jaenshis. Les premiers mois, il s'armait toujours d'un long couteau magnétique et d'un laser à main pour ses tournées de pyramide en pyramide. Mais il n'avait jamais rencontré le moindre ennemi et maintenant le couteau gisait brisé dans sa cuisine et le laser était perdu depuis longtemps.

Le lendemain du départ de la *Lumière de Jolostar,* ne-Krol s'enfonça de nouveau dans la forêt, armé de l'un des lasers de chasse de Ryther.

A moins de deux kilomètres de son comptoir, il trouva le camp des Jaenshis qu'il appelait le clan des cascades. Ils vivaient sur la pente d'une colline boisée d'où une eau bleutée cascadait en mille ruisseaux qui se rejoignaient et se séparaient tour à tour, si bien que toute la pente était un rideau étincelant de rapides et de chutes formant des nuages de gouttelettes, entrecoupés de petits lacs tranquilles. La pyramide sacrée du clan était construite sur un grand rocher plat de pierre grise, tout en bas, au centre du dernier lac. Bloc triangulaire rouge sombre au milieu des tourbillons, plus haute que la plupart des Jaenshis, elle arrivait au menton de ne-Krol et elle était tellement lourde et compacte qu'elle semblait indestructible.

Mais pas pour ne-Krol. Il avait vu d'autres pyramides littéralement découpées au laser par les Anges d'acier et réduites en cendres par leurs désintégrateurs. Quels que fussent les pouvoirs que leur attribuait la légende jaenshie, et les mystères qui entouraient leur origine, ce n'était pas assez pour arrêter les coups de Bakkalon.

La prairie dans laquelle était niché le lac de la pyramide était inondée de soleil quand ne-Krol y arriva et les hautes herbes ondulaient sous la brise légère, mais la plupart des membres du clan n'étaient pas là. Peut-être étaient-ils dans les arbres à s'accoupler ou à cueillir des fruits, ou se promenaient-ils dans la forêt à flanc de colline. Ne-Krol ne vit que quelques enfants qui chevauchaient des phacochères dans la clairière. Il s'assit pour attendre en se chauffant au soleil.

Bientôt apparut le porte-parole, qui s'assit à ses côtés.

C'était un petit vieux ratatiné, qui n'avait plus que quelques touffes de fourrure gris sale pour cacher sa peau ridée. Il n'avait plus ni dents ni griffes. Mais ses grands yeux dorés, sans pupille comme chez tous les Jaenshis, étaient encore vifs et perçants. Il était le porte-parole du clan des cascades, celui qui communiait le mieux avec la pyramide sacrée. Chaque clan avait ainsi son porte-parole.

— J'ai quelque chose de nouveau à te proposer, dit ne-Krol dans le doux parler musical des Jaenshis.

Il avait appris la langue sur Avalon, avant de partir. Tomas Chung, le légendaire linguiste télépathe, l'avait déchiffrée des siècles auparavant, lors de l'expédition de Kleronomas. Aucun autre humain n'était venu chez les Jaenshis depuis, mais les cartes de Kleronomas et l'analyse syntagmatique de Chung étaient conservées dans la banque de données de l'Institut avalonien d'études de l'intelligence non humaine.

— Nous avons fait d'autres statues et nous avons encore travaillé le bois pour toi, dit le vieux. Et toi, qu'est-ce que tu nous as apporté ? Du sel ?

Ne-Krol défit son sac à dos, en sortit l'un des blocs de sel qu'il avait apportés et le posa devant le Jaenshi.

— Du sel, oui, et cela aussi, lui dit-il en posant aussi le laser devant lui.

— Qu'est-ce que c'est ? demanda le vieux.

— As-tu entendu parler des Anges d'acier ?

Le vieux hocha la tête — un geste que lui avait appris ne-Krol.

— Oui, les Jaenshis qui s'enfuient de la vallée morte, ceux qui ont perdu leur dieu, m'en ont parlé. Ce sont les Anges qui réduisent les dieux au silence et qui détruisent les pyramides.

— Eh bien ça, c'est un outil comme ceux dont les Anges se servent pour détruire les pyramides. Je te le propose comme monnaie d'échange.

Le vieux ne bougeait pas.

— Mais nous n'avons pas envie de démolir les pyramides, dit-il enfin.

— Cet outil peut servir à autre chose. Un jour, les Anges d'acier pourraient venir ici et démolir la pyramide de ton clan. Mais si vous avez des outils comme celui-ci, vous pourrez les en empêcher. Ceux de la pyramide du cromlech ont voulu les arrêter avec des lances et des couteaux et aujourd'hui, ils errent dans la plaine et leurs enfants sont pendus aux remparts de la Cité des Anges. D'autres clans, eux, n'ont pas résisté et pourtant, eux non plus, n'ont plus de terres, plus de dieu. Je te le dis, un jour viendra où le clan des cascades aura besoin de cet outil.

Le vieux prit le laser et le tourna et le retourna avec curiosité dans ses petites mains ridées.

— Il nous faut prier. Reste ici, Arik. Ce soir, quand le dieu abaissera son regard sur nous, nous te dirons ce que nous aurons décidé. En attendant, tu peux faire du troc avec les autres.

Il se leva brusquement, lança un bref regard à la pyramide dressée sur les eaux du lac, et disparut dans la forêt, tenant toujours le laser à la main.

Ne-Krol soupira. Il en avait pour longtemps à attendre. Les séances de prière n'avaient jamais lieu avant le coucher du soleil. Il s'avança au bord du lac et délaça ses grosses chaussures pour tremper ses pieds douloureux dans l'eau fraîche.

Quand il leva les yeux, une jeune Jaenshie élancée, dont la fourrure avait des reflets auburn, se tenait devant lui; elle était la première à venir lui présenter une sculpture. Silencieusement, car personne ne parlait en présence de ne-Krol, sauf le porte-parole, elle la lui tendit.

C'était une statuette pas plus grosse que son poing, représentant une déesse de la fertilité à la poitrine lourde, sculptée dans le bois parfumé aux minces veines bleutées des arbres fruitiers. Elle était assise en tailleur sur un socle triangulaire, et trois minces aiguilles en os s'élançaient de chaque angle et se rejoignaient au-dessus de sa tête en s'enfonçant dans une grosse boule d'argile.

Ne-Krol prit l'objet, l'examina sous toutes ses faces et hocha la tête en signe d'approbation. La Jaenshie sourit et disparut en emportant le bloc de sel. Longtemps après son départ, ne-Krol continua à admirer son acquisition. Il avait fait ce métier toute sa vie, passant dix ans parmi les gethsoïdes à face de poulpe d'Aath et quatre ans chez les filiformes Fyndayi, puis parcourant une demi-douzaine de planètes se trouvant encore à l'âge de la pierre, anciens fiefs de l'empire hrangan aujourd'hui démembré. Mais il n'avait jamais vu d'artistes comme les Jaenshis. Il se demanda, pour la centième fois, pourquoi ni Kleronomas ni Chung n'avaient parlé des sculptures. Cela dit, il s'en réjouissait, car il était presque certain que lorsque les experts auraient vu les caisses d'objets d'art que Ryther avait emportées, les concurrents débarqueraient en foule. En fait, on l'avait envoyé, lui, tout à fait au hasard, dans l'espoir de trouver une drogue, une herbe ou une liqueur jaenshie qui puisse bien se vendre sur le marché stellaire. Au lieu de quoi, il avait trouvé un art, comme en réponse à une prière.

D'autres artistes vinrent lui présenter leurs œuvres, tandis que le temps s'écoulait et que le matin faisait place à l'après-midi et l'après-midi au crépuscule. Il examinait chaque pièce soigneusement, rejetant celle-ci, prenant celle-là, et payant chaque fois en sel. Avant que la nuit soit complètement tombée, il avait une pile d'objets à côté de lui : une série de couteaux en pierre pourpre, le linceul gris, filé par sa veuve et ses amis, d'un vieux Jaenshi (dont le visage était brodé dessus avec les longs poils dorés et soyeux des faux-moines), une lance en os avec des caractères qui rappelaient les runes de la légende de Terra — et des statuettes. Les statuettes, voilà ce qu'il avait toujours préféré.

Les formes d'art indigène étaient souvent tellement étranges qu'elles échappaient à la compréhension; les artistes jaenshis, eux, touchaient une corde sensible chez lui. Les dieux qu'ils sculptaient, toujours assis dans une pyramide en os, avaient des visages jaenshis, mais en même temps ils semblaient typiquement humains : dieux de la guerre au visage dur, êtres ressemblant étrangement à des satyres, déesses de la fertilité comme celle qu'il avait achetée, guerriers et nymphes à l'allure quasiment humaine. Souvent ne-Krol avait regretté de ne pas avoir fait les études d'exoanthropologie qui lui auraient permis d'écrire un livre sur l'universalité des mythes. Les Jaenshis avaient sûrement une riche mythologie, même si les porte-parole n'en parlaient jamais. Sinon, comment expliquer ces sculptures ? Peut-être n'adoraient-ils plus les anciens dieux, mais ils s'en souvenaient encore.

Quand le Cœur de Bakkalon disparut à l'horizon et que les derniers rayons rougeoyants cessèrent de filtrer à travers les frondaisons, ne-Krol avait rassemblé autant d'objets qu'il pouvait en porter et sa provision de sel était presque épuisée. Il relaça ses chaussures et s'assit patiemment dans l'herbe pour attendre. Un par un, les membres du clan l'y rejoignirent; puis enfin le porte-parole revint.

Les prières commencèrent.

Le porte-parole, qui tenait toujours le laser à la main, traversa lentement les eaux assombries par la nuit pour s'accroupir devant la masse noire de la pyramide. Les autres, adultes et enfants, une quarantaine au total, s'installèrent dans l'herbe à côté de ne-Krol ou derrière lui. Tous regardaient le porte-parole dont la silhouette, éclairée par l'énorme lune qui venait de se lever, se découpait nettement sur le ciel. Posant le laser sur le rocher, le porte-parole appuya la paume de ses mains contre la pyramide et son corps parut se pétrifier tandis que les autres Jaenshis, tendus eux aussi, se tenaient presque immobiles.

Ne-Krol s'agita nerveusement et étouffa un bâillement. Ce n'était pas la première fois qu'il assistait à une séance de prières et il connaissait le rituel. Il en avait pour une bonne heure à s'ennuyer. Les Jaenshis priaient en silence, et il n'y avait donc rien à entendre que leur respiration régulière, rien à voir que leurs quarante visages impassibles. En soupirant, il essaya de se détendre. Il ferma les yeux et tâcha de se concentrer sur l'herbe douce à son corps et sur la brise tiède qui soulevait sa longue chevelure en broussaille. Ici, pour un bref instant, il trouvait la paix. Combien de temps cela durerait-il, se demanda-t-il, si les Anges d'acier quittent leur vallée...

Une heure s'écoula, mais ne-Krol, perdu dans ses pensées, vit à peine le temps passer. Soudain, il entendit des bruissements et des voix autour de lui, car les Jaenshis se levaient pour repartir dans leur forêt. Et voilà que le vieux porte-parole était devant lui et déposait le laser à ses pieds.

— Non, dit-il simplement.

— Comment ! sursauta ne-Krol. Mais il faut absolument que vous le preniez ! Tiens, je vais te montrer ce qu'on peut faire avec...

— J'ai eu une vision, Arik. Le dieu me l'a montré. Mais il m'a montré aussi que ce ne serait pas bien d'échanger nos produits contre ça.

— Mais quand les Anges d'acier viendront...

— S'ils viennent, notre dieu leur parlera, dit le vieux Jaenshi dans son langage susurrant, mais il n'y avait pas d'hésitation dans la voix douce, et le regard des grands yeux d'or liquide était sans appel.

— Notre nourriture, nous la devons à nous-mêmes, et à personne d'autre. Elle est à nous parce que nous l'avons gagnée à la sueur de notre front et à la pointe de nos épées. Elle est à nous en vertu du seul droit qui soit, le droit du plus fort. Mais pour cette force, pour la vigueur de nos bras et l'acier de nos épées et la flamme de nos cœurs, nous remercions Bakkalon, l'Enfant pâle, qui nous a donné la vie et nous a montré comment la préserver.

Le grand-maître, debout au centre de cinq longues tablées de bois qui occupaient toute la longueur de la grande salle, prononçait chaque mot de l'action de grâces avec une dignité solennelle. Ses grandes mains aux veines apparentes étreignaient le plat de l'épée qu'il tenait devant lui, la pointe dressée vers le ciel, et l'éclairage tamisé avait rendu son uniforme presque noir. Tout autour de lui, les Anges d'acier étaient assis, raides et compassés. Ils n'avaient pas encore touché à la nourriture placée devant eux : gros tubercules bouillis, viande de phacochère fumante, pain noir et salade de néomâche craquante. Les enfants qui n'avaient pas encore l'âge de combattre — dix ans —, en tunique d'un blanc immaculé serrée à la taille par l'inévitable ceinture d'acier tressé, occupaient les deux tables extérieures, sous les meurtrières. Les tout petits s'efforçaient de rester parfaitement immobiles, sous l'œil sévère de régents de neuf ans qui portaient leur bâton disciplinaire en bois dur passé dans leur ceinture. Aux deux tables intérieures était installée la confrérie des combattants, tout armés, hommes et femmes alternant. Des vétérans à la peau couturée de cicatrices et des bleus de dix ans qui venaient de quitter leur dortoir d'enfants pour la caserne étaient assis côte à côte. Tous portaient un uniforme en tissu caméléon pareil à celui de Wyatt, en dehors du col, avec, pour quelques-uns, des boutons indiquant un grade spécial. Enfin, la table centrale, deux fois moins longue que les autres, accueillait les cadres qui portaient le haut col cramoisi : chefs et cheftaines d'escouades, maîtres d'armes, archiatres, plus les trois coadjuteurs et la coadjutrice — et le grand-maître lui-même, qui présidait.

— Mangeons, dit enfin Wyatt.

Son épée vola au-dessus de la table dans le geste de la bénédiction et il s'assit. Comme tous les autres, il avait fait la queue devant la cuisine pour recevoir sa part avant de passer dans la grande salle, et cette part n'était pas plus grosse que celle du dernier des combattants.

On entendait le cliquetis des couteaux et des fourchettes, parfois le choc d'une assiette, et de temps en temps le bruit sec du bâton d'un régent sanctionnant un manquement à la discipline; sinon, le silence régnait. Les Anges ne parlaient pas pendant les repas. Ils méditaient les leçons de la journée en absorbant leur nourriture spartiate.

Après quoi, les enfants furent escortés, toujours en silence, à leur dortoir. Puis suivirent les combattants, certains pour aller au temple, la plupart pour retourner dans leurs baraquements, et quelques-uns pour monter la garde aux remparts. Ceux qu'ils relevaient trouveraient leur repas gardé au chaud dans la cuisine.

Les cadres restèrent. Une fois la table débarrassée, tout était prêt pour la réunion d'état-major. Ils étaient un peu plus détendus, maintenant, mais à peine. Après tant d'années, ils étaient déshabitués de la relaxation. Le grand-maître fixa la coadjutrice des yeux.

— Dhallis, lui demanda-t-il, avez-vous le rapport que je vous avais demandé?

La coadjutrice était une solide matrone aux muscles noueux, à la peau cuivrée. A son col, elle portait le petit insigne d'acier, en forme de microplaquette, des services informatiques.

— Oui, grand-maître, fit-elle de sa voix dure et précise. La Planète-Jamison est une colonie de la quatrième génération, peuplée surtout par des colons d'Archéo-Poséidon. Il y a un immense continent, en grande partie inexploré, et plus de douze mille îles de tailles diverses. La population humaine est concentrée sur les îles; elle cultive la terre et exploite le sous-sol et les océans pour l'industrie lourde et l'aquiculture. Les mers sont riches en poissons et en minéraux. Il y a environ soixante-dix-neuf millions d'habitants, et deux grandes villes, Port-Jamison et Jolostar, qui ont toutes deux un astroport. (Elle jeta un coup d'œil sur la feuille posée sur la table.) La planète n'était même pas sur les cartes à l'époque de la double guerre. Elle n'a jamais connu de guerre, et les seules forces armées sont celles de la police planétaire. Elle n'a pas de politique de colonisation et n'a jamais revendiqué la souveraineté sur autre chose que sa propre atmosphère.

— Parfait, approuva le grand-maître. Alors la menace de dénonciation de Ryther ne présente pour ainsi dire aucun danger. Nous pouvons continuer. Chef d'escouade Walman ?

— Nous avons capturé quatre Jaenshis aujourd'hui, et nous les avons pendus, dit Walman, un jeune chef d'escouade aux cheveux blonds courts et aux oreilles décollées. Si vous le permettez, grand-maître, je voudrais vous demander de voir s'il ne serait pas possible de mettre fin à la campagne. Chaque jour, il faut se donner plus de peine pour obtenir moins. Nous avons déjà virtuellement éliminé tous les jeunes des clans qui habitaient la vallée de l'Epée.

— Y a-t-il quelqu'un qui ne soit pas du même avis ?

— Les adultes sont encore en vie, et ils sont plus dangereux que les jeunes, dit Lyon, un maigre coadjuteur aux yeux bleus.

— Pas dans ce cas, répliqua C'ara Da Han — l'immense maître d'armes chauve, au teint mat, qui dirigeait les services de renseignements et de la lutte psychologique. Nos études ont montré qu'une fois la pyramide détruite, ni les adultes ni les jeunes ne présentent le moindre danger pour les Enfants de Bakkalon. La structure sociale disparaît, pour ainsi dire. Les adultes s'enfuient, dans l'espoir de se joindre à un autre clan, ou ils retournent à une sauvagerie presque totale. Ils abandonnent les jeunes, qui essayent de se débrouiller seuls, sans guère y arriver, et qui n'offrent aucune résistance quand nous nous emparons d'eux. Etant donné le nombre de Jaenshis pendus à nos remparts et ceux qui ont été la proie de prédateurs, ou se sont entretués, je suis persuadé que la vallée de l'Epée est à peu près débarrassée d'eux. L'hiver arrive, grand-maître, et il y a beaucoup à faire. Walman et ses hommes devraient être employés à d'autres tâches.

Le débat continua, mais le ton avait été donné par Da Han, et la majorité fut de son avis. Wyatt écoutait avec attention, sans cesser de prier Bakkalon de l'inspirer. Enfin, il réclama le silence d'un geste.

— Chef d'escouade Walman, demain raflez tous les Jaenshis, adultes et enfants, que vous pourrez trouver, mais ne les pendez pas s'ils ne résistent pas. Emmenez-les à la Cité et montrez-leur leurs compagnons pendus à nos remparts. Puis chassez-les de la vallée en les dispersant aux quatre coins de l'horizon. J'espère ainsi qu'ils feront comprendre aux autres ce qu'il leur en coûte quand une créature inférieure lève la main, la serre ou l'épée contre ceux qui sont les Héritiers de la Terre. Alors, au printemps, quand les Enfants de Bakkalon s'avanceront au delà de la vallée de l'Epée, les Jaenshis abandonneront paisiblement leurs pyramides et laisseront aux hommes les terres dont ceux-ci ont besoin, pour la plus grande gloire de l'Enfant pâle.

Lyon et Da Han acquiescèrent. Dhallis demanda à Wyatt de leur lire des paroles de sagesse. L'une des cheftaines subalternes lui apporta le Livre et il l'ouvrit au chapitre des enseignements.

— « En ce temps-là, de grands maux s'étaient abattus sur les Héritiers de la Terre, commença-t-il, car ses Enfants avaient abandonné Bakkalon pour adorer des dieux plus faibles. Alors les cieux s'assombrirent et sur eux fondirent les Fils de Hranga, avec leurs yeux rouges et leurs dents de démons, et d'en bas arriva l'immense horde des Fyndayi, comme une nuée de sauterelles obscurcissant le jour. Et les planètes s'embrasèrent et les Enfants s'écrièrent : " Au secours ! Sauvez-nous ! " Et voici que l'Enfant pâle apparut, sa grande épée à la main, et qu'Il leur dit d'une voix de tonnerre : " Vous avez été faibles et vous avez désobéi à mes ordres. Où sont vos épées ? " Et les Enfants lui répondirent : " Nous en avons fait des socs(1), ô Bakkalon ". Et Il fut grandement irrité. " Eh bien, c'est donc avec des socs de charrue que vous affronterez les Fils de Hranga et que vous tuerez la horde des Fyndayi ". Et il se détourna d'eux et Il n'écouta plus leurs gémissements, car le Cœur de Bakkalon est un cœur de flamme. Mais l'un des Enfants sécha ses larmes, car l'astre du ciel brillait d'un tel éclat qu'elles lui brûlaient les joues. Et la soif du sang lui revint, et il reforgea une épée avec le soc de sa charrue pour tailler en pièces les Fils de Hranga. Alors voyant cela les autres suivirent son exemple et leur cri de guerre résonna sur toutes les planètes. Et l'Enfant pâle entendit et revint car le bruit de la bataille est plus agréable à Ses oreilles que celui des sanglots. Et quand Il vit ce qui arrivait, Il sourit et dit : " Voici que vous êtes redevenus mes Enfants. Car vous vous étiez détournés de moi pour adorer un dieu qui se disait agneau, mais ne savez-vous donc pas que l'agneau n'est destiné qu'au sacrifice ? Maintenant vos yeux voient à nouveau et vous êtes redevenus les loups de Dieu. " Et Bakkalon leur donna à tous de nouvelles épées, à tous ses Enfants, les Héritiers de la Terre, et Il leva Sa grande épée noire, le Pourfendeur de Démons, contre les créatures sans âme. Et les Fils de Hranga tombèrent devant Sa puissance et la grande horde des Fyndayi fondit devant Son regard. Et les Enfants de Bakkalon conquirent l'univers. »

Ayant terminé sa lecture, le grand-maître leva les yeux du texte.

— Allez, mes frères d'armes, et songez aux enseigne-

---

(1) Allusion au passage de la Bible (que des idéalistes ont inscrit en face du siège de l'ONU à New York) où il est dit des peuples du monde que « martelant leurs épées, ils en feront des socs ». (Esaïe, 2, 4), (N.d.T.)

ments de Bakkalon. Puisse l'Enfant pâle vous donner des visions célestes dans votre sommeil!

Sur la colline, les arbres dénudés brillaient de givre, et la neige, vierge en dehors des traces de leurs pas et des tourbillons chassés par le vent du nord, était d'un blanc aveuglant sous le soleil de midi. En bas, dans la vallée, la Cité des Anges semblait d'une pureté et d'une tranquillité surnaturelles. Les congères, contre le mur Est, montaient jusqu'au milieu de la haute paroi de pierre rouge et les portes ne s'étaient pas ouvertes depuis des mois. Il y avait longtemps que les Enfants de Bakkalon, leurs récoltes rentrées, s'étaient repliés dans leur Cité pour se chauffer auprès de leurs feux. Sans les lumières bleues qui brillaient tard dans la nuit froide et les quelques sentinelles qu'on voyait de temps à autre parcourir le chemin de ronde, ne-Krol n'aurait presque pas pu dire si les Anges étaient toujours là ou non.

La Jaenshie que ne-Krol ne pouvait plus appeler autrement que la révoltée à la parole amère le regardait de ses yeux étrangement plus sombres que ceux, d'or liquide, de ses frères et sœurs.

— Sous la neige gît le dieu massacré, dit-elle.

Et même la douceur du langage jaenshi ne parvenait pas à voiler la dureté de sa voix.

Ils se trouvaient à l'endroit même où ne-Krol avait emmené Ryther, là où se dressait autrefois la pyramide du clan du cromlech. Ne-Krol était emmitouflé de la tête aux pieds dans une combinaison thermique blanche collante qui accentuait toute sa rondeur disgracieuse. Il regardait la vallée de l'Epée à travers le plastique bleu foncé de sa visière. Mais la Jaenshie, la révoltée, n'était protégée que par son épaisse fourrure grise d'hiver. La bandoulière du laser de chasse lui barrait la poitrine.

— D'autres dieux que le tien seront brisés si personne n'arrête les Anges de la mort, dit ne-Krol, grelottant malgré sa combinaison.

La révoltée parut à peine l'entendre.

— Je n'étais qu'une enfant quand ils sont venus, Arik. S'ils nous avaient laissé notre dieu, je serais peut-être encore une enfant. Mais quand la lumière qui me réchauffait le cœur s'est éteinte, j'ai erré seule loin du cromlech, loin de ma forêt natale, en terrain inconnu, mangeant ce que je trouvais. Dans la vallée, rien n'était pareil à ce que je connaissais. Les phacochères grognaient et me chargeaient quand je passais. Et les autres Jaenshis me menaçaient et ils s'en prenaient aussi les uns aux autres. Je n'y comprenais rien et je ne pouvais pas prier. Même quand les Anges d'acier m'ont trouvée, je n'y ai rien compris. Je ne connaissais pas leur langue et je me suis laissé emmener dans leur cité. Je me souviens des remparts, et des enfants, si jeunes, plus jeunes que moi souvent. Alors j'ai crié et je me suis débattue. Quand j'ai vu tous ces corps pendus, quelque chose de dur, de sauvage et d'impie s'est éveillé en moi.

Debout, enfoncée dans la neige jusqu'aux chevilles, elle le regardait de ses yeux de bronze doré, et de sa main aux longues griffes elle remonta la bandoulière du laser. Depuis le jour où elle avait rejoint ne-Krol, en cette fin d'été où les Anges d'acier l'avaient chassée de la vallée de l'Epée, il lui avait appris à bien tirer. Des six exilés qu'il avait rassemblés pour les entraîner, c'était elle qui tirait le mieux. C'était le seul moyen qui lui restait, que de mobiliser les sans-dieux. Tous les clans à qui il avait proposé des lasers avaient refusé; ils étaient certains que leurs dieux les protégeraient. Seuls les exilés l'écoutaient, et encore, pas tous; les plus petits, les plus tranquilles, les premiers à fuir avaient pour beaucoup été acceptés dans d'autres clans. D'autres en revanche, comme la révoltée, en avaient trop vu, étaient devenus trop sauvages pour se réintégrer à un clan. Elle, elle avait été la première à accepter l'arme quand le vieux porte-parole du clan des cascades l'avait renvoyée.

— Ça vaut quelquefois mieux de ne pas avoir de dieu, dit ne-Krol. Ceux d'en bas, là, ils en ont un, et vois comment ils sont. Parce que les Jaenshis ont leurs dieux et qu'ils croient, ils meurent. Vous, les sans-dieux, vous êtes leur seul espoir.

La révoltée ne lui répondit pas. Elle contemplait d'un œil farouche la cité silencieuse engloutie sous la neige.

Et ne-Krol songeait en la regardant. Lui et ses six exilés étaient le seul espoir des Jaenshis, avait-il dit. Mais pouvait-on parler d'espoir dans ces conditions ? Tous ces exilés, comme la révoltée, étaient animés d'une sorte de rage qui les faisait trembler. A supposer que Ryther revienne avec des lasers, et qu'une si petite troupe arrive à stopper la marche des Anges, que se passerait-il alors ? Même si tous les Anges devaient mourir demain, cela donnerait-il un foyer à ses exilés ?

Et le silence tomba sur eux, tandis que la neige se soulevait sous leurs pas et que le vent du nord leur mordait le visage.

Le temple était sombre et silencieux. Des globes lumineux éclairaient chaque coin d'une étrange lumière rouge et les longs bancs de bois brut étaient vides. Au-dessus du grand autel — une dalle de pierre noire grossièrement équarrie —, il y avait un hologramme de Bakkalon, si vivant qu'il semblait respirer. Un enfant, rien qu'un enfant nu à la peau d'un blanc laiteux, image de la jeunesse innocente avec ses grands yeux noirs et ses cheveux blonds. Mais Il tenait à la main une longue épée noire, moitié plus grande que lui.

Wyatt s'agenouilla et baissa la tête devant l'image sacrée. Tout l'hiver ses rêves avaient été sombres et troublés. Aussi venait-il chaque jour ici s'agenouiller et prier Bakkalon de l'éclairer. Vers qui d'autre se serait-il tourné ? Il était le grand-maître, celui qui montre la voie du combat et de la foi. Il lui fallait trouver lui-même la clé de ses visions.

Chaque jour donc, il luttait avec ses pensées, tant et tant que lorsque dehors la fonte des neiges commença, son uniforme était presque troué aux genoux à force d'être râpé contre le sol. Enfin, il s'était décidé ce jour-là, il avait convoqué tous les cadres dans le temple.

Un à un ils entrèrent et choisirent une place sur les bancs, chacun de son côté. Wyatt était resté agenouillé sans faire attention à eux. Il priait pour que la vérité sorte de sa bouche et que ses visions soient authentiques. Quand tous furent assis, il se releva et leur fit face.

— Nombreuses sont les planètes sur lesquelles ont vécu les Enfants de Bakkalon, dit-il, mais nulle n'est aussi bénie que celle-ci. Frères d'armes ! Une ère de gloire s'ouvre devant nous. L'Enfant pâle m'est apparu dans mon sommeil, comme Il visitait aux premiers temps de la fraternité ceux qui ont été nos premiers grands-maîtres. Et il m'a envoyé des visions.

Ils l'écoutaient tous en silence, les yeux baissés, humbles et soumis. Il était leur grand-maître, et l'on ne réplique pas à son supérieur quand il dit des paroles de sagesse ou quand il donne un ordre. Le respect de la discipline et de la hiérarchie est l'un des grands préceptes de Bakkalon. Personne ne souffla mot.

— Bakkalon lui-même a posé le pied sur cette planète, poursuivit Wyatt. Il a marché parmi les créatures qui peuplent ses champs et ses forêts et Il leur a dit que nous étions les maîtres. Et à moi Il a dit ceci : « Quand le printemps viendra et qu'il sera temps pour les Héritiers de la Terre de reprendre leurs conquêtes, ces créatures sauront où est leur place et se retireront devant vous. » Je vous le dis, nous verrons des miracles, mes frères, l'Enfant pâle me l'a promis, des signes par lesquels Il nous fera connaître la vérité et des révélations qui nourriront notre foi. Mais notre foi sera aussi mise à l'épreuve, car il nous faudra faire de durs sacrifices, et Bakkalon nous demandera plus d'une fois de Lui montrer notre fidélité. Nous devrons nous souvenir de Ses préceptes et y être fidèles et chacun de nous devra Lui obéir comme l'enfant obéit à son régent et le combattant à son officier, immédiatement et sans répliquer. Car Il détient la vérité. C'est Lui qui m'a envoyé les visions que j'ai eues et les rêves qui m'ont visité. Mes frères, prions !

Et Wyatt, se retournant vers l'autel, s'agenouilla. Les autres suivirent son mouvement et toutes les têtes s'inclinèrent — toutes sauf une. Dans le fond du temple, que les globes lumineux n'éclairaient que faiblement, C'ara Da Han fixait son grand-maître de dessous ses sourcils broussailleux.

Cette nuit-là, après le repas silencieux et une brève réunion d'état-major, le maître d'armes demanda à Wyatt de venir faire quelques pas avec lui sur les remparts.

— Mon âme est troublée, expliqua-t-il, et je voudrais demander conseil à celui qui est le plus proche de Bakkalon.

Les deux hommes endossèrent de lourdes capes de fourrure noire doublées de sombre tissu métallisé et sortirent ensemble sur le rempart de pierre rouge, sous le ciel étoilé.

Près de la guérite de la sentinelle, au-dessus des portes de la cité, Da Han s'arrêta et se pencha par-dessus le parapet. Il laissa longtemps errer son regard sur la neige qui fondait lentement avant de se décider à le fixer sur le grand-maître.

— Wyatt, dit-il enfin, ma foi est faible.

Le grand-maître ne répondit pas. Il se contenta de le regarder en soulevant un instant le capuchon qui lui dissimulait le visage. La confession ne faisait pas partie des rites des Anges d'acier. Bakkalon n'avait-il pas dit que la foi du combattant ne doit jamais faiblir ?

— Autrefois, reprit C'ara Da Han, de nombreuses

armes ont été utilisées contre les Enfants de Bakkalon. Certaines, aujourd'hui, n'existent plus que dans les histoires. Peut-être n'ont-elles jamais existé réellement. Peut-être n'étaient-elles que des choses vides, comme ces dieux qu'adorent les faibles. Je ne suis qu'un maître d'armes et ces mystères me dépassent. Mais pourtant il y a une histoire... une histoire qui me trouble, et dont il faut que je vous parle. Il paraît qu'une fois, au cours des longs siècles de guerre, les Fils de Hranga ont utilisé contre les Héritiers de la Terre d'immondes vampires de l'esprit, ces créatures que les humains ont appelées les mangeurs d'âmes. Ils étaient invisibles, mais leur pouvoir s'étendait sur des kilomètres, plus loin que l'œil peut voir, plus loin que peut porter le laser, et ils rendaient leurs victimes folles. Ils apportaient des visions, grand-maître, des visions! Ils implantaient dans l'esprit des hommes de faux dieux et des plans irréalisables et...

— Silence! s'écria Wyatt, d'une voix dure, aussi froide que l'air de la nuit, qui amplifiait le moindre craquement autour d'eux et transformait leur haleine en buée.

Il y eut une longue pause.

— J'ai prié tout l'hiver, reprit enfin Wyatt d'une voix plus douce. Tout l'hiver j'ai lutté avec mes visions. Je suis grand-maître des Enfants de Bakkalon sur Corlos, je ne suis pas une jeune recrue à qui on puisse faire croire à de faux dieux. Je n'ai parlé que quand j'ai été sûr. Encore une fois, je suis votre grand-maître, dans la foi et dans le combat. Que vous, maître d'armes, puissiez remettre en cause ce que je dis, douter de moi, cela me trouble, cela me trouble profondément. En arriverez-vous un jour à discuter mes ordres sur le champ de bataille?

— Jamais, grand-maître, dit Da Han, pliant le genou devant lui dans la neige glacée en signe de contrition.

— J'espère que non. Mais avant de clore cet entretien, parce que vous êtes mon frère en Bakkalon, je vous répondrai, bien que je n'aie pas à le faire et que vous n'auriez pas dû me le demander. Je vous dirai donc ceci : le grand-maître Wyatt est à la fois un bon officier et un croyant. L'Enfant pâle m'a inspiré ces prophéties et a prédit par ma voix des miracles. Tout cela, nous le verrons de nos propres yeux; mais au cas où les prophéties ne se réaliseraient pas et où il n'y aurait pas de signes, eh bien, nous le verrons aussi. Alors je saurai que ce n'est pas Bakkalon qui m'a envoyé ces visions, mais un faux dieu, peut-être un de ces mangeurs d'âmes des Hrangans. Ou bien pensez-vous que les Hrangans puissent faire des miracles ?

— Non, dit Da Han, toujours à genoux, sa tête chauve inclinée, ce serait une hérésie.

— Une hérésie en vérité.

Le grand-maître jeta un coup d'œil au delà des remparts. L'air était froid et vif et la nuit sans lune. Il se sentit transfiguré et même les étoiles lui parurent glorifier par leur éclat l'Enfant pâle, car la constellation de l'Epée brillait au zénith et celle du Soldat, qui scintillait à l'horizon, semblait vouloir se tendre vers elle.

— Cette nuit, vous monterez la garde sans votre cape protectrice, dit Wyatt à Da Han en abaissant son regard sur lui. Et si le vent du nord vous transperce, vous vous réjouirez de cette douleur, car ce sera le signe que vous vous soumettez à votre grand-maître et à votre Dieu. La flamme dans votre cœur doit brûler d'autant plus vive que vous souffrirez dans votre chair.

— Oui, grand-maître.

Et se relevant, Da Han enleva sa cape et la tendit à Wyatt, dont l'épée traça sur lui le signe de la bénédiction.

Sur l'écran mural de sa chambre plongée dans l'obscurité, le drame enregistré se déroulait suivant son rythme familier, mais ne-Krol, affalé dans un grand fauteuil rembourré, y faisait à peine attention. La révoltée et deux autres exilés jaenshis étaient assis par terre, leurs yeux dorés suivant avec fascination le spectacle d'humains se poursuivant et se tirant dessus au milieu des immenses tours des grandes villes d'ai-Emerel. Ils s'intéressaient de plus en plus aux autres planètes et aux mœurs de leurs habitants. Tout ça était bien étrange, songeait ne-Krol. Les membres du clan des cascades, comme tous les Jaenshis qui vivaient en clans d'ailleurs, n'avaient jamais manifesté pareil intérêt. Il se souvenait qu'au début, avant que les Anges d'acier ne débarquent dans leur vieil astronef (qu'ils avaient presque aussitôt démonté et mis à la ferraille), il avait apporté toutes sortes de choses aux porte-parole jaenshis : des coupons brillants de miresoie d'Avalon, des joyaux de phosphorescine d'Alto-Kavalaan, des couteaux en durralliage, des générateurs solaires, des arcs énergétiques, des livres d'une douzaine de planètes, des médicaments, des vins, un peu de tout. De temps en temps, un porte-parole prenait quelque chose, mais toujours sans grand enthousiasme; la seule chose qui les excitait, c'était le sel.

Ce ne fut que lorsque les pluies printanières arrivèrent et que la révoltée commença à lui poser des questions que ne-Krol se rendit compte tout d'un coup combien il était rare que les Jaenshis lui demandent quoi que ce soit. Peut-être leur structure sociale et leur religion étouffaient-elles leur curiosité naturelle ? Les exilés, eux, ne manquaient pas de curiosité, surtout la révoltée. Depuis quelque temps, il ne pouvait répondre qu'à quelques-unes de ses questions, et elle en trouvait toujours d'autres qui le déroutaient. Il commençait à s'effrayer de sa propre ignorance.

Mais c'était aussi le cas de la révoltée. Et à l'encontre des Jaenshis des clans — la religion faisait-elle donc tant de différence ? —, elle répondait aussi volontiers aux questions, et ne-Krol avait essayé de la « cuisiner » sur de nombreux points qui le rendaient perplexe. Mais la plupart du temps, elle ne pouvait qu'ouvrir de grands yeux et répondre à ses questions par des questions.

— Il n'y a pas d'histoires sur nos dieux, lui avait-elle dit un jour qu'il essayait de se renseigner un peu sur les mythes jaenshis. Quelles histoires veux-tu qu'il y ait ? Les dieux vivent dans les pyramides sacrées, Arik, et nous les prions et ils nous protègent et dirigent notre vie. Ils ne se précipitent pas partout pour se combattre et se détruire les uns les autres comme les tiens semblent le faire.

— Mais autrefois, il y avait d'autres dieux, avant que vous n'adoriez ceux des pyramides ? rétorqua ne-Krol. Ceux que représentent vos sculpteurs ?

Il avait même été jusqu'à ouvrir une des caisses pour lui montrer les statuettes, bien qu'elle s'en souvînt sûrement, car les membres de la pyramide du cromlech étaient parmi les artistes les plus habiles. Mais elle s'était contentée de passer la main sur sa fourrure en secouant la tête.

— J'étais trop jeune pour sculpter et c'est sans doute pour cela qu'on ne m'a rien dit, avait-elle répondu. Nous ne savons que ce que nous avons besoin de savoir, et seuls les sculpteurs faisaient ces statues. Et ils étaient peut-être les seuls à savoir quelque chose sur ces anciens dieux.

Une autre fois, il l'avait interrogée au sujet des pyramides, mais le résultat avait été encore plus maigre.

— Les construire ? Mais nous ne les avons pas construites, Arik. Elles ont toujours été là, comme les rochers et les forêts, mais... (Ses paupières battirent en signe d'étonnement :) Mais pourtant elles ne sont pas pareilles, n'est-ce pas ?

Et, perplexe, elle était partie rejoindre les autres.

Mais si les exilés étaient plus réfléchis que leurs frères des clans, ils étaient aussi plus difficiles à vivre, et chaque jour, ne-Krol voyait mieux la futilité de son entreprise. Il avait huit exilés avec lui maintenant. Ils en avaient trouvé deux autres, à moitié morts de faim, au cœur de l'hiver. A tour de rôle, ils s'exerçaient au tir avec les deux lasers et espionnaient les Anges. Mais même si Ryther revenait avec des armes, ces effectifs étaient dérisoires contre les forces que pouvait aligner le grand-maître. La *Lumière de Jolostar* devait apporter des tonnes d'armes, étant entendu que tous les clans à des centaines de kilomètres à la ronde auraient levé l'étendard de la révolte et seraient prêts à résister aux Anges d'acier et à les écraser sous le nombre. Mais Jannis ferait une sale tête si elle ne voyait apparaître que ne-Krol et sa bande de loqueteux.

S'ils étaient là, d'ailleurs, car même leur présence était problématique. Ne-Krol avait le plus grand mal à maintenir l'unité de ses guérrilleros. Leur haine folle des Anges d'acier ne se démentait pas, mais ils étaient loin de former un corps uni. Aucun d'eux n'aimait obéir, et ils se chamaillaient constamment, se battant à mains nues pour établir l'ordre de préséance entre eux. Si ne-Krol ne les avait pas mis en garde, sans doute seraient-ils même allés jusqu'à se battre en duel au laser. Quant à rester en forme pour combattre, là non plus pas question. Des trois femelles du groupe, seule la révoltée ne s'était pas laissé féconder. Et comme cela donnait à chaque fois lieu à des quadruplés, si ce n'était des octuplés, ne-Krol se voyait devoir faire face à une explosion démographique d'ici la fin de l'été. Et ce ne serait pas fini, après. Une fois sans dieux, les Jaenshis semblaient copuler presque toutes les heures, et ils ne connaissaient pas de moyens contraceptifs, apparemment. Il se demandait comment faisaient les clans pour maintenir le niveau de leur population si stable, et ses protégés non plus n'en avaient pas la moindre idée.

— On s'accouplait moins, je suppose, lui dit la révoltée quand il l'interrogea à ce sujet. Mais j'étais une enfant, alors je ne peux pas vraiment savoir. Avant de venir ici, je n'en avais jamais envie. C'est parce que j'étais trop jeune, sans doute.

Mais tout en parlant, elle se grattait le crâne et ne semblait plus si sûre de ce qu'elle disait.

En soupirant, ne-Krol se laissa aller contre le dossier du siège et essaya de ne pas entendre les bruits de l'enregistrement. Ça allait être très dur. Déjà les Anges d'acier étaient sortis de derrière leurs remparts et les électrochars sillonnaient sans cesse la vallée de l'Epée, défrichant la forêt pour faire place aux cultures. Il était monté se rendre compte lui-même sur la colline, et il était facile de voir que les semailles de printemps allaient bientôt commencer. Et alors il se doutait que les Enfants de Bakkalon allaient vouloir s'avancer plus loin. Pas plus tard que la semaine dernière, un géant « sans fourrure sur la tête », comme avait dit son éclaireur, avait été vu en train de ramasser des débris de la pyramide du cromlech. Quoi que cela présage, ce n'était sûrement rien de bon.

Quelquefois, il était malade à l'idée de ce qu'il avait déclenché et souhaitait presque que Ryther oubliât d'apporter les lasers lorsqu'elle reviendrait. La révoltée était décidée à frapper dès qu'ils seraient armés, quelles que soient les chances de réussite. Ne-Krol prit peur et lui rappela ce qui était arrivé la dernière fois que les Jaenshis s'en étaient pris aux hommes. Dans ses rêves, il lui arrivait encore de voir les petits Jaenshis pendus aux remparts.

Elle le regarda simplement, toujours avec cette pointe de folie dans ses yeux de bronze, et dit qu'elle s'en souvenait.

Silencieux et efficaces, les garçons de cuisine, dans leurs tabliers blancs, finirent d'enlever les derniers couverts et disparurent.

— Le temps des miracles est venu, dit Wyatt à ses officiers, comme l'Enfant pâle l'a prédit. Ce matin, j'ai envoyé trois escouades dans les collines au sud-est de notre vallée pour chasser les clans jaenshis des terres dont nous avons besoin. Les chefs m'ont fait leur rapport cet après-midi et maintenant, je veux que vous appreniez à votre tour ce qui s'est passé. Cheftaine d'escouade Jolip, votre rapport.

— A vos ordres, grand-maître, dit la cheftaine, une blonde au teint pâle et au visage pincé, vêtue d'un uniforme trop grand pour son corps mince. Avec un groupe de dix combattants, j'avais reçu l'ordre de chasser le clan dit de la falaise, dont la pyramide se trouve au pied d'une grande paroi rocheuse, dans la partie la plus sauvage de la forêt. Notre service de renseignements nous avait indiqué que le clan était parmi les moins importants, une vingtaine d'adultes tout au plus, aussi n'ai-je pas pris d'armes lourdes. Nous avons quand même pris un canon désintégrateur calibre 5, car il faut du temps pour détruire ces pyramides jaenshies avec seulement des armes légères, mais sinon, notre armement était strictement standard. Nous ne nous attendions à aucune résistance, mais comme je me souvenais de l'incident du cromlech, j'ai été prudente. Après environ douze kilomètres de marche dans les collines, nous nous sommes déployés en demi-cercle et avons continué à avancer plus lentement, ayant dégainé nos stridences. Nous avions rencontré quelques Jaenshis dans la forêt et nous les avions faits prisonniers. Nous les avons fait marcher devant nous pour qu'ils nous servent de bouclier en cas d'embuscade. Mais la précaution était inutile. Quand nous sommes arrivés à la pyramide, ils nous attendaient. Il y avait au moins douze de ces animaux, grand-maître. L'un d'eux était assis près de la base de la pyramide, avec les mains posées sur les côtés, tandis que les autres faisaient une sorte de cercle autour de lui. Ils ont tous levé les yeux pour nous regarder, mais aucun n'a bougé. (Elle fit une pause et se frotta pensivement le bout du nez avant de poursuivre.) Comme je l'ai dit au grand-maître, tout ce qui se passa ensuite fut très étrange. L'été dernier, j'ai dirigé deux attaques contre des clans jaenshis. La première fois, comme ces créatures n'avaient aucune idée de nos intentions, il n'y avait personne. Nous avons donc détruit la pyramide et nous sommes repartis. La deuxième fois, il y avait une vraie foule, nous gênant dans nos mouvements sans être ouvertement hostile. Pour la disperser, il a fallu en descendre un à la stridence. Et, naturellement, j'ai étudié les rapports sur les difficultés du chef d'escouade Allor au cromlech. Mais cette fois-ci, tout s'est passé différemment. J'ai ordonné à deux de mes hommes d'installer le désintégrateur sur son trépied et j'ai fait comprendre aux créatures qu'elles devaient dégager le terrain. Par gestes, bien sûr, puisque aucun de nous ne parle leur langue impie. Elles ont obéi immédiatement et se sont séparées en deux groupes qui ont, pour ainsi dire, fait la haie de chaque côté de la ligne de tir. Nous les avons gardées en point de mire quand même, naturellement, mais tout semblait très paisible. Et il n'y a pas eu d'incident. La pyramide a été désintégrée sans problème : nous avons vu une grosse boule de feu et entendu comme un bruit de tonnerre au moment de l'explosion. Quelques débris sont retombés, mais sans faire de blessés. Nous, nous nous étions mis à l'abri, et les Jaenshis ne semblaient pas se soucier du danger. Après, il y a eu une forte odeur d'ozone et, pendant un instant, une sorte de fumée bleuâtre — une image rétinienne peut-être. Je n'ai guère eu le temps de m'y arrêter cependant, car c'est à ce moment-là que les Jaenshis sont tous tombés à genoux devant nous, tous à la fois. Et ils se prosternaient, face contre terre. J'ai d'abord cru qu'ils se prosternaient devant nous parce que nous avions triomphé de leur dieu, et j'ai essayé de leur faire comprendre que nous ne voulions pas de leur basse adoration, que nous voulions seulement qu'ils quittent immédiatement la place. Mais je me suis rendu compte que je m'étais trompée quand j'ai vu les quatre créatures qui dégringolaient des arbres du haut de la falaise pour nous donner une statuette. Les autres se sont alors tous relevés. La dernière fois que je les ai vus, tout le clan s'éloignait de la vallée de l'Epée et des collines avoisinantes en se dirigeant droit sur l'est. J'ai pris la statuette et je l'ai remise au grand-maître.

Elle se tut mais resta debout, attendant les questions.

— Voici la statuette, dit Wyatt en se penchant pour la prendre à côté de sa chaise.

Il la posa sur la table, puis défit le morceau de tissu blanc dans lequel il l'avait enveloppée. La base triangulaire était en écorce de plaqueminier dur comme du roc et des trois angles s'élançaient de longues aiguilles en os formant une pyramide. A l'intérieur, artistiquement sculpté en bois bleu, Bakkalon, l'Enfant pâle, tenait à la main une épée peinte.

— Qu'est-ce que cela signifie? demanda l'un des coadjuteurs, Lyon, visiblement stupéfait.

— Sacrilège! s'écria Dhallis.

— Non, cela ne va pas jusque-là, dit Gorman, le coadjuteur qui commandait les blindés. Ces créatures essayent simplement de nous complaire, dans l'espoir que cela arrêtera nos épées.

— Seuls les Héritiers de la Terre peuvent adorer Bakkalon, répondit Dhallis. C'est écrit dans le Livre! L'Enfant pâle ne recevra pas avec faveur l'hommage d'êtres sans âme.

— Silence, mes frères d'armes, s'écria le grand-maître.

Le silence retomba immédiatement sur toute la longue tablée. Wyatt eut un pâle sourire.

— Cet hiver, dans le temple, je vous ai annoncé des miracles, reprit-il. Voici le premier, le premier de ces événements étranges que Bakkalon m'a annoncés. Car en vérité Il est venu sur Corlos, notre planète, puisque même les créatures des champs connaissent Son image. Pensez-y, mes frères. Voyez cette statuette, et réfléchissez. Est-ce qu'un seul de ces Jaenshis a jamais été autorisé à pénétrer dans ce lieu saint?

— Non, bien sûr, dit une voix.

— Alors il est évident qu'aucun d'eux n'a pu voir l'hologramme qui domine notre autel. Je ne suis pas non plus allé souvent parmi ces sauvages, car les devoirs de ma charge me retiennent ici, et parmi ceux qui ont pu voir l'image de l'Enfant sur mon insigne lorsque je les jugeais, aucun n'a survécu pour en parler aux autres, puisque je les ai fait pendre à nos remparts. Les Jaenshis ne parlent pas notre langue et aucun de nous n'a appris leur dialecte de sauvages. Enfin, ils n'ont pas lu le Livre. Souvenez-vous de tout cela et demandez-vous alors comment leurs sculpteurs ont su quelle forme donner à leur statuette.

Il y eut un long silence. Les cadres s'entre-regardèrent, muets, pensifs, étonnés. Wyatt croisa les mains devant lui.

— C'est un miracle, je vous le dis. Nous n'aurons plus d'ennuis avec les Jaenshis, car l'Enfant pâle leur est apparu.

A la droite du grand-maître, la coadjutrice Dhallis se redressa, toute raide.

— Grand-maître, gardien de la foi, commença-t-elle d'une voix hésitante, en cherchant ses mots, osant à peine les prononcer, vous ne voulez pas dire... non, ce n'est pas possible... que ces... ces animaux peuvent adorer l'Enfant pâle, qu'Il accepte leur offrande ?

Wyatt, l'air calme et bienveillant, sourit simplement.

— Que cela ne jette pas le trouble dans votre âme, Dhallis. Vous vous demandez si je ne reprends pas à mon compte la première hérésie, car vous pensez peut-être au sacrilège de G'hra, lorsqu'un prisonnier hrangan s'est prosterné devant Bakkalon pour éviter d'être tué comme une bête, et que le faux prophète Gibrone a alors proclamé que quiconque adore l'Enfant pâle doit avoir une âme. (Il secoua la tête.) Vous voyez, je connais bien les Ecrits saints. Mais ne craignez rien, coadjutrice Dhallis. Il n'y a pas sacrilège. Bakkalon est bien descendu parmi les Jaenshis, mais Il leur a sûrement donné la vérité, la vérité seule. Ils l'ont vu dans toute Sa sombre gloire et Sa force et L'ont entendu proclamer qu'ils ne sont que des animaux sans âme, car Il ne peut leur avoir dit autre chose. Et ils ont accepté la place qui leur est attribuée dans l'univers et se retirent devant nous. Jamais plus ils ne porteront la main sur un homme. Souvenez-vous qu'ils ne se sont pas prosternés devant la statuette qu'ils ont sculptée; ils nous l'ont donnée, à nous, les Héritiers de la Terre, les seuls qui aient le droit de l'adorer. Quand ils se sont inclinés, c'est à nos pieds qu'ils l'ont fait, comme il convient que les bêtes le fassent devant les hommes. Vous comprenez maintenant ? La vérité leur a été révélée.

— Oui, grand-maître, reconnut Dhallis, je comprends maintenant. Pardonnez-moi ce moment de faiblesse.

Mais C'ara Da Han, assis un peu plus loin, se pencha en avant, les sourcils froncés, serrant ses gros poings noueux.

— Grand-maître, dit-il d'une voix forte.

— Oui, maître d'armes ? fit Wyatt, le visage sévère.

— Comme la coadjutrice, j'ai été troublé un instant, et moi aussi je souhaiterais être éclairé.

— Je vous écoute, répondit Wyatt en souriant, mais la voix dure.

— Un miracle, oui, c'est peut-être un miracle. Mais d'abord, nous devons nous interroger pour nous assurer qu'il ne s'agit pas d'un piège que nous ont tendu ces créatures. Je ne pénètre pas leur stratagème, si c'en est un, ni les raisons qui pourraient les pousser à agir ainsi, mais je connais un moyen par lequel les Jaenshis ont pu connaître les traits de Bakkalon.

— Ah ?

— Je parle d'Arik ne-Krol, de ce rouquin de marchand qui tient le comptoir jamisonien. Il fait partie des Héritiers de la Terre, c'est un Emerellien, d'après son allure, et nous lui avons donné le Livre. Mais il ne brûle pas d'amour pour Bakkalon et continue à se promener sans armes, comme un mécréant. Dès que nous avons débarqué, il a été contre nous, et son hostilité a atteint son paroxysme quand nous avons été obligés de donner une leçon à ces Jaenshis. Peut-être est-ce lui qui a mis les membres du clan de la falaise au courant et qui leur a dit de faire la statuette pour s'en servir à quelque fin mystérieuse. Je crois, en tout cas, qu'il a fait du commerce avec eux.

— Vous dites vrai, maître d'armes. Les premiers mois, j'ai essayé de convertir ne-Krol. Je n'y ai pas réussi, mais j'en ai beaucoup appris sur ces sauvages et sur ses échanges avec eux. (Le grand-maître souriait toujours.) Il en a eu avec un des clans de notre vallée de l'Epée, avec celui du cromlech, ceux de la falaise, du verger lointain et des cascades, et aussi avec plusieurs autres clans, plus à l'est.

— Alors tout ça est bien son œuvre. C'est un piège! s'exclama Da Han.

Tous les regards se tournèrent vers Wyatt.

— Je n'ai pas dit cela. Quelles que soient ses intentions, ne-Krol est seul. Il n'a pas fait de troc avec tous les Jaenshis; il ne les connaît même pas tous. (Le sourire du grand-maître s'élargit un bref instant.) Ceux d'entre vous qui ont vu l'Emerellien savent que c'est un mou et un faible. Il ne serait pas capable d'aller si loin à pied et il n'a ni aéromobile ni électroneige.

— Mais il a bien eu des contacts avec le clan de la falaise, repartit obstinément Da Han, son front têtu barré de rides profondes.

— Oui, c'est vrai. Mais l'escouade de Jolip n'est pas la seule à être partie en expédition ce matin. J'en ai envoyé deux autres, celles de Walman et d'Allor, au delà de la rivière du Couteau Blanc. Là-bas, la terre est noire et fertile, meilleure qu'à l'est. Le clan de la falaise était installé entre notre vallée de l'Epée et la rivière au sud-est, il lui fallait donc partir. Mais les pyramides qui étaient le but des autres expéditions appartenaient à des clans d'au delà la rivière, à plus de trente kilomètres au sud. Ils n'ont jamais seulement vu Arik ne-Krol, à moins que des ailes ne lui soient poussées cet hiver.

Se penchant à nouveau, Wyatt posa deux autres statuettes sur la table et en défit l'emballage. L'une avait un socle d'ardoise et était grossièrement taillée; l'autre, beaucoup plus finement sculptée, était toute en racine de saponaire, jusqu'aux arêtes de la pyramide. Mais en dehors du matériau utilisé et de l'habileté plus ou moins grande du sculpteur, les deux statuettes étaient identiques à la première.

— Que dites-vous de cela, maître d'armes ?

Da Han contemplait les statuettes et ne disait rien. Le coadjuteur Lyon se dressa brusquement en criant au miracle et d'autres voix lui firent écho. Quand le tumulte se fut apaisé, le maître d'armes inclina sa tête puissante et murmura d'une voix très basse :

— Grand-maître, indiquez-nous la voie de la sagesse.

— Les lasers, attends les lasers ! criait désespérément ne-Krol, au bord de l'hystérie, à la révoltée. Ryther n'est pas encore revenue, et il faut absolument que nous l'attendions !

Tout dégoulinant de sueur sous les chauds rayons du soleil matinal, ne-Krol était devant son comptoir-logis, sa longue chevelure emmêlée par le vent.

Il avait arrêté les Jaenshis à la lisière de la forêt et la révoltée s'était retournée pour lui faire face. L'air dur et féroce, elle ne ressemblait plus guère à ceux de sa race, avec son laser en bandoulière, une écharpe de miresoie d'un bleu brillant autour du cou, et des grosses bagues de phosphorescine à ses huit doigts. Les autres, à l'exception des deux femelles enceintes, l'entouraient. L'un d'eux avait l'autre laser; les autres étaient armés d'arcs énergétiques et portaient des carquois. C'était la révoltée qui en avait eu l'idée. Le compagnon qu'elle venait de se choisir avait mis un genou à terre et essayait de retrouver sa respiration; il avait couru tout d'une traite depuis le cromlech.

— Non, Arik, répliqua la révoltée, ses yeux de bronze noirs de colère, tes lasers auraient dû être là depuis ce que tu appelles un mois dans ton calendrier. Chaque jour nous attendons, pendant que les Anges d'acier détruisent pyramide sur pyramide. Bientôt ils recommenceront peut-être à pendre des enfants.

— Très bientôt, très bientôt certainement, si vous les attaquez. Mais y a-t-il le moindre espoir de victoire ? Ton guetteur ne t'a-t-il pas dit qu'il y a deux escouades avec des électrochars — et tu espères les arrêter avec deux lasers et quatre arcs ? As-tu appris à réfléchir avec moi, oui ou non ?

— Oui, reconnut la révoltée tout en lui montrant les dents, mais ça ne fait rien. Les clans ne résistent pas, donc c'est à nous de le faire.

Son compagnon, toujours pantelant, regarda neKrol.

— Ils... ils marchent sur la cascade, haleta-t-il.

— La cascade ! reprit la révoltée. Depuis la fin de l'hiver, ils ont détruit plus de vingt pyramides, Arik, et leurs électrochars ont éventré la forêt et aujourd'hui de grandes routes poussiéreuses la sillonnent de leur vallée jusqu'aux berges de la rivière. Jusqu'à présent, ils n'ont pas fait de mal aux Jaenshis, ils les ont laissés partir. Et tous les clans sans dieu se sont réunis à la cascade, et maintenant la forêt natale du clan est entièrement arrachée et détruite — elle ne peut nourrir autant de Jaenshis à la fois. Tous les porte-parole se sont réunis avec celui du clan des cascades et peut-être que le dieu des cascades leur a parlé, peut-être que c'est un très grand dieu. Je ne sais rien de ces choses, mais ce que je sais, c'est que le chef des Anges, le chauve, a appris que les vingt clans, plus de cinq cents adultes, étaient réunis, et qu'il se dirige vers eux en électrochar. Les laissera-t-il partir cette fois-ci, en se contentant d'une statuette ? Et eux, Arik, partiront-ils ? Abandonneront-ils leur deuxième dieu aussi facilement que le premier ? (Ses paupières battirent.) Je crains que non. Ils résisteront, avec leurs griffes dérisoires. Et je crains aussi que l'Ange chauve ne les pende, même s'ils ne résistent pas, parce qu'il se méfie d'une telle réunion. Je crains beaucoup et je ne suis pas sûre de grand-chose, mais je sais que nous, nous devons y aller. Tu ne nous arrêteras pas, Arik, et nous ne pouvons attendre indéfiniment tes lasers. Ils ont déjà trop tardé.

Et, se retournant vers les autres, elle leur dit de la suivre, et de se dépêcher, et tous disparurent dans la forêt avant que ne-Krol ait seulement le temps d'ouvrir la bouche pour leur crier de rester. Il retourna en jurant vers son logis.

Sur le chemin du retour, il croisa les deux exilées enceintes. Toutes deux étaient proches de leur terme, mais elles étaient armées d'arcs énergétiques. Ne-Krol s'arrêta brusquement.

— Comment, vous aussi ! fit-il en les fixant d'un regard furieux. Vous êtes folles, complètement folles !

Mais elles le regardèrent simplement de leurs grands yeux dorés et s'enfoncèrent silencieusement dans la forêt.

Une fois rentré chez lui, Arik tressa rapidement ses longs cheveux roux pour qu'ils ne se prennent pas dans les branchages, enfila une chemise et se précipita vers la porte. Mais il ne la franchit pas. Une arme ! Il lui fallait une arme ! Il regarda anxieusement autour de lui, puis s'élança, aussi rapidement que le lui permettait sa masse, vers la réserve. Il vit que tous les arcs avaient disparu. Que faire alors, quoi prendre ? Il commença à fouiller partout et trouva finalement une machette en duralliage. Cela lui faisait un drôle d'effet de tenir cette arme en main et il devait avoir l'air ridicule et aussi peu martial que possible, mais il sentait qu'il devait s'armer d'une façon ou d'une autre.

Puis il partit en direction de la cascade.

Ne-Krol était gros et poussif, et il n'avait guère l'habitude de courir. Or, il lui fallait franchir près de deux kilomètres dans la forêt luxuriante de l'été. Il dut s'arrêter trois fois pour se reposer, reprendre haleine et laisser s'apaiser ses points de côté, et il lui sembla que sa course durait une éternité. Il arriva pourtant avant les Anges d'acier; un électrochar est lourd et lent et la route depuis la vallée de l'Epée était longue et accidentée.

Il y avait des Jaenshis partout. L'herbe était rase dans la clairière, qui était deux fois plus grande que lors de la dernière visite de ne-Krol, au début du printemps. Pourtant les Jaenshis la remplissaient tout entière. Assis par terre, silencieux, contemplant le petit lac et la cascade, ils étaient si serrés les uns contre les autres qu'on pouvait à peine passer. Il y en avait d'autres perchés sur les arbres, par douzaines, et certains enfants s'étaient même aventurés jusque dans les hautes branches qui étaient d'ordinaire le royaume exclusif des faux-moines.

Sur le rocher au centre du petit lac, avec la chute d'eau en toile de fond, les porte-parole se pressaient contre la pyramide du clan. Ils se tenaient encore plus serrés que la foule dans la clairière et tous avaient les mains plaquées contre la pyramide. L'un d'eux, mince et frêle, avait grimpé sur les épaules d'un autre pour pouvoir la toucher, lui aussi. Ne-Krol commença à les compter, mais il dut vite renoncer : le groupe était si dense qu'il formait comme une masse indistincte de fourrure grise et d'yeux dorés. La pyramide, au centre, était toujours aussi sombre et massive.

La révoltée était debout dans l'eau, qui lui arrivait aux chevilles. Elle faisait face à la foule et parlait d'une voix étrangement perçante, très différente du ronronnement jaenshi habituel. Avec son écharpe et ses bagues, elle avait l'air tout à fait déplacée dans ce rôle d'orateur. En parlant, elle agitait le laser qu'elle tenait à la main. Eperdue, passionnée, hystérique, elle tâchait de faire comprendre aux Jaenshis rassemblés que les Anges d'acier allaient arriver, qu'il fallait absolument qu'ils s'en aillent, qu'ils se dispersent dans la forêt pour se regrouper ensuite au comptoir d'Arik.

Mais elle avait beau insister, les clans demeuraient immobiles et silencieux. Personne ne lui répondait, car personne ne la regardait ni ne l'écoutait. Tous priaient, en plein jour.

Ne-Krol se fraya un chemin au milieu de la foule, marchant ici sur une main, là sur un pied, ne pouvant faire un pas sans heurter un Jaenshi. La révoltée, toujours gesticulant, ne parut le voir que lorsqu'il fut devant elle. Elle se calma alors.

— Arik, les Anges arrivent et ils ne veulent pas m'écouter !

— Et les autres, souffla-t-il, toujours hors d'haleine, où sont-ils ?

— Dans les arbres. (Elle les montra d'un geste vague.) Je les ai envoyés se poster dans les arbres en francs-tireurs, comme nous l'avons vu dans tes projections, tu sais ?

— Je t'en supplie, reviens avec moi. Laisse-les, laisse-les donc. Tu leur as parlé, je leur ai parlé. Tout ce qui peut arriver maintenant, ce sera de leur faute, à cause de cette stupide religion !

— Je ne peux pas les laisser, répondit-elle, l'air perplexe comme c'était si souvent le cas lorsque ne-Krol l'interrogeait, au comptoir. Je devrais, bien sûr, mais, sans très bien comprendre pourquoi, je sais que je dois rester. Et les autres ne s'en iront pas, jamais, même si moi je le fais. Ils sentent, encore beaucoup plus profondément que moi, que nous devons rester ici. Pour nous battre, pour parlementer, je ne sais pas pourquoi, Arik, mais il le faut.

Et avant qu'Arik puisse répondre, les Anges d'acier sortirent de la forêt.

Il y en avait cinq au premier rang, qui avançaient en

gardant un large espace entre eux; puis en venaient cinq autres. Tous étaient à pied, en uniforme vert tacheté se confondant avec la végétation, si bien que seul l'acier luisant des ceintures tressées et des casques attirait l'œil. Parmi eux se détachait une grande femme pâle qui arborait un col cramoisi. Tous avaient dégainé leur laser.

— Hé! Vous, là-bas! cria-t-elle.

Elle avait vu Arik tout de suite, car il était debout dans le vent, sa machette inutile à la main.

— Parlez à ces sauvages. Dites-leur de déguerpir immédiatement. Aucun rassemblement de Jaenshis de cette importance n'est autorisé à l'est des montagnes, par ordre du grand-maître Wyatt et de l'Enfant pâle Bakkalon. Dites-le-leur, et... (Elle sursauta en apercevant la révoltée.) et désarmez cette créature avant que nous ne vous réduisions en cendres, vous et elle.

Les doigts tremblants de ne-Krol laissèrent échapper la machette, qui tomba dans l'eau.

— Je t'en prie, lâche ton laser, murmura-t-il en jaenshi. Si tu veux garder l'espoir de contempler un jour les étoiles lointaines, je t'en prie, mon enfant, mon amie, lâche-le immédiatement, et quand Ryther reviendra, je t'emmènerai avec moi sur ai-Emerel et plus loin encore.

Sa voix tremblait de peur, car les Anges d'acier tenaient leurs lasers d'une main ferme et pas un instant il ne pensa que la révoltée l'écouterait. Mais, chose étrange, elle lança sans protester son laser dans l'eau. Ne-Krol ne put rien lire dans ses yeux baissés.

La cheftaine se détendit visiblement.

— Bien. Maintenant, parlez-leur dans leur langue de sauvages et dites-leur que s'ils ne s'en vont pas, nous les écraserons. Nous avons un électrochar derrière nous.

Par-dessus le grondement du torrent tout proche, ne-Krol entendait effectivement le bruit sec des arbres que les lourdes chenilles d'acier brisaient comme des allumettes. Les Anges utilisaient peut-être aussi le canon désintégrateur et les lasers des tourelles pour pulvériser les rochers qui leur barraient le passage.

— Nous le leur avons déjà dit, nous le leur avons dit et répété! Ils ne veulent rien entendre!

Ne-Krol, désespéré, montra d'un geste circulaire la clairière, toujours aussi peuplée de Jaenshis. Nul n'avait prêté la moindre attention aux Anges d'acier et à la confrontation avec Arik, derrière lequel le petit groupe de porte-parole demeurait compact, les mains pressées contre le flanc de la pyramide.

— Alors nous brandirons l'épée de Bakkalon, dit la cheftaine, et peut-être entendront-ils le son de leurs propres lamentations.

Elle rengaina son laser et leva une stridence. Ne-Krol frémit. En concentrant les sons suraigus, les stridences faisaient éclater la membrane des cellules et liquéfiaient les chairs. L'effet était aussi fort psychologiquement que physiquement. Il n'y avait pas de mort plus atroce.

Mais un deuxième détachement d'Anges d'acier fondait sur eux; il y eut un bruit de bois qui craque et qui cède et, de derrière un dernier bosquet d'arbres, ne-Krol, le regard brouillé, vit surgir la masse noire d'un électrochar, son canon désintégrateur braqué droit sur lui. Deux des nouveaux venus arboraient le col cramoisi; un jeune chef au teint rouge brique et aux larges oreilles qui criait des ordres à ses hommes et un géant musclé au crâne chauve et au visage hâlé et ridé. Ne-Krol le reconnut : c'était C'ara Da Han, le maître d'armes. Da Han posa lourdement sa main sur celle de la cheftaine au moment où elle levait sa stridence.

— Non, dit-il, pas comme ça.

— A vos ordres, maître d'armes, dit-elle en rengainant immédiatement son arme.

— Marchand, tonna Da Han en regardant Arik, est-ce là votre œuvre?

— Non.

— Ils refusent de se disperser, ajouta la cheftaine d'escouade.

— Il nous faudrait des heures pour en venir à bout à la stridence, dit Da Han, parcourant du regard la clairière, les arbres et le sentier rocailleux qui serpentait jusqu'au haut de la falaise. Il y a un moyen plus radical. Pulvérisons la pyramide et ils s'en iront tout de suite.

Au moment de continuer, il s'interrompit. Il venait de voir la révoltée.

— Une Jaenshie avec des bagues et une écharpe ! Jusqu'à présent, ils ne tissaient que des linceuls des morts. Voilà qui est inquiétant !

— Elle appartient au clan du cromlech, intervint vivement Arik, et elle a vécu avec moi.

— Je vois. Vous êtes véritablement un incroyant, ne-Krol, pour vous associer ainsi avec des créatures sans âme et leur apprendre à singer les manières des Héritiers de la Terre. Mais c'est sans importance.

Il donna un signal de la main et derrière lui, le canon du désintégrateur de l'électrochar s'orienta un peu plus à droite.

— Vous devriez vous éloigner d'ici avec votre protégée, dit-il à ne-Krol. Quand je baisserai le bras, le dieu jaenshi brûlera et si vous faites un seul geste pour intervenir, ce sera le dernier.

— Mais les porte-parole, protesta ne-Krol, l'explosion va...

Cependant, en se retournant pour les montrer à son interlocuteur, il vit qu'un à un, les porte-parole s'éloignaient de la pyramide.

Derrière lui, les Anges s'agitaient.

— Miracle ! fit une voix rauque, tandis qu'une autre s'exclamait :

— Notre Enfant, notre Seigneur !

Ne-Krol, lui, demeurait paralysé. La pyramide, sur le rocher, n'était plus un bloc rougeâtre. Elle étincelait maintenant dans le soleil comme un dais de pur cristal.

Et sous ce dais, parfait dans le moindre détail, souriait l'Enfant pâle, Bakkalon, tenant à la main le Pourfendeur des démons, sa terrible épée.

Les porte-parole jaenshis s'éloignaient à toutes jambes maintenant, trébuchant dans l'eau tant ils se pressaient. Ne-Krol aperçut le vieux porte-parole du clan des cascades, courant plus vite que les autres en dépit de son âge. Même lui ne semblait pas comprendre ce qui se passait. Quant à la révoltée, elle était bouche bée.

Arik se retourna. La moitié des Anges d'acier s'étaient agenouillés et les autres avaient machinalement abaissé leurs armes, immobiles de stupéfaction. La cheftaine se tourna vers Da Han.

— C'est bien un miracle, dit-elle. Notre grand-maître l'avait prédit. L'Enfant pâle est descendu sur cette planète.

Mais le maître d'armes était demeuré impassible.

— Le grand-maître n'est pas ici et il n'y a pas de miracle, dit-il d'une voix coupante. C'est une ruse ennemie et je ne me laisserai pas abuser ainsi. Nous détruirons cet objet qui souille le sol de Corlos.

Son bras s'abaissa pour donner le signal du tir, mais les serveurs de l'électrochar avaient dû être si impressionnés qu'ils avaient relâché leur attention; le désintégrateur demeura silencieux. Le maître d'armes fit volte-face, furieux.

— Ce n'est pas un miracle ! cria-t-il en levant de nouveau le bras.

Mais à cet instant, la révoltée poussa une exclamation. Ne-Krol, alarmé, la regarda et vit que ses yeux d'or flamboyaient.

— Le dieu, murmura-t-elle lentement. La lumière revient en moi.

Juste à ce moment, le sifflement d'arcs énergétiques leur parvint des arbres alentour et deux longs traits frappèrent presque simultanément le large dos de

C'ara Da Han. La force des coups le fit tomber à genoux et il s'effondra dans la poussière.

— File! hurla ne-Krol à la révoltée en la poussant de toutes ses forces.

Elle trébucha et le regarda un bref instant, ses yeux redevenus d'un bronze sombre, clignotant de peur. Puis elle se mit à courir vers le couvert en zigzaguant, son écharpe flottant derrière elle.

— Tuez-la, s'écria la cheftaine d'escouade, tuez-les tous!

Ses paroles réveillèrent à la fois les Jaenshis et les Anges d'acier. Les Enfants de Bakkalon levèrent leurs lasers contre la foule qui s'ébranlait subitement et le massacre commença.

Ne-Krol s'agenouilla pour fouiller dans les rochers moussus jusqu'à ce qu'il retrouve le laser, l'ajusta contre son épaule et se mit à tirer. Des traits de lumière jaillirent en rafales rageuses, une fois, deux fois, trois fois. Puis il garda le doigt sur la détente et les traits, devenus continus, formèrent un rayon qui scia en deux un Ange casqué d'argent, avant qu'il sente comme un feu lui dévorer la poitrine et qu'il tombe lourdement dans l'eau.

Pendant longtemps il ne vit plus rien, conscient seulement de la douleur et du bruit, des cris perçants des Jaenshis qui couraient tout autour de lui, et de l'eau qui clapotait doucement contre son visage. Il entendit deux fois le grondement du canon désintégrateur et se fit piétiner et repiétiner. Mais tout cela semblait sans importance. Il s'efforça d'abord de garder la tête appuyée contre les rochers, à demi hors de l'eau, mais au bout d'un moment, même cela ne lui parut plus tellement nécessaire. La seule chose qui comptait, c'était le feu qui lui dévorait les entrailles.

Puis, sans qu'il sache comment, la douleur disparut. Il y avait beaucoup de fumée et d'horribles odeurs, mais le vacarme avait cessé. Allongé tranquillement, ne-Krol prêta l'oreille aux bruits de voix.

— La pyramide, cheftaine ? demanda quelqu'un.

— C'est bien un miracle, répondait une voix de femme. Regardez, Bakkalon est toujours debout. Et voyez comme Il sourit. Nous avons fait notre devoir ici.

— Que faisons-nous de la statue ?

— Portez-la à bord de l'électrochar. Nous la rapporterons au grand-maître.

Bientôt les voix s'éloignèrent et ne-Krol n'entendit plus que le murmure de l'eau qui cascadait sans fin. C'était un bruit très reposant. Il décida de s'endormir.

L'homme d'équipage insinua le levier entre les planches et pesa dessus. Avec un léger craquement, le bois mince céda presque tout de suite.

— Encore des statuettes, Jannis, dit-il après avoir fouillé dans la caisse et écarté la paille d'emballage.

— Sans valeur, soupira Ryther.

La scène se passait dans les décombres de ce qui avait été le comptoir de ne-Krol. Les Anges d'acier l'avaient saccagé, à la recherche de Jaenshis armés, et n'avaient laissé que ruines derrière eux. Mais ils n'avaient pas touché aux caisses.

L'homme reprit son levier et passa à la pile suivante. Ryther regarda d'un air morne les trois Jaenshis qui se pressaient autour d'elle, regrettant qu'ils ne puissent pas mieux s'exprimer. Il n'y avait qu'une mince femelle, qui portait une longue écharpe et des tas de bijoux, et traînait partout un arc énergétique, qui sût quelques mots de terrien. Elle apprenait vite, mais jusqu'à présent, tout ce qu'elle avait sorti d'intéressant, c'était « Planète-Jamson. Arik nous emmener. Les Anges tuer ». Elle n'avait cessé de répéter cela jusqu'à ce que Ryther réussisse à lui faire comprendre qu'elle était bien d'accord pour les emmener là-bas. Les deux autres Jaenshis, la femelle enceinte et le mâle au laser, ne semblaient pas capables de dire un mot.

— Et encore des statuettes, dit l'homme, qui avait

forcé la première caisse au sommet de la pile, dans la réserve saccagée.

Ryther haussa les épaules, tandis que l'homme continuait son travail. Se détournant, elle sortit lentement dehors, à la limite de l'astrodrome où reposait la *Lumière de Jolostar,* ses écoutilles brillamment éclairées, se détachant toujours plus nettement dans l'obscurité croissante du crépuscule. Les Jaenshis lui emboîtèrent le pas, comme ils l'avaient toujours fait depuis son arrivée, craignant sans doute qu'elle ne parte sans eux si leurs grands yeux de bronze la perdaient de vue un seul instant.

— Des statuettes, murmura-t-elle, moitié pour elle-même, moitié à l'intention des Jaenshis. Qu'est-ce qui lui a pris, de faire ça? leur demanda-t-elle, bien qu'elle sût qu'ils ne pouvaient pas comprendre. Un homme de son expérience! Vous pourriez me le dire, peut-être, si vous compreniez ce que je cherche à savoir. Au lieu de vous demander de faire des linceuls des morts, du véritable art jaenshi, pourquoi Arik vous a-t-il fait sculpter des versions jaenshies des dieux humains? Il aurait dû savoir qu'aucun amateur d'art n'accepterait des plagiats aussi grossiers. L'art indigène ne doit pas être dénaturé. (Elle poussa un gros soupir.) Mais enfin, c'est ma faute, je suppose. J'aurais dû ouvrir les caisses.

Et elle rit. La révoltée la regarda fixement.

— Linceul de Arik. Donner, dit-elle.

Ryther acquiesça machinalement. Il était en sa possession maintenant, suspendu juste au-dessus de sa couchette. C'était un petit objet bizarre, filé en partie avec de la fourrure jaenshie, mais surtout avec de longs cheveux d'un roux flamboyant. L'image quelque peu caricaturale, mais reconnaissable, d'Arik ne-Krol se détachait en gris sur le fond roux. S'agissait-il de l'hommage d'une veuve, d'une enfant, ou simplement d'une amie? Cela aussi, Ryther se l'était demandé. Que diable était-il arrivé à Arik pendant son année d'absence? Si seulement elle était revenue à temps! Oui...

mais elle avait perdu trois mois sur la Planète-Jamison à contacter collectionneur après collectionneur pour essayer de placer ces statuettes sans valeur. L'automne était déjà bien avancé quand la *Lumière de Jolostar* était revenue sur Corlos, pour y trouver le comptoir de ne-Krol en ruine et les Anges d'acier déjà en train de rentrer leurs moissons.

Les Anges... Quand elle était allée les voir pour leur offrir d'acheter sa cargaison de lasers dont elle ne savait plus que faire, ce qu'elle avait vu sur les remparts rouge sang de la cité lui avait retourné l'estomac. Elle se croyait endurcie, mais le spectacle qui s'offrait à ses yeux dépassait en horreur tout ce qu'elle s'était préparée à endurer. Une escouade d'Anges l'avait trouvée en train de vomir devant les portes rouillées et l'avait escortée auprès du grand-maître.

Wyatt était encore plus squelettique que dans son souvenir. Il était debout en plein air au pied d'un immense autel, érigé au milieu de la cité, et qui servait de plate-forme à une statue de Bakkalon étonnamment vivante. Enchâssée dans une pyramide de verre, dressée sur un piédestal de pierre rouge, elle faisait une grande ombre sur l'autel de bois. En dessous, les Anges d'acier empilaient les bottes de néomâche et de blé qu'ils venaient de récolter, et des carcasses congelées de phacochères.

— Nous n'avons pas besoin de vos lasers, avait dit le grand-maître. Corlos a reçu maintes bénédictions, et Bakkalon est aujourd'hui parmi nous. Il a fait d'incroyables miracles et Il en fera encore. Nous avons foi en Lui. Voyez! (Il désigna l'autel de sa main décharnée.) Nous allons brûler notre récolte en offrande, car l'Enfant pâle nous a promis que cette année il n'y aurait pas d'hiver. Et Il nous a appris à nous entraîner pour la paix comme autrefois nous nous entraînions pour la guerre, pour que les Héritiers de la Terre croissent et se multiplient. Voici venu le temps des grandes révélations!

Ses yeux, de grands yeux sombres piquetés d'étranges points dorés, brillaient, tandis qu'il lui parlait, d'un éclat fanatique. Aussi vite qu'elle l'avait pu, Ryther s'était enfuie de la cité des Anges d'acier, en s'efforçant de ne pas regarder derrière elle, vers les remparts. Mais une fois sur les collines, en route pour le comptoir, elle avait passé par le cromlech, là où Arik lui avait montré la pyramide brisée. Elle n'avait pas pu s'empêcher alors de se retourner pour jeter un dernier regard sur la vallée de l'Epée, et maintenant elle n'arrivait pas à oublier l'abominable spectacle.

Pendus aux remparts, les enfants des Anges formaient une rangée de petits corps drapés de blanc, immobiles au bout de leurs longues cordes. Tous étaient partis paisiblement, et pourtant la mort est rarement paisible. Les plus âgés, du moins, étaient morts rapidement, la nuque brisée par le choc. Mais les plus petits avaient le nœud coulant passé autour de la taille et il était évident que la plupart étaient simplement restés suspendus là jusqu'à ce qu'ils meurent de faim et de soif.

Tandis qu'elle était plongée dans ses souvenirs, le membre d'équipage sortit du comptoir de ne-Krol.

— Rien, rien d'autre que des statuettes, lui dit-il.

Ryther fit signe qu'elle avait compris.

— Partir? interrogea la révoltée. Planète-Jamson?

— Oui, répondit-elle, le regard fixé, au delà de la *Lumière de Jolostar,* sur la sombre forêt millénaire sur laquelle le Cœur de Bakkalon ne brillerait plus jamais. Dans des milliers et des milliers de bosquets et dans une seule cité, les clans avaient commencé à prier.

Chicago
Octobre 1974

TABLE DES MATIÈRES

Préface	5
TOUR DE CENDRES	13
SAINT GEORGES OU DON QUICHOTTE	39
LA BATAILLE DES EAUX-GLAUQUES	61
UN LUTH CONSTELLÉ DE MÉLANCOLIE	110
LA NUIT DES VAMPYRES	135
LES FUGITIFS	173
ÉQUIPE DE NUIT	181
« ... POUR REVIVRE UN INSTANT »	203
SEPT FOIS, SEPT FOIS L'HOMME, JAMAIS!	238

Achevé d'imprimer sur les presses de l'imprimerie Brodard et Taupin
7, Bd Romain-Rolland, Montrouge. Usine de La Flèche,
le 15 avril 1983
6451-5 Dépôt Légal avril 1983. ISBN : 2 - 277 - 21462 - 0
Imprimé en France

Editions J'ai Lu
31, rue de Tournon, 75006 Paris
diffusion France et étranger : Flammarion